독보군림

임영기 新무협 판타지 소설
FANTASTIC ORIENTAL HEROES

독보군림 2
임영기 新무협 판타지 소설

초판 1쇄 찍은 날 § 2007년 6월 14일
초판 1쇄 펴낸 날 § 2007년 6월 24일

지은이 § 임영기
펴낸이 § 서경석

편집장 § 문혜영
편집 § 최하나 · 문정흠 · 김동화

펴낸곳 § 도서출판 청어람
등록번호 § 제1081-1-89호
등록일자 § 1999. 5. 31
어람번호 § 제2-1229호

주소 § 경기도 부천시 원미구 심곡1동 350-1 남성B/D 3F (우) 420-011
전화 § 032-656-4452   팩스 § 032-656-4453
http://www.chungeoram.com
E-mail § eoram99@chollian.net

ⓒ 임영기, 2007

ISBN 978-89-251-0747-9 04810
ISBN 978-89-251-0745-5 (세트)

임영기 新무협 판타지 소설

FANTASTIC ORIENTAL HEROES

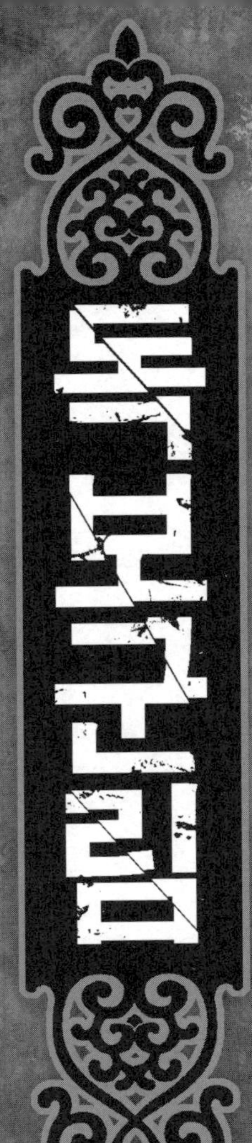
2

무투사(武鬪士)

도서출판 청어람

目次

第十一章
나락(奈落)

몽고고원에서 발원하여 동쪽으로 흐르는 서랍목륜하(西拉木倫河)는 여러 갈래의 지천과 합류하여 서요하(西遼河)를 이룬 후, 장장 천오백여 리를 흘러가서 요동의 젖줄인 요하(遼河)와 합류한다.

그 서랍목륜하의 최상류에 몽고고원 동북부 최대의 현, 경붕현(經棚縣)이 위치해 있다.

토지가 비옥하고 문물이 번성한 중원에는 십여 리가 멀다 하고 마을과 현(縣), 성(城)이 빼곡하게 들어차 있지만, 몽고고원과 열하 일대는 모든 조건이 척박하기 이를 데가 없기 때문에 수백 리를 가도 콧구멍만 한 촌락 하나 구경하는 것조차 어려운 일이다.

그러므로 몽고고원의 현은 그냥 현이 아니다. 중원의 대도에 버금가는 구실과 역할을 담당하고 있는 것이다.

그런 점에서 경붕현도 예외가 아니었다.

경붕현은 끝없이 펼쳐진 몽고고원의 나무 한 그루 변변히 없는 산악, 사막 지대 천여 리 이내에서 유일하게 강과 우거진 숲을 끼고 있는 번성한 곳이었다.

경붕현 군위교(軍衛敎) 반호(潘虎)는 길지 않은 보고를 마치고 고개를 들었다.

반호는 산적 소굴 흑풍채를 무사히 소탕하고 돌아오자마자 보고를 하기 위해 이 방에 들어왔다.

시립하듯이 서 있는 그의 앞에는 그의 직속상관이자 경붕현에 주둔하고 있는 삼백여 군사의 생사여탈권을 한 손에 쥐고 있는 군총교독(軍總敎督)이 경붕현 현령과 질펀하게 연회를 벌이고 있었다.

남자라고는 군총교독과 현령 단 두 명뿐인데 불려온 기녀는 무려 열 명이 넘었고, 하나같이 경붕현의 기루에서 이름난 기녀들이었다.

십여 명의 기녀들은 두 명의 사내에게 벌 떼처럼 달려들어 온몸을 만지고 주무르면서 갖은 교태와 음란한 행위를 서슴지 않았다.

두 남자 역시 기녀들의 온몸을 더듬으면서 거의 정사나 다름이 없는 행위를 연출하고 있었다.

커다란 상 위에는 평민들은 구경조차 하기 어려운 산해진미가 손도 대지 않은 채 그득했다.

또한 경붕현을 오가는 수많은 상단들이 뇌물조로 바친 미주명주가 주향을 내뿜는 가운데, 기녀들의 흐드러진 웃음소리가 실내를 가득 채웠다.

"으… 웅! 그래, 쓸 만한 놈이 있더냐?"

반호가 보고를 마치고 한참이 지나서야 군총교독 오장보(吳長寶)는 게슴츠레한 눈으로 반호를 쳐다보았다.

"네. 두 놈입니다만, 한 놈은 중상을 입었습니다."

"세 놈이어야 한다!"

오장보가 갑자기 버럭 소리를 질렀다.

"보름 후에 벌어질 대결에 세 놈을 내보내야 한다고 내가 몇 번이나 말했느냐?"

"원래 있던 자들은 어찌하셨습니까?"

"팔아치웠다."

돈이라면 환장을 하는 군총교독이다. 원래 보유하고 있던 자들은 필경 강한 무투사(武鬪士)를 원하는 부호나 상단에 비싼 값을 받고 팔았을 것이다.

"무슨 일이 있어도 세 놈을 맞춰놔라! 또한, 중상당했다는 놈도 살려놓고!"

“알겠습니다.”

“좋아. 그 외에 다른 사내놈들은 모두 처형하고, 어린것들과 젊은 년들은 노예로 내다 팔아라!”

“명을 받듭니다.”

전쟁이나 토벌로 잡아들인 이만융적(夷蠻戎狄)의 오랑캐 족속이나 다른 나라에서 팔려온 노예만을 매물(賣物)로 거래하는 것이 엄연한 국법이다.

원래 산적의 가족이라고 해도 부인이나 자식들에게는 죄를 묻지 않는 법이다.

그런데 이곳에서는 일말의 망설임도 없이 오장보의 말 한마디에 노예로 처분되고 있었다.

“물러가라.”

반호는 공손히 허리를 굽힌 후 그 자리를 물러 나왔다.

그는 단 한 번도 상관인 군총교독 오장보의 말을 거역한 적이 없었다.

또한 그는 오장보를 위해서라면 목숨조차도 초개처럼 내던질 정도로 충성심이 대단했다.

어린 시절, 거리에서 굶어 죽어가던 어린 소년을 지나가던 군교두(軍敎頭) 한 명이 데려다가 키웠다.

이십여 년이 흐른 지금, 어린 소년은 경붕현의 군위교가 되었고, 그를 키워준 군교두는 군총교독이 되어 있었다.

요 몇 년 사이에 경붕현을 중심으로 폭발적인 인기를 누리고 있는 것이 바로 무투 경연(武鬪競演)이었다.

관리나 부호, 상단들이 저마다 자신들이 키운 실력있는 무투사들을 공개적인 장소의 많은 관중들 앞에서 싸움을 시키고, 거기에 거금의 내기 돈을 건다.

어떤 면에서는 이것도 도박이라고 할 수 있었다.

반호는 정원으로 내려서며 자신이 점찍어두었던 두 명의 무투사감에 한 명을 더 추가시켰다.

그가 점찍어둔 두 명은, 수백 근 무게가 나가는 검을 사용하던 거력의 사내와 그 옆에서 날뛰며 두 명의 관군을 죽인 또 한 명의 사내였다.

그리고 거기에 추가된 한 명은 생포한 흑풍채주였다.

"으으… 살려줘……."
"끄으으… 나… 나 좀……."
어두컴컴한 뇌옥 안 여기저기에서 애간장을 끊어내는 듯한 신음성이 흘러나왔다.

뇌옥 안에는 족히 이십여 명의 사람이 갇혀 있었으며, 퀴퀴한 악취와 신음 소리가 가득했다.

그곳 한쪽의 벽 아래에 설무검과 양궁표의 모습이 보였다.

설무검은 반듯한 자세로 누워 있었고, 양궁표는 그 옆에 가부좌의 자세로 앉은 모습이었다.

설무검은 흑풍채를 토벌하러 온 토벌대 대장 경붕현 군위교 반호가 찌른 창에 왼쪽 가슴이 관통됐다.

채주의 거처 지하 감옥에 갇혀 있는 양궁표의 가족을 구하려다가 그리 된 것이었다.

설무검이 창에 찔리자마자 양궁표는 스스로 검을 버리고 붙잡혔다. 설무검을 보호하기 위해서였다.

그는 저 혼자 살자고 도망칠 만한 위인이 못 됐다.

또한 그 당시에는 도망친다고 해서 도망칠 수 있는 녹록한 상황이 아니었다.

그는 혼절한 설무검을 부둥켜안고 투항할 테니 제발 죽이지 말라고 악을 썼었다.

그러면서 채주의 거처 아래 지하 감옥에 갇혀 있던 아내와 여동생, 그리고 아들이 밧줄에 묶인 채 토벌대에게 끌려나오는 광경을 목격했다.

그 광경을 두 눈 뻔히 뜨고 보면서도 양궁표는 어떻게 손을 써볼 방도가 없었다.

아내와 여동생, 아들이 목놓아 남편과 오라비, 아버지라고 외쳐 부르는 절규를 양궁표는 쓰러진 설무검을 부둥켜안은 채 들어야만 했다.

원래 아무리 악독한 산적이라고 해도 토벌된 후에는 죄가 없는 가족들을 풀어주는 법인데, 이곳 경붕현은 달랐다.

경붕현의 치안을 책임지고 있는 군총교독이라는 자는 산적들을 토벌하여 짭짤한 수입을 거두고 있다는 것이다.

원래 산적의 산채를 습격해서 재물을 압수해 오면 모두 국고로 환수되지만, 군총교독은 모조리 자신이 챙겼다.

그리고 나포해 온 산적의 가족 중에서 어리거나 젊은 여자들을 추려 노예로, 얼굴이 반반하고 몸매가 고운 여자들은 자신의 첩을 삼거나 비싼 값에 기녀로 팔아왔으며, 그 수입 역시 고스란히 군총교독의 수중으로 들어갔다.

또한 산적 중에서 강한 자들을 엄선하여 무투사로 길렀으며, 부호와 상단을 상대로 자주 무투 경연을 열어 큰돈을 벌어들였다. 그 역시 군총교독의 차지였다.

다른 현들은 대체적으로 산적 토벌을 꺼려 하는 편이었다. 악다구니 같은 산적들을 토벌하자면 큰 희생이 뒤따르는 데다 돌아오는 공은 별로 크지 않다는 이유 때문이었다.

당연한 일이지만, 다른 현의 군총교독들은 착복을 하거나 산적의 가족들을 노예로 판다든지 산적들을 무투사로 내모는 일 따위는 절대 하지 않았다.

경붕현 군총교독 오장보는 재물과 쾌락을 위해서라면 자신의 수하들이 죽어 자빠지든 팔다리를 잃든 상관하지 않는 형편없는 위인이었다.

양궁표는 착잡한 심정을 쓸어안고 묵묵히 설무검을 굽어보고 있었다.

설무검이 창에 적중됐을 때 만약 양궁표가 그 즉시 검을 버리고 설무검을 부둥켜안으면서 보호하지 않았더라면, 그는 군사들에게 무참히 죽임을 당하고 말았을 것이다.

그러나 설무검은 그때 이후 지금껏 혼절에서 깨어나지 못하고 있었다.

중상을 입은 설무검을 위해서 양궁표가 해줄 수 있는 일은 지혈을 해준 것과 그저 안타까운 얼굴로 바라보는 것뿐이었다.

문득 양궁표는 허리를 굽혀 설무검의 코에 귀를 갖다 댔다.

고른 숨소리가 들리자 긴장으로 굳어졌던 양궁표의 안색이 약간 풀어졌다.

자세히 살펴보니 설무검의 얼굴빛도 어느 정도 정상을 되찾은 상태였다.

보통 사람 같았으면 위중한 지경에 처했을 텐데, 설무검은 워낙 강인한 체력이라서 약 한 첩 쓰지 않았는 데도 고비를 수월히 넘긴 것이었다.

설무검이 혹시 잘못되기라도 할까 봐 노심초사 꼼짝도 하지 않은 채 지켜보고 있던 양궁표는 긴장이 풀리며 처음으로 벽에 등을 기댔다.

그는 뒷머리까지 벽에 대고 눈을 감았다.

그제야 뒤늦게 아내와 여동생, 어린 아들에 대한 걱정이 파도처럼 밀려들었다.

양궁표는 지난날 경붕현 토벌대에 잡혀간 사람들이 어떻게 되었는지 잘 알고 있었다.

아내와 여동생, 그리고 아들은 아직 어리니 필경 노예로 팔려갈 것이다.

어쩌면 미색이 고운 여동생 양연화는 웃돈을 더 받고 기녀로 팔려 갈는지도 모르는 일.

가족들의 걱정에 뒤이어 견디기 힘든 피로가 몰려들었다.

그와 함께 등과 어깨, 허벅지 바깥쪽이 욱신거렸다. 다친 듯한데 심한 것 같진 않았다.

쌓인 피로는 설무검에 해당되는 이외의 모든 것을 다 귀찮게 만들어 버렸다.

혼곤한 상태로 있다가 어느샌가 잠이 들었나 보다.

문득 양궁표는 등골이 스멀스멀한 느낌을 받았다. 꿈인지 무언지 알 수 없었다.

그것은 마치 한 마리 독사가 등을 타고 목덜미로 기어오르는 듯한 기분 나쁘면서도 섬뜩한 느낌이었다.

양궁표는 미간을 찡그리면서 눈을 떴다.

"……!"

순간 그의 두 눈이 한껏 부릅떠졌다.

한 자루 번쩍이는 칼날을 발견한 것이다. 그 칼날이 바로 앞에 누워 있는 설무검을 향해 위에서 아래 일직선으로 찔러 내리고 있는 중이었다.

휙!

양궁표는 거의 본능적으로 왼팔을 뻗었다. 앞뒤를 재고 자시고 할 겨를이 없었다.

푹!

"윽!"

한 자루 날카로운 단검이 그의 팔뚝에 깊숙이 꽂혔다.

그것으로써 설무껌이 단검에 찔리는 불상사는 발생하지 않았다.

순간 양궁표는 단검이 자신의 팔뚝을 찌르자마자 등을 기대고 있던 벽을 박차면서 상체를 일으켜 오른손을 번개같이 뻗어 단검을 쥐고 있는 자의 목을 움켜잡아 갔다.

단검을 쥔 자의 목은 의외로 쉽사리 그의 손아귀에 잡혔다.

콱!

"끅!"

양궁표는 팔뚝에 단검을 꽂은 채 목을 움켜쥔 자의 머리를 단단한 돌바닥에 세게 부딪쳤다.

꿍!

"흑!"

양궁표는 퍼질러진 자세인 그자의 등을 한쪽 무릎으로 다시 거세게 찍어눌렀다.

뚜뚝! 하는 소리가 나며 그자의 몸이 바닥에 쭉 뻗었다.

양궁표는 그자를 똑바로 눕힌 후 한쪽 무릎으로 목을 짓누른 채 왼 팔뚝에 꽂힌 단검을 뽑았다.

팔뚝에서 피가 샘물처럼 솟구쳤다. 얼마나 힘껏 찔렀는지

칼끝이 뼈에 박힌 상태였다.

그러나 그는 자신의 상처 따윈 거들떠보지도 않은 채 단검을 움켜쥐고 암습했던 자의 목을 찌를 듯이 겨누고 낮게 으르렁거렸다.

"웬 놈이냐?"

암습한 자는 머리를 바닥에 세게 부딪치고 등을 찍혔기 때문에 정신이 혼미한 상태에서 중얼거렸다.

"으으… 원수를 갚지 못한 것이 억울하다……. 어서 죽여라……."

양궁표는 와락 인상을 썼다.

"무슨 헛소리냐? 네놈이 사람을 잘못 봤다! 우리 형님이 어째서 네놈의 원수란 말이냐?"

암습한 자는 눈 위까지 모자를 깊숙이 눌러썼는데, 갸름한 얼굴이 거멓게 더럽혀진 모습이어서 용모를 제대로 알아보기가 어려웠다.

또한 그자는 짙은 눈썹에 보통 사람보다 더 새카만 눈매를 지녔으며, 그 눈동자를 설무검 쪽으로 굴려서 노려보며 원한 서린 어조로 씹어뱉었다.

"그럼 이 자식이 몇 달 전에 호리채 채주 호리겸차를 죽이지 않았다는 말이냐?"

양궁표는 얼굴을 보기 싫게 일그러뜨렸다.

토벌대가 호리채를 공격했다는 말은 듣지 못했다. 그렇다고 하더라도 설마 죽은 호리겸차의 복수를 하겠다고 설쳐 대는 충성스러운 수하가 있을 줄은 몰랐다.

"넌… 호리채 놈이냐?"

암습한 자의 혼미하던 정신이 조금 맑아진 모양이다. 그는 일어나려고 버둥거리면서 이를 갈았다.

"그렇다! 나는 호리채 채주 호리겸차의 동생인 단랑(單浪)이다! 으드득! 단칼에 저놈의 목을 끊어놓지 못한 것이 원통할 뿐이다!"

양궁표는 어이없는 표정을 지었다.

"토벌대가 호리채도 공격한 것이냐?"

"그건 알아서 무얼 하느냐? 어서 죽여라!"

하긴, 그걸 알아서 무얼 하겠는가.

양궁표는 단검을 움켜잡고 암습자의 입을 틀어막았다.

단검이 겨눈 곳은 심장.

깊숙이 찔리면 몸을 격렬하게 떨다가 채 다섯 차례 호흡하기도 전에 숨이 끊어질 것이다.

죽음이 목전에 이른 상황이라면 누구든 겁을 집어먹기 마련인데, 암습자의 눈은 조금도 그렇지 않았다. 오히려 원한 서린 안광이 줄줄이 폭사되고 있었다.

그 정도에 마음이 흔들릴 양궁표가 아니다. 여태 그의 손에 죽은 사람만 해도 족히 백 명은 넘을 터이다. 이놈의 죽음은 거기에 하나를 더 보태는 것뿐이다 양궁표는 단검을 다시 고쳐 잡고서 오른손에 힘을 주어 재빨리 찔러 내렸다.

"죽이지 마라."

그때 설무검의 나직한 중얼거림이 들려왔다.

순간 양궁표의 팔이 뚝 멈췄다. 칼끝은 암습자의 심장 부위를 덮은 옷에 살짝 닿아 있었다.

"형님!"

양궁표가 더없이 기쁜 표정으로 쳐다보자 설무검은 여전히 눈을 감은 채 나직이 중얼거렸다.

"이곳에 잡혀왔으면 머지않아 어차피 모두 처형될 몸이다. 죽여서 무엇 하겠느냐?"

"하지만……."

'하지만 이놈은 형님을 죽이려고 했습니다' 라고 말하려다가 양궁표는 말을 흐렸다.

설무검의 말이 옳았다.

내일 아침이면 형장의 이슬로 사라질 신세끼리 조금 더 빨리 죽이고 죽는 것이 무슨 소용이라는 말인가?

"그를 놔줘라."

설무검은 한술 더 떠서 암습자를 놔주라고 말했다.

양궁표는 입을 막고 있는 암습자에게 한차례 눈을 부라려 주고는 한쪽으로 확 밀쳐 버렸다.

"찍소리 말고 구석에 처박혀 있어라!"

암습자는 원한 서린 고양이처럼 새파란 눈빛으로 설무검을 쏘아보며 슬금슬금 무릎걸음으로 물러가더니 멀리 가지 않고 일 장쯤 떨어진 벽에 기대어 앉았다.

그리고서도 줄곧 이쪽을 쏘아보고 있는 모습이 양궁표는 영 께름칙했다.

문득 양궁표는 설무검이 진작부터 깨어 있었다는 사실을 깨달았다.

그렇지 않고서야 어떻게 이곳이 감옥 안이라는 사실을 알고 있겠는가.

"흐흐… 명줄이 질긴 놈이로군. 그 유명한 경붕현 군위교의 장창에 찔리고서도 아직 목숨이 붙어 있다니……."

그때 뇌옥의 어두컴컴한 맞은편에서 귀에 익은 목소리가 들려왔다. 더구나 낮으며 징그러운 웃음소리였다.

양궁표의 시선이 날카롭게 맞은편 벽으로 향했다.

커다란 체구의 한 사람이 벽에 비스듬히 기대어 앉아 있는 모습이 윤곽만 어렴풋이 보일 뿐 얼굴은 보이지 않았다.

그러나 양궁표는 굳이 그자의 얼굴을 확인하지 않더라도 목소리만으로 그가 누군지 알 수 있었다.

"으드득! 개자식!"

양궁표는 덥석 단검을 움켜쥐고 일어나는 것과 동시에 곧장 그자를 향해 다가갔다.

"이 새끼! 너를 내 손으로 죽일 수 있어서 다행이다!"

양궁표는 그자 앞에 우뚝 서서 굽어보면서 눈에서 흉흉한 살기를 뿜어내며 이를 갈았다.

그자는 다름 아닌 흑풍채주인 흑풍도부 염탕이었다.

설무검에게 무공을 가르쳐 달라고 말도 안 되는 억지를 부리며 양궁표의 아내와 여동생, 어린 아들까지 인질로 잡은 채 포악을 떨더니, 그도 끝내 부로가 되어 이곳에 갇혀 있었던 것이다.

염탕 옆에 있던 그의 심복 두 명이 재빨리 일어나 양궁표를 막아섰다.

"비키지 않으면 멱을 따버리겠다!"

퍽! 퍽!

"허윽!"

"끅!"

우뚝 선 양궁표가 오른발을 들어 재빨리 놈들의 복부를 걸어차자 두 놈은 즉시 배를 쓸어안고 고꾸라졌다.

"처형되기 전에 내 손에 죽고 싶으냐?"

양궁표가 그들을 굽어보면서 흰 이를 드러내고 살기 어린 눈을 부라리자 두 놈은 거멓게 질린 얼굴로 비실비실 기어 제자리로 돌아갔다. 그들은 양궁표의 무술이 얼마나 세졌는지 잘 알고 있었다.

그런데 오히려 염탕은 뒷머리를 벽에 댄 채 눕듯이 길게 앉은 자세로 여유를 부렸다.

"호호… 날 죽인다고 곧 노예로 팔려가게 될 네놈 마누라
와 가족들이 무사하겠느냐?"

"아가리 닥쳐라, 이 새끼야!"

"호호호… 어차피 날이 새면 처형될 몸인데 이래 죽으나
저래 죽으나 상관없다. 아니, 한때 수하로 부리던 네놈 손에
죽는 편이 그래도 조금쯤은 낫겠지. 어서 죽여라!"

"오냐! 죽여주마!"

양궁표는 염탕을 죽일 수 있는 기회를 준 더러운 운명에게
조금이나마 감사했다.

이 순간만큼은 설무검도 양궁표를 말리지 않았다.

양궁표는 단검을 고쳐 잡았다. 염탕의 목을 자를 생각이었
다. 그것도 단번에 자르지 않고 절반쯤 잘라서 놈이 괴로워하
는 모습을 보면서 조금이라도 위안을 삼을 생각이었다.

철컹!

그때 뇌옥의 철문이 열리는 소리가 들렸다.

"……!"

철문 쪽을 힐끗 쳐다보는 양궁표의 얼굴에 갈등의 기색이
떠올랐다.

역시 그의 운명은 끝까지 잔인했다.

양궁표는 즉시 단검을 소매 속에 감추고 재빨리 설무검 곁
으로 물러났다.

이어서 십여 명의 군사들이 도를 움켜쥔 채 우르르 뇌옥 안

으로 들어서고, 그 뒤로 토벌대 대장인 군위교 반호가 느릿하
게 들어섰다.

뇌옥 한복판에 우뚝 선 반호는 천천히 실내를 둘러보더니
쥐고 있던 지휘봉으로 제일 먼저 설무검을, 그다음에 양궁표,
염탕을 차례로 가리켰다.

그러자 누워 있는 설무검에게 두 명의 군사가 달려들어 양
쪽에서 번쩍 들고 일으켰으며, 양궁표와 염탕에게는 칼을 겨
누면서 입구 쪽으로 내몰았다.

"뭐냐? 우리를 어디로 데려가는 것이냐?"

염탕이 제자리에 우뚝 선 채 소리쳤다.

반호가 나직이 중얼거렸다.

"너희는 무투사가 될 것이다."

양궁표와 염탕의 안색이 홱 돌변했다. 그들은 무투사가 무
엇인지 잘 알고 있었다.

"우… 린 죽는 것이오?"

"무투사가 되면 살 수 있는 것이오?"

"우리도 무투사가 되게 해다오!"

그때 뇌옥 안에 있던 다른 산적들이 우르르 일어나 반호에
게 몰려들며 한꺼번에 아우성쳤다.

"앉아라!"

"일어서는 놈은 목을 자르겠다!"

군사들이 반호를 중심으로 원을 형성한 채 산적들에게 칼

을 겨누며 으름장을 놓자 산적들은 겁먹은 표정으로 슬금슬금 바닥에 주저앉았다.

그때 벽에 기대어 있던 단랑이 일어서더니 천천히 반호에게 걸어가며 입을 열었다.

"우리가 아무리 개 같은 인생들이지만 그래도 기회 정도는 줘봐야 되는 것 아니겠어?"

군사가 찌를 듯이 도를 겨누고 있지만 단랑은 손끝으로 도를 밀어내면서 두어 걸음 더 걸어나갔다.

"혹시 당신에게도 지금 우리 같은 이런 더러운 지경에 처한 적이 있었는지는 모르겠어. 만약 그럴 때 누군가 기회라는 것을 주지 않았다면 오늘날의 당신이 있었을까?"

반호는 묵묵히 단랑을 주시하다가 몸을 돌렸다.

일순 단랑의 표정이 일그러졌다.

쿵!

철문이 닫힌 후 밖에서 반호의 나직한 목소리가 들려왔다.

"내일 아침 이 문을 열었을 때 살아 있는 한 명을 무투사로 받아주겠다."

한밤중에 설무검과 양궁표, 염탕은 사방이 쇠 벽인 마차에 실려 다른 곳으로 이송됐다.

도착한 곳에서 그들은 각기 다른 방에 감금됐다.

이른바 독방이었다.

그리고 중상인 설무검과 옆구리를 칼에 베인 염탕에게는 의원의 치료가 행해졌다.

각자의 독방은 철문과 쇠창살이 쳐진 조그만 창이 높은 곳에 있다는 것만 제외하곤 일반 집의 침실과 별로 다를 바가 없었다.

하나의 침상과 의자가 두 개 딸린 둥근 탁자, 방 옆에는 욕실과 측간까지 있었다.

이들이 있는 건물은 단층으로, 긴 복도의 한편에 이십여 개의 방들이 일렬로 늘어선 구조였다.

설무검이 첫 번째 방에, 그다음에 양궁표, 세 번째 방에 염탕이 배정됐다.

그리고 다음날 아침 날이 밝자 네 번째 방에 또 한 명이 들어왔다.

뇌옥에 있던 산적 열두 명을 모조리 죽인 단랑이 피투성이가 되어 들것에 실려 들어오자마자 의원의 치료를 받기 시작했다.

그때부터 텅 빈 무투련당(武鬪練堂)에 들어온 네 명의 새로운 생활이 시작됐다.

＊　　　＊　　　＊

신봉각에 동정호 쪽으로 나 있는 포구에서 배를 타고 이각쯤 가다 보면 전면에 마주 바라보이는 하나의 작은 섬에 당도하게 된다.

섬 둘레는 빙 둘러 깎아지른 듯한 수십 장 높이의 절벽이며, 섬 위는 울울창창한 숲으로 이루어진 타원형의 섬.

그 숲의 한복판에 높이 오층, 둘레가 무려 삼백여 장에 이르는 거대한 탑(塔) 형태의 건물이 전설에나 나옴 직한 괴물처럼 버티고 있다.

그곳이 바로 신봉각이 보유하고 있는 특급 살수 양성 기관인 검풍루였다.

설영이 검풍루에 입루(入樓)한 지 벌써 오늘로서 육 개월이 되는 날이다.

그는 지난 육 개월 동안 한 번도 검풍루 밖으로 나가본 적이 없었다.

검풍루의 모든 소녀들, 즉 예검녀(豫劍女)들에게 열흘에 한 번씩 주어지는 하루의 달콤한 휴일도, 한 달에 한 번 신봉각으로 건너가서 마음껏 놀 수 있는 기회마저도 그는 모두 반납했다.

그리고는 육 개월 내내 밤낮없이 수련, 오직 살수로서의 수련에만 열중했다.

설영이 검풍루에 들어와서 제일 먼저 배운 것은 심법이었다.

검풍루에 입루한 대부분의 예검녀들이 심법의 요해를 깨우치고 처음으로 가부좌를 틀어 운공조식에 들어가기까지 걸리는 평균적인 시일은 대략 한 달 남짓이었다.

예검녀 중에서 심혈을 기울여 추리고 추려서 선발된 뛰어난 자질의 소녀들이 있는데, 즉 영절창(英絶廠)에 속한 영검낭자(英劍娘子)들이라고 하며, 그녀들은 최초의 운공조식을 하는 데에 평균 보름이 소요됐다.

그리고 검풍루가 생긴 이래 가장 빠른 기록이 닷새였다.

그런데 설영은 심법구결에 대한 자세한 설명을 들은 후에 일각 정도 고개를 숙인 채 무언가 깊은 생각에 잠겨 있는 듯하더니 놀랍게도 일각 후에 운공조식을 하겠다고 가부좌를 틀고 앉은 것이었다.

지켜보고 있던 설영의 담당 제사(四) 검풍교위녀(劍風敎衛女)의 얼굴에 불신의 표정이 가득 떠오른 것은 너무도 당연한 일이었다.

설영이 그로부터 반 시진 만에 최초의 운공조식을 끝내자 지켜보고 있던 검풍교위녀가 즉시 그를 진맥해 보았다.

검풍루에서 가르치는 심법은 쌍월원공(雙月元功)이라고 한다. 그것을 운공한 사람은 체내에 독특한 기류가 흐르게 되며 진맥으로 감지할 수 있었다.

그런데 설영의 체내에서 쌍월원공의 운공으로 인하여 발생한 최초의 운력(運力)이 흐릿하게나마 흐르는 것을 확인한 검풍교위녀는 마침내 아연실색하고 말았다.

검풍루의 최고 기록인 닷새가 '듣자마자' 일각으로 경신되는 순간이었다.

이어서 설영이 내리 두 번째 운공을 시작했을 때에는 그 사실이 검풍루주에게까지 보고되고 있었다.

그것이 설영이 검풍루의 역사를 새로 쓰고 또 모든 기록을 갈아치우기 시작한 최초의 순간이었다.

그로부터 열흘이 지난 어느 날,

설영이 심법으로 생긴 운력을 운용하여 석벽에 아주 흐릿한 손바닥 자국 하나를 찍는 일이 벌어졌다.

그것 역시 검풍루 사상 전무후무한 일이었다.

그 직후 설영의 담당이었던 제사 교위녀가 물러나고 그 대신 총교위녀(總敎衛女)가 직접 설영을 맡는, 검풍루가 생긴 이래 초유의 사건이 발생했다.

총교위녀는 검풍루가 보유하고 있는 오십여 명 무술 사범인 검풍교위녀들의 우두머리였으며, 달리 검풍부루주라는 지위에 있는 막강한 여고수였다.

이윽고 사흘 동안 설영을 여러 각도로 면밀하게 시험해 본 총교위녀는 그의 자질이 소문보다 더 뛰어나다는 결론을 내리기에 이르렀다.

이후 총교위녀는 모든 절차와 순서를 무시하고 설영에게 본격적인 무공을 가르치기 시작했다.

즉 자신이 알고 있는 모든 것을 전수하기로 결심한 것이었다. 그 역시 검풍루 사상 초유의 일이었다.

그날부터 설영은 총교위녀로부터 검풍루가 보유하고 있는 모든 것들, 즉 경공술과 검술, 은둔술, 잠행술, 추적술, 미종술(迷從術), 귀영행(鬼影行) 등의 살수로서 갖추어야 할 무공과 기술들을 배우기 시작했다.

설영이 한시도 쉬지 않았으므로 총교위녀도 쉴 여가가 없었다. 아니, 그녀 역시 쉬고 싶은 생각이 추호도 없었다.

사실 총교위녀는 설영보다 더 흥분했고 신바람이 났다.

설영은 정말 가르칠 맛이 절로 나는 아이였다.

하나를 가르치면 열을 깨우쳤고 스물을 터득했으며 서른을 실행하는 귀재였다.

그렇게 육 개월이 지났을 때 총교위녀는 설영에게 더 이상 가르칠 것이 없는 지경에 이르고 말았다.

물론 설영이 검풍루의 무공을 모조리 섭렵, 터득했다는 것이 아니라 이해를 하고 외웠다는 뜻이다.

남은 것은 시간이었다. 충분한 시간을 두고 꾸준히 수련을 하면 될 일이었다.

그러니 총교위녀는 무공 전수를 그만두고 수련 지도 정도만 해야 할 상황에 처한 것이다.

실로 난감했다.

처음에 총교위녀는 설영 정도의 뛰어난 자질이라면 자신

이 갖고 있는 무공을 아무리 빨라도 삼사 년은 족히 배워야 될 것이라고 예상했다.

그런데 그녀가 지닌 무공은 설영에게는 겨우 육 개월치에 불과했을 뿐이다. 실로 상상조차 하지 못한 일이었다.

이제부터 설영이 해야 할 일은 지난 육 개월 동안 터득한 무공을 혼자 수련하면서 완벽하게 자신의 것으로 만드는 것이었다.

그리고 쌍월원공에 전념하여 공력을 높여야만 했다.

"백칠십칠호."

"네, 총교위님."

"이리 와서 앉아라."

연공실 한쪽 구석의 둥근 석대에 앉아서 설영이 검술 수련하는 광경을 묵묵히 지켜보고 있던 총교위녀가 설영에게 자신의 옆을 가리키면서 수련을 중지시켰다.

언제나 그랬던 것처럼 설영의 검술 수련에서는 그녀가 지적할 만한 부분이 하나도 없었다.

총교위녀는 검풍루의 예검녀와 영검낭자들, 심지어는 검풍교위녀들에게까지도 '나찰(羅刹)'로 통했다.

그녀는 마른 체구에 키가 컸으며, 일신에는 흑의를, 어깨에는 바람막이 짧은 견폐(肩蔽)를 걸쳤다.

사십오륙 세가량의 나이에 양쪽 뺨이 움푹 꺼지고 광대뼈가 약간 튀어나온, 여자로서는 보기 드물게 강파른 얼굴 윤곽을 지니고 있었다.

차갑게 가라앉은 눈빛과 핏기 없는 얄팍한 입술. 과연 외모에서조차도 추호의 감정이나 따스함은 찾아볼 수가 없는 총교위녀였다. 누가 지었는지 정말 나찰이라는 별명은 그녀에게 딱 어울렸다.

"괜찮습니다."

설영은 총교위녀의 앞에 서서 약간 고개를 숙였다.

"앉아라."

총교위녀는 불쑥 설영의 손을 잡고 자신의 옆으로 가볍게 끌어당겨 앉혔다.

총교위녀, 아니, 나찰이 누군가의 손을 잡았다. 더구나 가르치고 있는 예검녀나 영검낭자의 손을 잡는다는 것은 예전에는 단 한 번도 없었던 일이다.

검풍루의 그 누구라도 그녀가 생도의 손을 잡았다는 말을 전해 듣는다면 죽기를 각오하고 절대로 믿지 않을 것이다.

그 정도로 총교위녀는 검풍루의 어느 누구에게도 아주 사사로운 자비나 가벼운 인정조차도 베풀지 않았으며, 당연히 아무하고도 친분이 없었다. 그저 자신의 지위와 책임만을 묵묵히 수행할 뿐이었다.

설영은 깜짝 놀랐으나 총교위녀가 손을 잡아끄는 데야 어쩔 도리가 없었다.

그가 총교위녀에게 직접 교육을 받은 이후 그녀와 신체적으로 접촉한 것은 이때가 처음이었다.

그런데 뜻밖에도 총교위녀의 손은 매우 따스했다. 평생 검을 잡은 손이기에 손마디는 억세고 못이 배겨 있었지만, 느껴지는 체온은 놀랄 만큼 따스했다.

총교위녀는 옆에 앉은 설영을 물끄러미 바라보았다.

열심히 수련하는 설영을 일껏 불러서 앉혀놓고는 말없이 바라보기만 하는 것이다.

그런데 지금 그녀는 평소에 귀면(鬼面)을 뒤집어쓴 것 같은 냉막한 얼굴이 아니었다.

부드러운 표정에 따스한 눈빛이었다.

하지만 그녀조차도 지금 자신이 그런 표정을 짓고 있다는 사실을 미처 깨닫지 못하고 있었다.

그녀는 그런 표정을, 그리고 그런 표정을 짓게 하는 마음을 가져본 지가 너무나 오래됐다.

그녀를 지금처럼 변하게 만든 사람은 바로 설영이었다.

그녀는 설영처럼 뛰어난 아이를 일찍이 본 적도 없었고, 그런 귀재에 대한 소문을 들어본 일조차 없었다.

무공을 배우는 데에 있어서의 설영은 마치 바짝 마른 모래밭이 물을 흡수하는 것 같았다.

가르치면 가르치는 대로 모조리 받아들여 완벽하게 터득했으며, 오히려 그것에서 더 새롭고 뛰어난 그 무엇을 창조해

내기도 했다.

그야말로 무공에 천부적인 잠재력을 지니고 있다는 말로밖에는 설명할 수 없는 아이였다.

총교위녀는 설영의 뛰어난 이해력과 독해력, 그리고 창조력이 예전에 그가 배웠을 것으로 추측하는 학문과 탁월한 오성이 바탕이 되고 있음을 깨달았다.

살수를 길러내는 과정에서 그런 경우는 별로 없었지만, 간혹 학문적으로 풀어야 할 상황에 처할 때에는 오히려 총교위녀가 설영에게 배우고 있는 실정이었다.

"영아."

"네?"

설영은 총교위녀가 갑자기 자신의 이름을 부르자 깜짝 놀라서 그녀를 바라보았다.

검풍루에서의 설영의 호칭은 '백칠십칠호'였다.

예검녀나 영검낭자뿐만 아니라 검풍루에 속한 모든 사람들은 이름을 사용하지 않고 호칭이나 지위로 불러야 하는 것이 검풍루의 여러 엄격한 규칙 중 하나였다.

그런데 그것을 방금 총교위녀가 위반했다.

사실 그녀는 과거에 무림에서도 가장 유명한 구파일방 중의 일파인 아미파(峨嵋派)의 제자였다.

그곳에서 무학에 전념했던 어린 시절에 그녀는 그 나이 또래의 소녀들이 그렇듯이 동기들과 사부, 사숙들과 함께 정답고 도탑게 지냈던 가슴 따뜻한 추억이 있었다.

그 후 그녀의 인생을 송두리째 바꿔 버린 일, 즉 사가(私家)의 일가친지들이 무참히 도륙당하는 사건이 발생했다.

그 소식을 전해 들은 그녀는 그 길로 한달음에 달려가 원흉들의 목을 모조리 베어버렸다.

아미파는 불교의 성지다. 그러므로 수많은 불가의 법 중에서 살생을 가장 엄격하게 금하고 있다.

그 일 때문에 그녀는 아미파에서 파문당할 수밖에 없었다. 그렇게 그녀의 꿈 많던 소녀 시절은 한순간에 막을 내렸다.

이후 일가 피붙이 하나 없이 혈혈단신 천하를 떠돌던 그녀는 우연한 기회에 한 사람을 만났다.

그리고 그 사람으로 인해 생각지도 않았던 그녀의 두 번째 인생이 새롭게 시작됐다.

두 번째 인생은 첫 번째 인생, 즉 아미파에서의 생활하고는 극과 극일 정도로 판이했다.

그녀를 거둔 사람은 검풍루와 신봉각이 속해 있는 거대 집단의 최고 우두머리, 즉 철혈태후(鐵血太后)라고 불리는 거목이었다.

하지만 그녀의 새 인생은 결코 순탄하지 않았으며, 따스하거나 정겨운 일과는 거리가 멀었다.

그녀는 검풍루의 여살수가 된 것이다.

그로부터 그녀가 피땀을 흘리면서 익혔던 불가의 철학은

돈을 받고 특정한 인물을 죽이는 일에 쓰이게 됐다.

그녀의 두 손은 언제나 붉은 핏물로 적셔져 있었다. 자신과는 아무런 상관이 없는 사람들의 피였다.

점차 그녀는 웃음과 말을 잃었으며, 바닥이 보이지 않는 자괴감 속으로 끝없이 함몰하여 소라처럼 단단한 껍질 속에서 이따금 아미파에서의 추억만을 되씹으며 살았다.

그렇게 살수 생활 십 년 만에 그녀는 검풍루의 검풍교위녀가 되었고, 지금으로부터 십이 년 전에 검풍총교위녀와 검풍부루주라는 겸직의 지위에 올라 지금에 이른 것이었다.

그런데 정말 이상한 일이었다. 총교위녀는 설영만 대하면 자꾸만 옛 아미파에서의 추억이 눈앞에서, 귓가에서, 그리고 머릿속에서 아른거리며 떠오르는 것을 어쩌지 못했다.

아무리 머리를 흔들고 독한 마음을 먹어도 도무지 떨쳐지지가 않았다.

설영은 다정다감한 성격이어서 검풍루의 칙칙하고 단단하며 살기 어린 분위기하고는 거리가 멀었다.

그런 성격을 지니고 있으면서도 그는 검풍루의 규율을 한 차례도 어기지 않고 잘 따르고 있었다.

총교위녀는 설영의 머리를 부드럽게 쓰다듬으며 물었다.

"영아, 만약 내가 총교위녀가 아니라면 너는 나를 무어라 부르고 싶으냐?"

그것은 있을 수 없는 일이었다.

하지만 총교위녀는 자신이 설영에게 느끼고 있는 것을 설영도 자신에게 느끼고 있는지 궁금했다.

그런데 설영은 그런 질문이 나올 것이라 미리 예상하여 대답을 준비하고 있었던 것처럼 냉큼 대답했다.

"이모요."

순간 총교위녀의 얼굴에 잔물결처럼 기쁨이 번졌다.

"음? 어째서 이모지?"

설영은 아름다운 미소를 지으며 총교위녀를 바라보았다.

"지난 육 개월 동안 총교위녀님께서는 제게 너무 잘 대해주셨어요. 그래서 저는 속으로 줄곧 총교위녀님이 마치 엄마 같다는 생각을 하고 있었어요."

"엄마?"

"네. 하지만 저는 총교위녀님의 친자식이 아니니까 엄마라고 할 수는 없을 테고, 그래서 제 뜻대로 부르라고 하시면 이모님이라 하고 싶어요."

실로 커다란 충격이었다. 그녀는 설마 설영이 자신을 그렇게까지 생각할 줄은 미처 몰랐다.

십삼 세 어린 소녀 적에 아미파 제자가 되어 오늘에 이르기까지 남자의 손 한 번 잡아본 적이 없는 그녀는 아직도 당연히 순결한 숫처녀의 몸이었다.

그런 그녀에게 '엄마' 라는 단어는 무척 생경하면서도 묘한 편안함을 동시에 안겨주었다.

설영은 잔잔하게 허공을 응시하면서 쓸쓸한 표정으로 입을 열었다.

"제가 아주 어렸을 때 부모님께서 돌아가셨어요. 그래서 오빠와 유모가 저를 키웠지요. 오빠나 유모는 제게 잘해주었지만… 그렇다고 엄마는 될 수 없었어요. 저는 늘 엄마가 있었으면 좋겠다는 생각을 했어요. 그런데 이곳에서 총교위녀님과 함께 하루 종일 생활하다 보니까 마치 엄마와 지내는 듯한 느낌이……."

그는 술술 말하다가 총교위녀가 자신을 뚫어지게 응시하고 있는 얼굴이 돌덩이처럼 굳어 있는 것을 발견하고는 급히 입을 다물었다.

"죄송합니다, 총교위녀님."

설영은 얼른 벌떡 일어나 그녀 앞에 서서 고개를 숙이며 용서를 구했다.

그러나 사실 총교위녀는 설영의 말을 들으면서 이상하게도 가슴이 뭉클해져 눈물이 솟구치려 했기 때문에 그것을 참느라 얼굴이 굳어졌던 것이다.

검풍루의 나찰이라고 불리는 그녀도 인간이었다.

아니, 어쩌면 다른 사람들보다 더 따스하고 온화한 성격이라서 상처받는 것이 두려워 자신의 내면을 단단한 껍질 속에 감춘 채 드러내지 않고 있었는지도 모른다.

"아니다, 영아."

총교위녀는 두 팔을 뻗어 앞에 서 있는 설영의 허리를 잡고 자신의 품으로 부드럽게 안았다.

"부족한 내가 어찌 너의 엄마가 될 수 있겠느냐?"

설영은 깜짝 놀라 몸을 움찔거렸다. 그러나 총교위녀의 품에서 벗어나지는 않았다.

"어머니……."

그리고 그는 총교위녀의 가슴에 얼굴을 묻고 나직이 중얼거렸다.

입 밖으로 누군가에게 '어머니'라고 불러본 지가 까마득한 설영이었다. 그렇게 부르자 설영은 자신도 모르게 눈물이 솟구쳤으며 몸이 가늘게 떨렸다.

그때 총교위녀의 몸이 후드득 떨리는 것 역시 설영에게 고스란히 전해졌다.

"영아……."

총교위녀는 설영을 더욱 깊이 가슴에 꼭 끌어안았다.

두 사람은 아무 말도 하지 않은 채 그렇게 오랫동안 서로를 안고, 안겨 있었다.

또한 두 사람은 똑같이 눈물을 흘리고 있었는데, 그런 사실을 총교위녀만 느낄 수 있었다.

설영을 안고 있는 그녀의 가슴팍이 축축하게 젖어들고 있었던 것이다.

한참 만에 포옹을 푼 두 사람은 서로를 바라보았다.

설영을 바라보는 총교위녀의 얼굴과 눈빛에는 잔잔한 애정이, 설영의 얼굴과 눈빛에는 의지와 신뢰가 담겨 있었다.

두 사람에게는 이런 일이 난생처음이었다. 그래서 이럴 때 어떻게 해야 하는지 알지 못했다.

"잘할게요, 어머니."

그때 문득 설영이 잘 익은 능금처럼 얼굴을 살짝 붉히며 작은 소리로 입을 열었다.

총교위녀는 가슴이 벅차올라서 숨을 쉬기가 힘들 지경이었다.

그녀는 잠시 감격으로 몸을 떨다가 조용히 입을 열었다.

"내 이름은 한효령(韓效玲)이란다."

"네."

총교위녀, 아니, 한효령은 집을 떠나 아미파에 입문한 이후 까맣게 잊고 있었던 자신의 이름을 기억해 내어 설레는 마음으로 가르쳐 주었다.

"나는 사흘 후부터 너에게 새로운 검법과 장법을 가르쳐 주려고 하는데, 배우겠느냐?"

그녀가 기억해 낸 것은 이름만이 아니었다. 그녀는 새로 얻은 자식을 위해서 누구에게도 가르치지 않겠다고 다짐했던 아미파의 무공을 끄집어냈다.

"가르쳐 주세요, 어머니."

배우는 것이라면 무엇이든 가리지 않는 설영이 마다할 이유가 없었다. 그는 눈을 빛내면서 목마른 아이처럼 채근했다.

한효령은 빙그레 미소를 지었다.

얼마나 오랜만에 지어보는 미소인지 그녀로서도 기억조차 나지 않았다.

"오냐. 어미가 가르칠 준비를 하는 동안 너는 신봉각에라도 건너가서 놀다 오너라."

설영의 머리를 쓰다듬는 한효령의 손길과 미소가 한결 더 부드러워졌다.

방금 '어미' 라고 말할 때 그 어감이 목과 입술, 혀를 울리며 묘한 자극을 주었다.

그 말에 설영은 문득 신봉각의 인공 호수 정자에서 만났던 은리라는 여자 아이가 떠올랐다.

그녀의 나이는 열한 살 반년이라고 했었다.

第十二章
예비살수(豫備殺手)

검풍루에서 예검녀들이 기거하는 숙소는 삼층이다.

그리고 현재 검풍루에서 수련을 하고 있는 예검녀는 총 백구십팔 명이다.

예검녀 각자에게 주어지는 번호, 즉 호칭은 들어오는 순서대로이므로 특별한 의미는 없다.

백구십팔 명의 예검녀들은 수련 과정에서 자질이 우수하다고 인정되면 몇 가지 까다로운 시험 단계를 거쳐서 총교위녀의 승인을 얻어 영검낭자로 선발되기도 한다.

백구십팔 명의 예검녀 중에서 영검낭자로 뽑힌 소녀가 겨우 열두 명에 불과하다는 사실만으로도 영검낭자를 선발하는 시험 과정이 얼마나 까다로운지 짐작하고도 남음이 있다.

백팔십육 명의 예검녀는 삼층의 북향에, 그리고 열두 명의 영검낭자는 동향에 기거하고 있다.

예검녀들은 크고 넓은 하나의 방에 열 명이 일 개 조(組)를 이루어 기거하고 있다.

하지만 영검낭자들에겐 예검녀들의 방과 동일한 크기의 방이 독방으로 주어진다.

세상 어디를 가나 특별한 사람들에게 특별 대우가 베풀어지는 것은 변하지 않는 원칙 같은 것이다.

삼층의 동쪽에는 열두 명의 영검낭자들 방 외에 열한 명의 검풍교위녀들의 방도 나란히 있다.

그녀들은 오십여 명 검풍교위녀 중에서 엄선됐다. 물론 그녀들은 열한 명의 영검낭자 각자에게 배정되어 일 대 일로 집중적으로 무공을 가르치고 있었다.

열두 명의 영검낭자 중에서 유일하게 검풍교위녀에게 가르침을 받지 않는 사람이 바로 설영이었다.

또한 설영은 검풍루 사상 총교위녀에게 직접 가르침을 받는 최초의 사람이기도 했다.

전체 오층의 검풍루는 둥근 형태의 탑 모양였다. 그래서 모든 방들은 바깥쪽을 향해 둥글게 배치되어 있기에 창문과 노대(露臺:발코니)를 만들 수 있었다.

삼층에는 방이 도합 오십여 개가 빙 둘러 있으며, 복판은 대연무장과 여러 개의 연무장이 있는 구조다.

오십여 개의 방 중에서 당연히 경치가 좋은 동향 동정호 쪽으로 창과 노대가 나 있는 방에 검풍교위녀들이 기거하고, 그 반대로 북향인 숲 쪽에 영검낭자들의 방이 있다.

또한 열한 명의 영검낭자와 비교도 되지 않을 정도로 발군의 천재성을 발휘하고 있는 설영에겐 동향의 방 중에서도 가장 좋은 방이 배정됐다.

열한 명의 검풍교위녀는 방 한복판, 그러니까 동정호 쪽으로 난 반원형의 방 중에서 가장 전망이 좋고 너른 방이 바로 설영의 방이었다.

그의 방에서는 동정호의 아름다운 풍광이 손에 잡힐 듯이 한눈에 들어왔다. 또한 노대에는 휴식을 취할 수 있는 간이 침상과 탁자, 그리고 위에는 햇빛과 비를 가려주는 폭넓은 차양이 쳐 있었다.

삼층에 기거하는 모든 영검낭자들과 검풍교위녀들의 방에는 개인 전용의 연공실이 따로 붙어 있었다.

총교위녀가 자신의 연공실에서 나간 후에도 설영은 한참 동안이나 연공실 안 석대에 혼자 앉아 있었다.

자신에게 갑자기 닥친 일 때문에 총명한 그조차도 쉽사리 마음을 가라앉히지 못하고 있는 중이었다.

총교위녀가 의모(義母)가 됐다는 것은 설영에게 있어서 매우 중대한 사건이었다.

설영은 조금 전에 총교위녀, 아니, 한효령의 물음에 자신이 느낀 그대로를 솔직하게 대답했다.

또한 그렇게 해서 이루어진 결과, 즉 한효령을 의모로 모시게 된 것을 기꺼이 받아들였다.

그런 중요한 일에 거짓이나 술수가 있을 리 없었다.

더구나 설영은 술수나 잔꾀 따위를 부릴 줄도 모른다.

바야흐로 그에게 엄마가 생겼다.

그렇다고 그를 낳아준 친엄마를 잊었다는 뜻이 아니다.

어린 시절부터 너무나도 외로웠던 그는 지난 육 개월 동안 자신에게 때로는 자상하게, 때로는 엄격하게 대해준 한효령이 정말 엄마처럼 느껴졌다.

설영이 보기에도 한효령의 본심은 무척 외로우면서도 따스한 사람인 것 같았다.

외로운 사람끼리 모자지간이 되었으니 잘된 일이었다.

물론 한효령은 설영을 철석같이 여자라 믿고 있겠지만, 언젠가 기회가 되면 사실대로 말할 생각이었다. 의모에게까지 속일 생각은 없었다.

척!

이윽고 설영이 연공실에서 나오자 그의 전속 하녀인 예진(芮眞)이 공손히 아뢰었다.

"아가씨, 팔십이호와 백십구호께서 기다리고 계십니다."

설영은 가볍게 눈살을 찌푸렸다. 지금은 아무도 만나고 싶지 않은 기분이었다.

그저 난생처음 새엄마를 갖게 된 기분을 조금 더 오래 만끽하고 싶을 뿐이었다.

팔십이호와 백십구호는 같은 층에 기거하는 영검낭자로 설영과 가깝게 지내고 있는 사이였다.

원래 검풍루에 들어온 예검녀들의 수련 기간은 최장 십 년, 최단 칠 년으로 고정되어 있다.

통상적으로 보통의 예검녀들은 최장 기간인 십 년을 거의 다 채운 후에야 비로소 정식 살수가 된다.

간혹 최단 기간인 칠 년 만에 살수가 되는 경우도 있기는 하지만 매우 드문 편이다.

그 반면에 선발된 영검낭자들의 수련 기간은 최장 칠 년, 최단 삼 년이다.

하지만 검풍루 사상 삼 년 만에 살수가 된 여자는 열 손가락 안에 꼽을 정도로 희귀했다.

예검녀는 정해진 정원이 없다.

수료하는 대로 살수가 되어 빠져나가고, 또 새롭게 보충되기를 반복하기 때문이다.

그런데도 언제나 평균 백오십여 명 정도를 유지하고 있는 편이었다.

"영아!"

설영이 마음을 추스른 후 거실로 들어서자 의자에 앉아 있던 팔십이호와 백십구호가 반색을 하면서 동시에 일어나 합창을 하듯이 설영을 불렀다.

팔십이호는 그녀의 빠른 번호가 말해주듯이 검풍루에 들어온 지 육 년째다.

예검녀 생활 삼 년째에 뒤늦게 영검낭자로 발탁됐으며, 혜윤(慧玧)이라는 이름을 갖고 있다.

반면에 백십구호는 검풍루에 들어오자마자 영검낭자로 뽑혔다. 올해로 입루 이 년째며, 이름은 정미(鄭美)다.

검풍루에서는 이름을 부르는 대신 몇 호라고 불러야 하는 것이 규칙이지만, 친한 동무들끼리 이름 정도 부르는 것은 눈 감아주는 형편이었다.

설영은 검풍루에서 살수 수업을 받는 육 개월 동안 해를 넘겨 십삼 세가 됐다.

혜윤은 십칠 세, 정미는 십오 세로 둘 다 설영보다 나이가 훨씬 많았지만 친구로 지내고 있었다.

세상 어디를 가나 인간관계에서 가장 기본적인 것이 바로 나이라는 것이다.

어떤 조직에서든 신분과 실력, 그리고 나이는 그 사람의 위치를 정하는 데에 중요한 역할을 하기 마련이다.

검풍루가 예검녀와 영검낭자들에게 엄격한 규칙을 적용하고는 있지만, 자기들끼리의 나이를 놓고 언니니 동생이니 하는 것까지 규제할 수는 없는 노릇이었다.

예검녀와 영검낭자들 사이에서도 분명히 나이에 따른 윗사람과 아랫사람의 구분이 존재했다.

나이 어린 소녀가 아무리 실력이 뛰어나다고 해도 나이가 많은 소녀에게는 한풀 접어주는 식의 바깥 세상과 비슷한 예절이 이곳에서도 통용되고 있었다.

그렇더라도 설영에게는 그런 것들이 절대 통하지 않았다.

그는 오로지 지닌바 실력으로만 자신의 위치를 정하고 또 유지시키고 있었다.

"이것 좀 봐줘."

"누가 옳은지 영아, 네가 판가름 좀 해줘."

그렇게 말하는 두 소녀의 표정은 각기 달랐다. 혜윤은 억울하다는 표정이었고, 정미는 자신이 옳은데 상대가 우긴다는 듯한 표정이 역력했다.

혜윤은 노력파고, 정미는 총명하면서도 기교파(技巧派)다.

그러나 노력과 총명에서 두 소녀는 결코 설영을 능가하지 못했고, 그녀들도 그런 점을 인정하고 있었다.

또한 설영은 기교를 부리지 않는 대신에 초식에 대한 응용과 변형에 능수능란했다.

혜윤과 정미는 자신들이 설영에 비하여 많이 뒤떨어진다는 사실을 인정하고 있었으므로 툭하면 그에게 찾아와 시시비비를 가려달라고 귀찮게 했다.

"따라와."

설영은 방금까지 귀찮아하던 표정을 말끔히 지우고 다시 연공실로 들어갔다.

그가 석대에 앉자 혜윤이 연공실 복판에 우뚝 섰고, 정미는 뒤쪽에 섰다.

예검녀들은 녹의 경장을 입지만 영검낭자들은 홍의 경장을 입는 것으로 구분하고 있다.

한 자루 검을 늘 어깨에 메고 있는 것은 같지만, 암기와 단검 따위를 몸에 지니는 것은 자유였으므로 각기 달랐다.

스릉!

혜윤이 검을 뽑았다.

그녀는 온순한 성격이지만 무공 수련에 있어서만큼은 놀랄 정도의 집념을 보였다.

바로 그것이 온순한 그녀가 이따금 정미와 무공 때문에 시비가 붙는 이유이기도 했다.

쉬쉬쉭! 째애액!

한순간 혜윤의 검이 번개같이 허공을 세 번 찌르고 한 번 베었다. 그리고는 끝이었다.

살수들의 검법은 장황하거나 현란할 필요가 없다. 그런 것은 군더더기일 뿐이며, 오히려 어떤 경우에는 살수의 생명을 위협하는 요인이 되기도 한다.

살수지검(殺手之劍)은 어떤 초식보다도 가장 간명하면서도 빠르고 정확해야만 한다.

살수는 결코 정면 대결을 하지 않는다.

유령처럼 암살 대상에게 접근한 후 기척도 없이 숨통을 끊고 사라지는 것이 살수의 임무이기 때문이다.

일반적인 검술이 일초식 전체를 전개하는 데에 일각, 혹은 빨라야 반 각에 끝나는 데 비해서, 살수들의 일 초식은 아무리 길어도 몇 호흡 내에 끝나야만 하는 것이다.

혜윤의 검술 전개는 반 호흡 만에 시작되고 끝났다. 일초식 중에 하나의 변환식(變煥式)만 전개했기 때문이다.

혜윤이 물러나고 이번에는 정미가 연공실 복판에 섰다.

정미의 눈빛은 날카롭게 빛나면서 허공의 한 점에 고정되어 있었다.

슈슉!

순간 정미에게서 뿜어진 두 줄기 푸른 선(線)이 일 장 반 거리 허공의 두 점을 찌르는가 싶더니 어느새 제 자리에 돌아와 우뚝 섰다.

정미의 발검과 납검(納劍)에 걸린 시간은 혜윤에 비해서 채 반도 소요되지 않았다.

또한 그녀의 검은 처음부터 뽑힌 적이 없었던 것처럼 검집에 담겨 있었다.

짧은 시간에 실연을 해 보인 두 소녀는 설영의 앞에 나란히 서서 긴장된 표정을 지었다.

마치 스승 앞에서 누가 더 잘했는지 결과를 기다리는 제자 같은 모습이었다.

설영은 길게 생각할 것도 없다는 듯 손을 저으면서 명료한 음성으로 입을 열었다.

"윤아가 옳아."

순간 그 한마디에 혜윤과 정미의 표정이 극명하게 갈라졌다. 물론 혜윤의 얼굴에는 기쁨이 파도처럼 퍼졌고, 정미는 풀이 팍 꺾여 울상을 지었다.

그렇지만 설영의 판결에 항의는 있을 수 없었다. 언제나 그랬듯이 두 소녀는 설영이 자신들보다 한 수, 아니, 두 수 정도는 더 상위라는 사실을 인정하고 있기 때문이었다.

그러나 사실 설영의 실력은 두 소녀에 비해서 다섯 수 정도 더 상위였다.

다만 설영이 자신의 실력을 전부 드러내지 않고 있을 뿐이었다. 드러낼 이유가 없었다.

값싼 우월감 때문에 그것을 드러내는 것치고 돌아오는 결과는 그리 만족스럽지 못할 것이기 때문이다.

"어째서 그렇지?"

정미가 설영의 오른쪽에 앉으며 나직하게 물었다. 그 목소리에 불복의 기색이 약간 깔려 있었지만 그보다는 한 수 배우겠다는 의지가 더 역력했다.

혜윤은 기쁜 표정을 감추지 않은 채 살며시 설영의 왼편에 앉았다.

지금부터 설영이 하는 말은 여태까지 그래왔던 것처럼 두 소녀의 검술 수련에 많은 도움이 될 것이다.

설영이 비록 나이는 어리지만 두 소녀는 진심으로 설영의 실력을 인정했고, 한 올의 사심도 없이 그를 좋아했으며, 또 존경하기까지 했다.

언제나 설영의 해석은 명쾌했다. 그것은 지금이라고 예외일 수는 없었다.

"방금 펼친 검술은 둘 다 미숙해."

혜윤과 정미의 얼굴에 그럴 줄 알았다는 표정이 동시에 떠올랐다.

그러나 그녀들은 항의를 하지 않았고, 조금도 불쾌한 표정도 짓지 않았다.

자신이 틀렸다고 지적해 주는 스승에게 항의나 불쾌한 표정을 짓는 제자는 없을 것이다.

두 소녀에게 일 대 일로 무공을 가르쳐 주는 검풍교위녀는 당연히 따로 있었다.

하지만 사실 혜윤과 정미는 설영에게 더 많은 것을, 그리고 더 핵심적인 것들을 배우고 있는 처지였다.

그녀들이 아는 한 설영은 웬만한 검풍교위녀보다 실력이 월등하게 뛰어났다. 물론 이론뿐이지만.

"윤아가 옳다고 한 이유는, 너희 둘이 동시에 각각의 암살 대상을 향해 발검했을 경우 미아보다는 윤아가 조금 더 성공확률이 높기 때문이야."

두 소녀는 잔뜩 귀를 기울인 채 설영의 입만 주시했다.

"방금 너희들이 전개한 월인자삭(月刃刺削)의 삼초식은 얼핏 보면 변화가 없는 것 같지만, 사실은 각 초식마다 이변삼환(二變四幻)의 변화가 감추어져 있어."

거기까지는 두 소녀도 알고 있는 바였다.

"그것을 너희 둘은 나름대로 해석하고 발전시켜서 방금 전같은 변화를 만들어낸 것 같은데, 윤아는 기본에 충실하면서 약간의 변화를 주었을 뿐이고, 미아는 원래 초식이 무언지 전혀 모를 정도로 많은 변화를 주었어."

정미는 고개를 갸웃거리면서 가볍게 눈썹을 찌푸리고 있었다. 잘 모르겠다는 표정이었다.

"대나무를 정성껏 세공하여 처음과는 전혀 다른 제품을 만들어낸다고 해도 그것의 근본은 결국 대나무일 뿐이야. 즉 부러지지는 않지만 결대로 잘 쪼개지는 대나무 원래의 성질은 그대로라는 것이지."

그러자 정미와 혜윤의 얼굴에 무언가 알 것 같다는 표정이 얼핏 떠올랐다.

"미아는 지나치게 머리를 쓴 것 같아. 그래서 애초의 월인자삭 삼초식보다 빠르기는 하지만 위력 면에서 떨어지게 된거야. 반면에 윤아는 월인자삭의 기본 틀을 유지하면서 약간의 변화만 준 것이 주효했어.”

두 소녀의 얼굴에 깨달음이 번졌다.

“우린 머지않아서 살수가 될 거야. 살수의 목적은 완벽하게 암살 대상을 죽이는 것이지. 만약 너희 둘이 진짜 암살 대상을 상대했다면 윤아는 성공했고, 미아는 실패한 셈이야.”

두 소녀는 크게 고개를 끄덕였다. 자신들보다 네 살, 두 살이나 어린 설영이었지만 이런 점 때문에 그녀들이 설영을 친구로, 때로는 스승으로 여기고 있는 것이었다.

“고마워, 영아!”

혜윤이 설영을 와락 끌어안으며 뺨을 비벼왔다.

소녀 특유의 향기가 물씬 풍겼고, 풍만한 젖가슴이 설영의 가슴을 짓누르며 물컹! 했다.

정미는 차가운 표정으로 그 광경을 지켜볼 뿐 가만히 앉아 있었다.

그러나 시선만 두 사람을 응시할 뿐 사실 그녀는 방금 설영이 한 말을 곱씹어 생각하고 있는 중이었다.

세 사람이 일어나 연공실 입구로 향했다. 혜윤이 앞서고, 정미와 설영이 뒤따랐다.

그때 혜윤이 입구를 나가자 정미가 얼른 돌아섰다. 그 바람에 정미와 설영은 몸의 앞부분이 딱 붙어버렸다.

설영이 가볍게 놀라는 표정을 지을 때 정미가 두 팔로 그의 허리를 힘주어 끌어안았다.

두 사람의 키는 비슷했다.

정미는 십오 세치고는 성숙한 육체를 지니고 있었지만 아직 무르익지는 않은 상태였다.

설영은 자신의 아랫도리에 정미의 허벅지 사이 은밀한 부위가 맞닿는 것을 느끼고 얼른 엉덩이를 약간 뒤로 뺐다.

아직 남성적으로 여자에 눈을 뜨지 못한 그였지만, 자신의 남성이 정미의 하초(下焦)에 닿아 자신이 남자라는 사실이 발각될까 봐 그런 것이었다.

정미는 눈을 반쯤 감고 매력적인 표정을 지으면서 설영을 바라보다가 얼른 입술을 내밀어 설영의 입술을 훔쳤다.

쪽!

"사랑해."

정미는 그 말만을 남기고 얼굴이 빨개져서 연공실 밖으로 급히 달려나갔다.

설영은 방심하다가 입술을 빼앗기고 말았다.

그렇지만 사실 이런 일은 자주 있었다.

혜윤과 정미뿐 아니라 모든 영검낭자와 예검녀, 그리고 검풍교위녀들에게 설영은 어떤 신비한 존재였다.

설영은 검풍루에 속해 있는 어떤 여자들보다 아름다웠다. 아니, 그녀들은 설영보다 아름다운 사람을 한 번도 본 적이 없었다.

뿐만 아니라 설영은 모든 예검녀나 영검낭자들 중 모든 면에서 가장 뛰어났다.

신기하게도 검풍루 내에서 설영을 싫어하거나 경원시하는 사람은 아무도 없었다.

예검녀들도, 영검낭자들도, 심지어 검풍교위녀들도 설영을 좋아했으며 친구가 되기 위해서 갖은 노력을 다했다.

하지만 시간이 절대적으로 부족한 설영으로서는 같은 영검낭자로서 자신에게 적극적으로 다가서는 혜윤과 정미와 이따금 대화를 나눌 뿐이었다.

혜윤과 정미는 둘 다 예뻤다.

십칠 세의 혜윤은 이미 거의 성숙해진 몸매에 순후하며 흰 살결을 지닌 미인이었고, 십오 세의 정미는 가시가 잔뜩 돋친 장미 같은 예리한 미모를 지니고 있었다.

정미는 설영을 같은 여자라고 생각하면서도 마음속 깊이 사랑을 느끼고 있었다.

검풍루 오층 건물의 지하로 내려가면 전혀 새로운 또 다른 세계가 나타난다.

그곳에는 지하 선착장이 있었으며, 포구에는 십여 척의 중간 크기와 작은 배들이 정박해 있었다.

배들의 규모는 그리 크지 않았지만 한결같이 돛이 세 개나 달렸으며, 밖에서는 안이 조금도 보이지 않는 이층의 작은 선실까지 갖추어져 있는 쾌속선이었다.

검풍루를 통틀어서 오직 이곳 지하에서 기거하고 또 일하는 선원(船員)들만 남자였다.

아무래도 배를 다루는 것은 여자보다 남자가 낫기 때문이고, 또 전문적이어야 하기 때문인 듯했다.

설영과 한효령이 담소를 나누면서 나란히 지하 선착장으로 내려왔을 때에는 선착장에 한 척의 중간 크기의 배가 방금 당도한 듯 사람들이 배를 대고 또 내리고 있는 중이었다.

배를 부리던 선원들과 배에서 내리던 흑의 야행복에 피풍의를 걸쳤으며 어깨에 한 자루 검을 멘 두 명의 여고수, 그리고 들것에 한 명의 여고수를 싣고 오던 사람들이 일제히 동작을 멈추고 한효령을 향해 깊숙이 허리를 굽혔다.

설영과 한효령은 잠시 멈추었다.

한효령은 들것에 누워 있는 여고수, 아니, 여살수를 무표정하지만 날카로운 눈빛으로 주시했고, 설영은 그 옆에 서 있는 두 명의 여살수를 관찰하듯 바라보고 있었다.

설영은 그녀들 두 명의 여살수가 바로 검풍루의 '검풍살수(劍風殺手)' 일 것이라고 짐작했다.

검풍루의 사층에는 검풍루에서 배출한 선배들, 즉 검풍살수들이 기거하고 있었다.

정확한 숫자는 설영도 잘 모르고 있으며, 다만 그녀들이 대략 오십여 명 내외라고 어렴풋이 짐작할 뿐이었다.

들것에 실린 채 누워 있는 여고수 역시 검풍살수의 복장을 하고 있었다.

　이들 세 명의 검풍살수들은 두 달 전에 암살 명령을 받고 검풍루를 떠났다가 이제 돌아오는 길이었다.

　"어찌 되었느냐?"

　한효령은 들것에 누워 있는 검풍살수에게서 시선을 떼지 않은 채 나직이 물었다.

　"완수했습니다."

　두 명의 검풍살수 중 한 명이 공손히 대답했다.

　검풍루는 장차 검풍살수가 될 재목들을 키워내는 일과 살수업을 동시에 담당하고 있었다.

　그러므로 검풍루의 부루주인 한효령이 검풍살수들에게도 막대한 영향력을 행사하는 것은 당연했다.

　설영은 무언가 찾아내려는 듯한 눈빛으로 두 명의 검풍살수를 바라보았다.

　그러나 그의 얼굴빛이 곧 흐려졌다.

　두 검풍살수에게서는 아무런 표정도, 그리고 아무런 느낌도 찾아내지 못한 것이다.

　그녀들의 얼굴은 거의 완벽에 가까운 무심(無心)이었다. 그리고 눈빛은 심연처럼 고요히 가라앉아 있었으며, 몸에서는 그 어떤 인간적인 느낌도 흘러나오지 않았다.

　설영은 들것에 누워 있는 검풍살수에게 눈길을 주었다.

　그녀는 눈을 꼭 감고 있었는데 안색이 밀랍처럼 창백했다.

그리고 아랫배에 가로로 비스듬히 베인 상처가 있었으며, 길고도 깊었다.

그 상처 때문인 듯 그녀의 아랫배와 하체는 온통 핏물로 흠뻑 젖어 있었다.

살수들이 흑의를 선호하는 이유는 상처가 나거나 피를 흘리더라도 적에게 노출되지 않기 때문이다.

자신의 약점이 적에게 드러난다는 것은, 무림인이라면 누구나 그렇겠지만 살수들에게는 더욱 치명적인 일인 것이다.

검풍살수들은 무림의 그 어떤 살수 조직의 살수들보다 고강하다고 정평이 나 있었다.

무림의 살수계에는 수백 개의 조직이 있는데, 세 등급으로 분류되어 있다.

특급, 상급, 중급이 그것인데, 검풍살수들은 특급에 속한다.

그런 검풍살수 세 명이 출동했으며, 그중에서 한 명이 중상을 입었다면 그녀들이 죽인 암살 대상이 매우 고강하다는 뜻이다. 최소한 일류고수 이상이 분명했다.

중상을 입은 검풍살수는 필경 암살 대상을 합공하다가 그자에게 당했을 것이다.

그렇지만 공격하는 중에는 동료들이 그녀의 상처를 돌봐줄 상황이 못 된다.

살수들의 최우선 목적은 암살 대상을 제거하는 것이다. 자

신들의 목숨은 그다음인 것이다. 그러니 동료의 상처를 돌봐
줄 겨를이 어디 있겠는가.

설영이 보기에도 들것의 검풍살수는 상처가 깊었으며 피
를 너무 많이 흘렸다.

아마도 두 명의 동료가 암살 대상을 완전히 죽인 후에야 지
혈을 시켜준 듯했다.

"의방(醫房)에 옮긴 후에 너희는 쉬도록 해라."

한효령이 명하고 다시 걸음을 옮기자 검풍살수들과 선원
들이 뒤에서 깊숙이 허리를 굽혔다.

한 척의 작은 배가 섬을 떠나 육지를 향해 빠르게 수면을
가르고 있었다.

작은 배지만 세 개의 돛이 있고, 조그만 선실도 갖추어져
있었다.

배 안에는 주방과 침실이 갖추어졌기 때문에 식량만 조달
되면 배 안에서 언제까지나 기거할 수 있을 듯했다.

배의 축로(舳艫:고물)에 조타(操舵)를 잡고 있는 한 명의 남
자 선원과 설영, 한효령, 세 사람이 배에 탄 전부였다.

선수(船首)에는 설영이 낮은 난간에 걸터앉았고, 그 옆에
한효령이 전면을 향해 서 있었다.

"영아."

문득 한효령이 머리카락과 옷자락을 바람에 휘날리면서

앞을 주시한 채 나직한 목소리로 설영을 불렀다.

"네, 어머니."

"예검녀와 영검낭자들이 검풍살수가 된 후 최초 일 년 동안의 생존율은 채 일 할에도 못 미친단다."

한효령의 낯빛은 어두웠다.

"그 이후 삼 년까지의 생존율은 이 할 정도지. 현재 검풍살수 중에서 가장 오래된 사람이 십이 년이란다."

"대단하군요."

설영은 자신도 모르게 감탄을 터뜨렸다.

"그녀는 좀 특별한 경우지. 본 루가 보유하고 있는 오십칠 명의 살수 중 최고의 실력을 갖추고 있단다."

당연한 얘기다. 최고의 실력은 최고의 성공률, 그리고 최장의 생존율과 직결된다.

"무림에서는 그녀를 혈인살수(血刃殺手)라고 부른단다. 그녀는 언제나 혼자 행동하는데, 거의 완벽한 성공률을 기록하고 있단다."

"그렇군요."

살수가 개인적으로 별호를 얻는 경우는 극히 드물다.

설영은 혈인살수라는 섬뜩한 별호의 검풍살수를 한 번 만나보고 싶다는 생각이 문득 들었다.

"혈인살수를 제외한 검풍살수들의 평균 생존 기간은 삼 년이란다."

설영은 가볍게 놀라는 표정을 지었다. 검풍살수들의 생존 기간이 그가 생각했던 것보다 훨씬 짧았기 때문이다.

"본 루에 접수되는 청부 중에서 가장 어려운 것들이 혈인 살수에게 주어진단다. 당연한 일이지. 그러므로 사실은 혈인 살수의 생존율이 가장 희박한 셈이지."

설영은 총명하게 눈을 빛내며 한효령을 바라보았다.

"어머니께서는 왜 이런 말씀을 제게 해주시는 건가요?"

한효령은 미소 지으면서 설영 곁에 앉았다.

"나는 네가 살수가 되는 것을 다시 한 번 고려해 봤으면 한단다."

"위험해서 그러시는 것이죠?"

"그래. 네가 지금이라도 살수가 되기를 포기한다면 내 권한으로 널 영검낭자에서 제외시킬 수 있단다."

한효령은 잠시 생각하다가 말을 이었다.

"이 어미는 다행히도 악양에 한 채의 아담한 장원을 갖고 있단다. 만약 네가 살수 수련을 그만둔다면 너를 그곳에서 생활하게 하고 싶구나."

한효령과 설영이 의모녀지간이 되지 않았다면 그녀가 이런 걱정도 제안도 할 리가 없었다.

설영은 한효령의 손을 꼭 잡으며 미소를 지었다.

"그런 걱정은 하지 마세요, 어머니. 저는 어머니께서 생각하시는 것보다 더 강한 아이예요. 그리고 저는 꼭 살수가 되고 싶어요.”

검풍루의 예검녀나 영검낭자들은 대부분 자신들의 뜻이 아닌 타의에 의해서 살수의 길로 들어섰다.

최초에 예검녀로 선발되면 그녀들의 부모나 보호자는 은자 백 냥을 선불로 받는다.

은자 백 냥은 매우 큰돈이다.

더구나 자식을 살수로 팔아야 할 만큼 가난한 집안이라면 은자 백 냥으로 졸지에 형편이 풀리게 될 것이다.

소녀들이 예검녀로 선발된 후 살수 수련을 받는 동안에도 매달 은자 열 냥씩이 그녀들의 집이나 보호자에게 전해진다.

그리고 마침내 검풍살수가 되고 나면 매달 고정적으로 은자 삼십 냥이 녹봉 형식으로 주어지고, 한차례 살수행을 성공리에 마치면 작게는 은자 백 냥에서 많게는 오백 냥까지가 성공 사례의 의미로 지급된다.

다시 말해서 검풍살수들 각자는 한 집안의 생명줄을 쥐고 있는 셈이었다.

“돈이 필요한 것이냐?”

한효령은 먼 곳을 보며 나직한 어조로 물었다.

그녀는 아직 설영의 신세 내력에 대해서 아무것도 모르고 있었으며, 아무것도 묻지 않았다.

그렇다고 설영에 대해서 궁금한 것이 없다는 뜻이 아니다. 아니, 오히려 설영의 모든 것이 궁금했다.

다만 설영이 먼저 자신에 대해서 말해주기를 기다리고 있을 뿐이었다.

만약 설영이 돈이 필요해서 살수가 되려는 것이라고 대답한다면 해결책은 간단했다.

천하에 피붙이라고는 단 한 명도 없는 한효령이었다. 그녀가 검풍루와 인연을 맺은 후 지금까지 번 돈은 어디 쓸 데가 없어서 차곡차곡 모아두었다.

그러므로 만약 설영이 돈 때문에 살수가 되려고 하는 것이라면 티끌조차 아까운 마음 없이 그 돈을 설영에게 모두 줄 수 있는 한효령이었다.

"돈 때문이 아니에요, 어머니. 사실 저는 꼭 죽여야 할 사람들이 있어요."

한효령은 뜻밖이라는 표정으로 설영을 쳐다보다가 가볍게 놀라는 표정을 떠올렸다.

설영은 마치 얼굴에 얇은 살얼음을 씌운 것처럼 싸늘한 표정에 두 눈에서는 은은한 광채를 뿜어내고 있었다.

한효령은 그 눈빛이 살기라는 것을 간파했다. 오랫동안 살수였던 그녀가 살기를 모를 리가 없다.

"우리 가문을 몰락시킨 그자들을 반드시 제 손으로 죽이고야 말겠어요!"

설영은 희고 섬세한 손을 움켜쥐며 두 눈에서 더욱 강한 살기를 뿜어냈다.

이후 그는 입을 굳게 꼭 다문 채 호수의 먼 곳에 시선을 못 박았다. 마치 그곳에 얼굴도 모르는 흉수가 버티고 있기라도 한 것처럼.

한효령은 잠시 설영을 응시하다가 낮은 한숨을 토해내더니 품속에서 무언가를 조심스럽게 꺼내 설영에게 내밀었다.

"영아, 나중에 이것을 먹도록 해라."

그것은 조그만 금갑(金甲)이었다.

"이게 뭔가요?"

설영을 금갑의 뚜껑을 열지 않고 한효령을 바라보며 의아한 듯 물었다.

한효령은 잠시 회상에 젖은 듯한 표정을 지으면서 눈빛이 가볍게 흔들렸다.

"이 엄마가 오래전에 스승으로부터 받은 것인데, 무극신단(無極神丹)이라는 것이란다."

"무극신단? 약인가요?"

무극신단은 아미파의 영단(靈丹)으로 비록 소림사의 대환단 같은 절세의 효능에는 못 미치지만, 그것을 복용하면 보통 사람은 평생 건강하게 무병장수할 수 있으며, 무공을 연마하는 사람이라면 단번에 삼십 년의 공력이 생기는 놀라운 효험을 지니고 있었다.

그녀가 아미파에서 파문당할 때 사부 자허 신니(紫虛神尼)는 한효령, 아니, 수제자 만공(卍空)에게 아미파의 무가지보인 무극신단을 내주었다.

자허 신니는 천애고아인 그녀가 파문당한 후 천하를 주유하다가 목숨이 위태로운 지경에 처하면 그것을 복용하기를 원했지만, 한효령은 그것을 쓸 일이 없었고, 마침내 설영의 손에 들어오게 되었다.

"나중에 운공을 하기 전에 그것을 복용하도록 해라."

한효령은 무극신단의 효능에 대해서는 한마디도 설명해 주지 않았다.

"네."

설영은 금갑을 품속에 조심스럽게 갈무리한 후 한효령을 바라보았다.

그녀의 다음 말을 기다리는 행동이었지만, 그녀는 미소를 지으며 잠자코 설영을 바라보다가 이윽고 그의 머리를 쓰다듬으며 부드럽게 물었다.

"내게 부탁할 것은 없느냐?"

"아! 그걸 어떻게 아셨어요?"

설영은 깜짝 놀라 눈을 동그랗게 떴다.

"네 눈빛을 보고 알았지."

"야아~! 어머니는 검풍루 그만두고 악양 대로변에 돗자리를 깔아도 되겠어요!"

"돗자리는 왜?"

한효령은 의아한 표정을 지었다. 뜬금없이 돗자리라니.

“어머니께서 돗자리에 앉아 점쟁이를 하시면 크게 성공하실 것 같아요!”

“뭐야? 아하하핫! 날더러 점쟁이를 하라고?”

“헤헷! 그럼 저는 그 옆에서 돈을 거두어들이죠, 뭐!”

“하하하핫! 나중에 은퇴하면 한번 그래보자꾸나!”

한효령은 목젖이 보이도록 명랑하게 웃었다.

조타를 잡고 있던 남자 선원은 크게 놀라 눈을 휘둥그렇게 뜨고 한효령을 쳐다보았다.

그의 기억으로는 검풍루의 나찰 총교위녀가 웃는 모습을 단 한 번도 본 적이 없었다.

아니, 웃었다는 말을 들은 기억조차 없었다.

한효령은 가슴이 후련했다. 아마도 십구 세에 아미파에서 파문당한 이후 처음 이렇게 웃어보는 것이리라.

모녀는 뱃전에 앉아서 서로의 어깨를 얼싸안은 채 오랫동안 웃고 또 웃었다.

“어머니, 제 편지를 항주에 전해주실 수 있나요?”

웃음이 가라앉자 설영은 공손히 물어보았다.

“네가 이곳에 오기 전에 잠시 머물렀던 항주 한매루에 말이냐?”

“네. 그곳에 있는 청매에게 편지를 전하고 싶어요.”

한매루를 대표하는 열 명의 기녀가 ‘십한매’이고 그중 한 명이 ‘청매’인데, 바로 곽선랑이었다.

"그녀의 오라비 곽정이란 사람이 제 수하예요. 그를 이곳 악양으로 불러오고 싶어요."

곽정은 무위가 출중하고 책임감이 투철한 호위무사였다.

중천군림성이 불길에 휩싸여 멸문하던 날, 곽정이 소속된 은월단의 오십여 호위무사가 목숨을 걸고 설영을 탈출시키지 않았더라면 그는 그때 이미 죽었을 것이다.

중천군림성을 멸문시킨 자들은 치가 떨리도록 끈질기게 설영을 추격했다.

그 결과 설영이 가까스로 항주에 당도했을 때에는 살아남은 사람이 설영과 곽정뿐이었다.

설영을 구하느라 낙양에서 항주까지의 오천여 리 길에 충성스러운 사십구 명의 은월단 호위무사들이 피를 뿌리며 죽어갔던 것이다.

설영은 곽정의 충성심을 잘 알고 있다.

곽정은 설영을 자신의 여동생 곽선랑에게 맡기는 것으로 자신의 소임을 다했다고 여기지는 않을 것이다.

아마도 그는 항주까지 추적해 왔을지도 모르는 추적자들을 다른 곳으로 따돌리고, 항주에서 안전하게 자신의 거취를 마련한 후 설영을 다시 찾아오려고 했을 것이다.

그런데 설영이 갑자기 사라져 버렸으니 지난 반년 동안 곽정이 얼마나 애타게 설영을 찾아 헤매었겠는가.

그래서 설영은 곽정을 이곳으로 데려오려는 것이었다.

곽정은 설영의 피붙이는 아니지만 그의 유일한 끈이며, 과거로의 회귀였다.

곽정이 곁에 있으면 설영의 원한이 더욱 새파랗게 칼날을 세울 것이 분명했다.

"오냐. 그렇게 하마. 원한다면 네 수하를 악양에 있는 어미의 장원에 머물게 해도 괜찮다."

한효령은 이번에도 설영과 곽정의 관계에 대해서 캐묻지 않았다.

"고마워요, 어머니."

"착한 딸은 어미한테 고맙다고 말하는 게 아니란다."

설영은 미소를 지으며 한효령을 바라보았다. 그의 눈에 더할 수 없는 신뢰와 정감이 가득 담겨 있었다.

한효령은 그것으로 족했다. 그녀의 바람이 있다면 죽는 날까지 설영과 함께 있고 싶다는 것이었다.

설영의 시선은 멀리 북쪽 하늘을 이리저리 부유하고 있었다.

그가 바라보는 하늘가에는 부드러운 미소를 머금고 있는 한 청년의 모습이 있었다.

'형님……'

뼈에 사무치도록 보고 싶은 사람이었다.

설영에게는 형이요, 아버지고, 스승이며 모든 것이었던 사람.

그는 형 설무검이 죽었을 것이라고 판단했다. 그렇지 않고는 중천군림성이 그처럼 허무하게 붕괴될 리가 없었다.

피눈물을 흘리면서 중천군림성이 있는 낙양을 도주하던 날부터 지금 이 순간까지 설영은 가슴속에 오직 한 가지 목적만을 꾹꾹 누르며 쌓아왔다.

형, 설무검에 대한 복수.

그것만이 설영의 지상 최고의 목표였다.

第十三章
아미절학(峨嵋絶學)

　배가 신봉각의 포구에 당도했을 때 설영의 눈길을 잡아끄는 것이 하나 있었다.

　신봉각이 보유하고 있는 가장 큰 배보다 세 배 가까이 크고, 전체가 먹처럼 시커먼 바로 그 흑선이었다.

　반년 전, 설영은 검풍루에 들어가던 바로 그날 흑선을 처음 보았다.

　설영은 배에서 내려 염뢰방 쪽으로 향하면서도 눈길은 내내 흑선을 살피느라 여념이 없었다.

　흑선의 세 개의 돛 중 가운데 돛의 꼭대기에는 예의 흰 바탕에 핏빛 반월이 그려진 삼각 깃발이 펄럭이고 있었다.

설영이 반년 전에 흑선을 처음 봤을 때에는 흑선의 너른 갑판에 흑의를 입은 백여 명의 무사들이 도열해 있었으며, 그들의 영접을 받으면서 중년인과 소년 두 사람이 흑선에서 내리고 있었다.

그러나 지금은 흑선에 개미새끼 한 마리도 보이지 않았다. 성처럼 거대한 흑선에 사람이 아무도 보이지 않는 것은 흡사 유령선처럼 으스스한 분위기를 자아냈다.

"어머니, 이 배는 무슨 배인가요?"

설영은 흑선에서 시선을 거두지 못한 채 물었다.

한효령은 미소를 지으며 자상하게 설명해 주었다.

"흑마함(黑魔艦)이란다."

"섬뜩한 이름이군요."

한효령은 새로 얻은 딸 설영에게만큼은 아무것도 감출 것이 없었다.

무엇이든 설영이 묻기만 하면 자신이 알고 있는 모든 것을 응구첩대(應口輒對)해 줄 수 있었다.

"혈월단(血月團)이라고 불리는 자들의 해적선(海賊船)이야. 가까이 해서 이로울 것이 없는 자들이지."

"그렇군요."

저토록 크고 근사한 배의 주인이 일개 해적이라는 사실에 설영은 적잖이 실망한 표정을 지었다.

"나는 신봉상루에 볼일을 보러 가는데, 함께 가려느냐?"

한효령은 설영이 같이 가주기를 은근히 바라는 듯한 표정
으로 넌지시 물었다.

그녀는 이제 어디를 가든 무엇을 하든 설영과 꼭 함께 있고
싶어 했다.

옛말에도 늦게 배운 도둑질이 무섭다고 했거늘, 사내의 손
목 한 번 잡아본 적이 없는 숫처녀의 몸인 그녀는 사십육 세
라는 늦은 나이에 얻은 딸을 눈에 넣어도 아프지 않을 만큼
애지중지했다.

"미안해요, 어머니. 저는 여기 온 김에 리아와 놀고 있을
테니 볼일 보세요."

한효령은 적잖이 놀라는 표정을 지었다.

"은리 소저를 말하는 게냐?"

"네. 어머니도 리아를 아세요?"

한효령은 잠시 동안 어이없는 듯한 표정을 짓더니 나직한
웃음을 터뜨렸다.

"호호홋! 천하에서 은리 소저를 그렇게 부르는 사람은 영
아, 너 한 사람뿐일 게다!"

"왜요?"

설영은 어리둥절한 표정을 지으며 눈을 크게 떴다.

한효령은 보면 볼수록, 겪으면 겪을수록 설영이 예쁘고 신
통하고 귀여워서 어쩔 줄을 모를 지경이었다.

그녀는 곧 진지한 표정을 지으며 타일렀다.

"영아, 은리 소저는 하늘처럼 귀한 신분이란다. 행여 실수라도 하는 날이면 큰일이니 조심해라."

설영은 혀를 쏙 내밀었다.

"하늘은 무슨, 귀엽기만 하던걸요? 제 동생 삼았어요!"

"동생?"

은리는 철혈태후의 둘째 딸이다.

검풍루의 부루주인 한효령조차도 철혈태후가 거느리고 있는 거대 집단이 얼마나 큰지, 얼마나 많은 조직들이 속해 있는지 모를 정도였다.

다만 그 수가 수십 개에 이르며, 신봉각은 그중 하나라는 정도만 알고 있을 뿐이었다.

거대 집단에 속한 수많은 사람들에게는 철혈태후가 곧 하늘이고 여황이었다.

그런데 지금 설영이 그 여황의 둘째 딸을 동생으로 삼았다고 말하고 있으니, 한효령은 이 일을 잘했다고 해야 할지 그만두라고 해야 할지 판단이 서질 않았다.

어느덧 두 사람은 갈림길에 이르렀다. 방풍림 사이로 난 길은 신봉상루로 가는 길이고, 방풍림을 따라가다가 나오는 아담한 별채가 바로 은리가 거처하는 곳이었다.

한효령은 신봉상루에 볼일이 있어서 가는 길이고, 설영은 잠시의 휴식을 이용해 은리를 보러 왔다.

설영은 총명한 눈을 반짝이면서 한효령을 바라보며 말했다.

"염려하지 마세요, 어머니. 저는 그 누구에게도 기죽지 않아요. 리아가 하늘 같은 신분이라면 저는 그보다 더 높은 하늘인걸요?"

그는 한효령의 가슴에 포근히 안겨서 그녀의 가슴에 대고 속삭였다.

"그리고 어머니는 저의 하늘이에요."

순간 한효령은 심장이 뚝 멈추는 것 같았고, 가슴이 뭉클했으며, 눈시울이 후끈 뜨거워졌다.

피도, 눈물도, 감정도 없는 나찰 한효령은 설영을 딸로 받아들인 후 걸핏하면 감동하고 가슴이 찌르르하며 눈물을 글썽이는 여자로 변해 버리고 말았다.

하지만 그녀는 그것을 뿌리치려고 하지 않고 그대로 받아들였다.

설영은 그녀에게 하나의 희망이고 목표가 되었다.

바야흐로 그녀는 이제야 자신이 살아갈 진정한 의미를 찾게 된 것이다.

한효령과 헤어져서 별채로 향하던 설영은 방풍림의 어느 나무 곁에 서 있는 한 사람을 발견하고 걸음을 멈추었다.

설영은 그가 누군지 한눈에 알아보고는 살피듯이 가만히 그를 바라보았다.

설영이 반년 전에 인공호수 안에 있는 정자에서 은리와 함게 있을 때 흑선에서 두 사람이 내려 인공 호숫가를 지나갔었다.

그 두 사람은 한 명의 중년인과 소년이었는데, 지금 설영이 보고 있는 사람은 소년이었다.

소년은 그때처럼 흑의 경장을 입고 있었으며 오른쪽 어깨에는 한 자루 검을 멘 모습인데, 설영에게 뒷모습을 보인 채 어딘가를 뚫어지게 주시하고 있었다.

설영은 흑의소년이 주시하고 있는 곳을 쳐다보았다.

그곳은 별채의 이층 어느 방의 바깥으로 돌출된 노대였다. 노대에서는 은리가 의자에 앉아서 간간이 몸을 이리저리 흔들면서 책을 읽고 있는 모습이 보였다.

그런데 그녀는 흑의소년의 존재를 까맣게 모르는 듯 독서에만 열중하고 있었다.

그 순간 설영은 반년 전에 흑의소년이 인공 호숫가를 걸어가던 중에 정자에 있는 설영 자신과 은리 쪽을 힐끗 쳐다봤던 것을 기억해 냈다.

그때 설영은 직감적으로 흑의소년이 은리를 쳐다보는 것이라고 판단했다.

과연 설영의 그때 판단은 옳았다. 지금도 흑의소년은 몰래 은리를 훔쳐보고 있는 중이다.

'틀림없어. 저 소년은 리아를 연모하고 있는 거야.'

총명한 설영은 흑의소년을 단 두 번 보고서 그렇게 단정해

버렸다.

사박—

설영이 흑의소년에게 다가가자 발밑에서 풀을 밟는 미약한 소리가 흘러나왔다.

그 소리에 흑의소년이 놀란 듯 몸을 움찔 떨더니 휙 몸을 돌려 설영을 날카롭게 쏘아보았다.

흑의소년의 얼굴에는 마치 나쁜 짓을 하다가 들킨 듯한 표정이 설핏 떠올라 있었다.

차가운 듯 준수한 얼굴에 뺨이 약간 붉어졌으며 입을 꼭 다문 모습이었다.

은리나 설영은 둘 다 어리지만 몇 년만 지나면 천하를 진동시킬 만한 절색의 미모를 지니게 될 것이 틀림없다.

그러나 미모만으로는 설영이 은리보다 한 수 위였다.

그런데도 흑의소년은 지금 설영에게 호감은커녕 노골적인 적의를 드러내고 있었다.

그것은 흑의소년이 미모만으로 은리를 좋아하는 것이 아니라는 뜻이기도 했다.

흑의소년은 아주 잠깐 설영을 쏘는 듯한 눈빛으로 쳐다보더니 빠르게 곁을 스쳐 지나갔다.

"기다려."

설영이 나직이 부르자 흑의소년은 서너 걸음쯤 지나쳤다가 뚝 멈추어 섰다.

"너, 리아에게 할 말이 있는 것이니?"

흑의소년은 십육칠 세 정도의 나이로 보였는데, 이제 십삼 세인 설영은 거침없이 반말을 했다.

흑의소년은 뒤돌아보지도 않고 아무 말도 하지 않은 채 묵묵히 서 있었다.

"나 지금 리아를 보러 가는데 같이 가지 않을래?"

뒤돌아서 있는 흑의소년의 얼굴은 보이지 않았지만 그의 어깨가 가볍게 흔들렸다. 설영의 느닷없는 제안에 놀란 것이 분명했다.

이윽고 흑의소년이 천천히 돌아섰다.

설영을 바라보는 그의 얼굴에는 조금 전과 같은 적의가 조금도 남아 있지 않았다.

"저 아이 이름이 리아니?"

흑의소년은 나무 사이로 노대의 은리를 쳐다보면서 속삭이듯이 물었다.

자신의 존재를, 자신이 훔쳐보고 있었다는 사실을 은리에게 들키지 않게 하려는 의도가 분명했다. 그리고 은리를 바라보는 그의 눈빛은 꿈을 꾸는 듯했다.

은리는 두 사람의 대화에도 이쪽을 쳐다보지 않았다. 그로 미루어 그녀는 무공을 익히지 않은 것 같았다.

만약 무공을 익혔다면 설영과 흑의소년의 대화를 알아차리지 못할 리가 없었다.

"응, 은리야."

"은리… 예쁜 이름이구나."

설영이 선선히 대답하자 흑의소년은 보물이라도 얻은 듯한 표정으로 조그맣게 중얼거렸다.

사실 흑의소년은 은리에 대해서 아무것도 모르고 있었다.

일 년여 전에 신봉각에 처음 왔다가 우연히 은리를 보고는 어찌해 볼 겨를도 없이 순식간에 그녀에게 마음을 빼앗겨 버리고 말았던 것이다.

원래 흑의소년은 부모의 얼굴도 모른 채 거리에 버려진 천애고아였다.

거지로 문전걸식하던 것을 지금의 사부가 거두어 지금껏 키우고 무공을 가르쳐 주었다.

그의 사부는 냉혹하기 짝이 없는 인물이었다. 사부는 이날까지 흑의소년에게 한 번도 자상하게 대해준 적도, 따뜻한 말 한마디 해준 적도 없었다.

사부가 흑의소년에게 요구하는 것은 오로지 한 가지, 강해지라는 것뿐이었다.

그렇게 십여 년 동안 가혹한 수련만을 하면서 자신의 감정은 완전히 말라 버렸다고 여긴 흑의소년이었다.

그랬던 그가 은리를 처음 보는 순간, 단 한 번 보고는 마치 벼락에라도 맞은 것 같은 거센 충격을 받았다.

그때의 그 충격이 무엇인지 그는 지금껏 모르고 있었다. 그것이 사랑일 것이라고는 한 번도 생각해 본 적이 없었다. 사실 사랑이 무엇인지도 모르는 그였다.

그저 한없이 은리가 보고 싶기만 했다.

수련을 하면서도 하루 종일 은리 생각뿐이었다. 무슨 일을 해도 손에 잘 잡히지 않았다.

그래서 사부가 가끔 이곳 신봉각에 가는 날만 손꼽아 기다리게 되었다.

사부는 한두 달에 한 번씩은 꼭 신봉각에 와서 은리의 언니인 은자랑을 만났다.

무슨 일로 그녀를 만나는지는 흑의소년은 알지 못했고, 알고 싶지도 않았다.

그의 관심사는 오직 은리 한 사람뿐이었다. 사부를 따라 신봉각에 와서 은리를 보는 것만이 그의 유일한 낙이고 희망이 돼버렸다.

그것은 그의 각박하고 고된 삶을 구원해 주는 한줄기 빛이고 희망이었다.

하지만 한두 달 내내 신봉각에 가는 날을 손꼽아서 기다렸다가 막상 오게 돼도 은리를 보지 못하는 날이 허다했다.

은리가 흑의소년이라는 존재를 잘 알고 있는 것도 아니므로 일부러 그에게 자신의 모습을 보이려고 밖에 나와 있을 리는 없었다.

그러니 흑의소년이 지난 일 년여 동안 신봉각에 온 것은 모두 여덟 차례인데, 그중에서 은리를 본 것은 겨우 네 번에 불과했다.

오늘이 바로 네 번째 날이고, 운이 좋은 날이었다. 먼발치에서나마 은리를 볼 수 있었으므로.

하지만 그는 은리에게 말을 걸어볼 생각은 언감생심 꿈도 꾸지 못했다.

그저 몇 달 만에 한 번 은리를 볼 수만 있으면 그것으로 족했고, 그것으로 또 한두 달을 견딜 수 있었다.

흑의소년은 설영과 대화를 하던 중에 문득 은리를 쳐다보더니 그때부터 그녀에게서 시선을 떼지 못했다. 마치 옆에 설영이 있다는 사실조차 잊어버린 듯했다.

“난 소영이야. 넌 누구지?”

설영은 옆에 서서 잠시 기다리다가 그가 은리에게서 시선을 거둘 기미를 보이지 않자 조용히 입을 열었다.

그러자 흑의소년은 깜짝 놀라며 설영을 돌아보았다. 그제야 설영이라는 존재를 인식한 것 같은 표정이었다.

“뭐… 라고 했지?”

“난 소영이라고 해. 넌 누구지?”

설영은 인내심을 갖고 다시 한 번 물었다. 그의 깐깐한 성격으로는 보기 드문 행동이었다.

게다가 그는 강한 의지와 굳센 고집, 그리고 높은 기개와 자부심을 지니고 있었으므로 누군가에게 쉽사리 호감을 느끼는 성격이 아니었다.

하지만 그는 반년 전에 흑의소년을 처음 본 순간 호감보다는 흥미를 느꼈다.

아니, 그가 타고 온 흑선 흑마함에 흥미를 느꼈다고 하는 것이 솔직한 설명일 것이다.

흑의소년은 잠시 침묵을 지켰다. 설영이 그의 얼굴을 보자 망설이는 기색이 역력하게 떠올라 있었다.

그 모습을 보고 설영은 흑의소년이 대인 관계가 거의 없었으며, 타인을 경계한다는 것을 깨달았다.

그는 한참 만에야 겨우 입을 열었다.

"나는 태무(泰武)야."

척!

"반갑다. 앞으로 잘 지내보자."

설영이 불쑥 손을 내밀어 태무의 손을 잡자 그는 움찔 놀라 손을 움츠렸지만 빼지는 않았다.

설영은 태무의 손이 쇠처럼 단단하다는 것을 느꼈다.

그의 손은 온통 억센 굳은살이 배겨 있었고, 어른의 그것처럼 크고 두툼했다.

설영은 그것만 보고도 그가 얼마나 혹독하게 검술 수련을 하고 있는지 짐작할 수 있었다.

반면에 설영의 손은 곱고 섬세했으며 백옥처럼 희었다. 그래서 두 손은 묘한 대조를 이루었다.

설영에게 손을 잡힌 태무의 얼굴이 능금처럼 붉어졌다. 부끄러워하는 것이 분명했다.

겉보기로는 굴강하기 짝이 없을 것 같은 그가 부끄러워하는 모습은 묘한 느낌을 불러일으켰다.

영락없는 여자, 그것도 짝을 찾아보기 힘들 정도의 미모를 지닌 설영이 다짜고짜 손을 잡으니까 태무는 더 놀라고 부끄러워하는 것 같았다.

"가자. 내가 리아를 소개해 줄 테니까 앞으로는 리아를 직접 찾아가서 만나도록 해."

태무의 신분으로는 은리를 만날 수 없다는 사실을 설영이 알 리가 없었다.

"나… 나는……."

태무는 손을 빼면서 머뭇거렸다. 그리고는 방풍림 너머의 신봉상루와 은리를 번갈아 쳐다보았다.

설영은 그가 왜 그러는지 즉시 깨달았다. 아마도 함께 온 중년인 때문일 것이다.

게다가 태무는 보는 것과는 달리 수줍음을 많이 타는 편이었다. 그것은 어쩌면 귀엽게도 보였다.

설영은 즉시 다른 방법을 생각해 냈다.

"리아!"

그는 별채의 이층 노대에 있는 은리를 큰 소리로 불렀다.

그러자 태무는 화들짝 놀라면서 급히 나무 뒤로 숨었다. 정말 생긴 것하고는 전혀 딴판으로 노는 그였다.

"영 언니!"

설영을 발견한 은리는 너무 반가운 나머지 자신이 들어도 놀랄 만큼 거의 환호에 가까운 소리를 질렀다.

"정말 영 언니 맞아요?"

은리는 설영이 남자라는 사실을 알고 있으면서도 누가 들을까 봐 '언니'라고 부르는 것을 잊지 않았다.

"그래! 잠깐 이리 내려오겠니?"

"네!"

설영의 말에 은리는 한 점의 망설임도 없이 대답하더니 즉시 노대에서 모습을 감추었다.

"영 언니!"

잠시 후 별채의 입구 쪽에서 모습을 나타낸 은리는 설영을 부르면서 넘어질 듯이 마구 뛰어왔다.

연분홍색의 최고급 얇은 비단옷을 입은 그녀가 치맛자락을 날리면서 뛰어오는 모습은 마치 한 마리 어여쁜 나비가 나풀거리면서 날아오는 것 같은 광경을 연상시켰다.

"언니!"

은리는 달려오던 여세를 빌어 그대로 설영의 품에 안겨들었다. 설영이 남자인 줄 뻔히 알면서도 그녀는 조금도 망설임이 없었다.

은리의 몸은 여리고 나긋나긋했으며, 머리카락에서는 그

욱한 난향이 풍겼다.

설영은 그녀가 한줄기 풀잎 같다는 생각을 했다.

"왜 이렇게 오랜만에 왔어요? 보고 싶어서 죽는 줄 알았잖아요! 매일 언니 생각만 했다구요!"

은리는 절대 헤어지지 않을 것처럼 설영의 품속으로 자꾸만 파고들며 그의 뺨에 자신의 뺨을 부비면서 눈물까지 글썽였다.

설영은 은리의 신분이 고귀하기는 하지만 매우 외로운 생활을 한다는 사실을 깨달았다.

"잘 있었니? 좀 야윈 것 같구나."

설영이 한 팔로는 은리의 허리를 부드럽게 안고 다른 손으로 뺨을 어루만지면서 말하자 은리는 눈물을 글썽이면서 고개를 끄덕였다.

"응! 순전히 언니 때문이에요! 나를 너무 보고 싶게 만들었잖아요!"

은리는 작게 어리광을 부렸다. 그 모습이 깨물어주고 싶도록 앙증맞고 귀여웠다.

"미안. 앞으로는 자주 올게."

"이리 와요. 내 방에 가서 얘기해요, 우리!"

은리가 설영의 손을 잡고 별채 입구 쪽으로 이끌었다.

"가만, 소개할 사람이 있어."

설영은 은리의 손을 잡은 채 한쪽을 바라보았다. 저만치 커다란 나무 뒤에는 태무가 숨어 있었다.

"무야, 이리 와."

"누가 있어?"

은리는 깜짝 놀라서 두려운 얼굴로 급히 설영의 품에 안겨 들었다. 처음이지만 오랫동안 마치 그랬던 것처럼 익숙한 듯한 행동이었다.

태무는 좀처럼 모습을 드러내지 않았다. 그의 수줍음은 설영이 생각하고 있는 것보다 더 심한 것 같았다.

은리는 설영의 품에 안겨 그의 어깨에 매달린 듯한 자세로 설영이 눈길을 주고 있는 나무를 빤히 바라보았다.

"무야, 기회란 늘 있는 것이 아냐. 나중에라도 후회할 일은 하지 말아야지."

설영은 자신보다 서너 살이나 더 많을 듯한 태무를 마치 형이 아우를 타이르듯이 어르고 있었다.

그제야 나무 뒤에서 태무의 모습이 쭈뼛쭈뼛 나타났다.

"아!"

태무를 발견한 은리의 몸이 파드득 떨리는 것이 그녀를 안고 있는 설영에게 고스란히 전해졌다.

은리는 반년 전에 인공 호수의 정자에서 설영과 함께 있을 때 태무를 처음 보았다.

그때 그녀는 태무를, 태무의 눈길을 몹시 무서워했다. 설영은 그것을 기억하고 있었다.

“이리 와.”

설영이 두어 번 거푸 손짓하며 부르자 태무는 머뭇거리면서 겨우 다가왔다.

“얘는 내 친구야. 태무라고 해.”

설영이 태무를 가리키며 은리에게 말했다.

“친구?”

은리는 눈을 동그랗게 뜨고 믿기 힘들다는 얼굴로 설영을 바라보았다.

어떻게 해서 저런 사람과 친구가 될 수 있느냐는 물음이 그녀의 표정에 가득 담겨 있었다. 그때까지도 그녀는 여전히 설영의 품에 안겨 있었다.

아마도 그녀는 설영을 이성으로 대하기보다는 그저 막연히 좋아하는 듯했다.

“서로 인사해.”

설영이 은리를 품에서 떼어내면서 마주 보게 하며 권했지만 두 사람은 망설이며 얼른 인사하려고 들지 않았다.

은리는 여전히 두려움이 가시지 않는지 한 손으로 설영의 옷자락을 붙잡은 채 그를 조심스럽게 바라보았다.

커다랗고 흑백이 또렷한 그녀의 두 눈이 가벼이 흔들리면서 조금은 설영을 원망하는 빛을 띠고 있었다.

설영이 눈짓으로 먼저 인사를 하라고 재촉하자 그제야 은리는 조그맣게 중얼거렸다.

“은리예요.”

태무는 깜짝 놀라며 꾸뻑 허리를 굽혔다.

“태, 태무입니다! 잘 부탁합니다!”

태무의 말과 행동에 은리는 깜짝 놀라면서 다시 설영의 품으로 조금 안겨들었다.

그러자 설영은 태무처럼 꾸뻑 허리를 굽히면서 그대로 흉내를 내며 익살을 부렸다.

“태, 태무입니다! 잘 부탁합니다!”

여린 목소리의 그가 굵직한 태무의 목소리를 흉내 내며 허리까지 굽히자 은리는 눈을 커다랗게 뜨더니 갑자기 설영의 가슴을 앙증맞은 주먹으로 두드리면서 웃음을 터뜨렸다.

“아하하! 정말 똑같아요! 너무 웃겨!”

인형 같은 그녀가 목젖이 보이도록 깔깔거리며 웃는 모습은 너무도 예쁘고 귀여웠다.

그제야 태무도 벙긋 입으로만 웃었다.

설영이 분위기를 부드럽게 만들려는 의도는 성공했다.

“리아, 네 방에 우릴 초대하지 않겠니?”

은리는 기쁜 얼굴로 설영의 팔을 잡아끌었다.

“어서 가요! 맛있는 다과와 차를 대접할게요!”

“태무는?”

설영이 태무를 쳐다보자 은리는 머뭇거리다가 겨우 입을 열었다.

"무 오빠도 같이 가요."

그러자 태무는 깜짝 놀랐다가 곧 얼굴에 기쁜 빛이 잔물결처럼 피어났다.

그 한마디에 그는 천하를 다 가진 것처럼 가슴이 터지는 기쁨을 맛보았다.

"무야."

그때 세 사람의 뒤쪽에서 한줄기 나직한 음성이 들려왔다.

세 사람이 놀란 얼굴로 돌아보니 그곳에 한 명의 중년인이 석상처럼 서 있었다.

"사부님……."

중년인을 발견한 태무의 얼굴에서 기쁜 기색이 순식간에 사라지고 대신 두려움과 공손함이 떠올랐다.

설영은 태무를 부른 사람이 반년 전에 태무와 함께 흑마함에서 내렸던 그 중년인이라는 것을 한눈에 알아보았다.

설영은 그가 태무의 사부라는 사실을 지금 처음 알게 되었다.

가까이에서 본 그는 사십여 세의 중년이라는 나이에도 매우 당당한 체격에 용맹한 외모를 지니고 있었다.

그러나 눈이 매운 설영은 그에게서 어둡고 음침한 일면을 발견할 수 있었다.

뭐라고 설명하기는 힘들었지만, 마치 깊이를 알 수 없는 심연 같은 느낌이었다.

가까이 다가온 중년인은 은리에게 공손히 허리를 굽혔다. 깍듯한 인사였다.

"이소저(二小姐)를 뵈옵니다."

은리는 조금 전에 태무를 볼 때보다 더 두려운 표정을 지으면서 설영에게 안겼다.

"당신은 누구죠?"

설영은 한 팔로 은리를 안은 채 똑바로 중년인을 주시하며 당돌한 표정으로 물었다.

중년인은 슬쩍 설영을 쳐다보았다. 평범한 행동이었고 시선이었지만, 설영은 그의 눈빛이 한순간 칼날처럼 날카롭게 빛나는 것을 놓치지 않았다.

그 눈빛을 접하는 순간 설영은 자신의 몸이 낱낱이 해부되는 듯한 느낌을 받았다.

하지만 그 날카로운 시선과는 달리 중년인의 입가에는 엷은 미소가 떠올랐다.

"나는 장도명(張導明)이네."

"혈월단의 단주신가요?"

당돌하다 못해서 맹랑한 물음이었다.

"그렇다네."

중년인, 아니, 혈월단주 장도명 옆에 서 있는 태무는 설영의 말에 크게 당황하는 표정이었다.

"그런데 소낭자는 누구지?"

이번에는 장도명이 설영에게 물었다.

"저는 검풍루의 영검낭자예요."

장도명은 설영의 신분이 궁금했다.

이소저 은리가 품에 안겨 있는 것으로 미루어 대단한 신분일 것이라고 짐작은 했지만, 설영이 검풍루 영검낭자의 복장을 하고 있어서 조금 헷갈렸다.

영검낭자와 거대 집단의 금지옥엽인 이소저는 전혀 어울리지 않는 관계이기 때문이었다.

장도명은 설영의 신분을 알고 난 후에도 표정의 변화가 전혀 없었다. 다만 잘 어울리는 잔잔한 미소를 지으며 설영을 바라볼 뿐이었다.

그러나 설영은 그의 눈빛이 잘 드는 한 자루의 면도(面刀)처럼 자신의 온몸 구석구석을 얇게 베어내며 살피는 듯한 느낌을 떨쳐 낼 수가 없었다.

"이소저, 소인은 그만 가보겠습니다."

이윽고 장도명은 설영에게서 시선을 거두고 은리에게 다시 공손히 허리를 굽히고 나서 몸을 돌렸다.

태무는 장도명을 따라가기 전에 은리를 쳐다보며 말없이 가볍게 고개를 숙였다.

사부인 장도명이 은리를 상전처럼 대하는 것에 비하면 무례하기 짝이 없는 행동이었다.

만약 설영이 그에게 은리를 소개하기 전이었다면 그도 사부처럼 은리에게 인사했을 것이다.

겉으로 표현은 하지 않았지만, 그는 은리를 친구로 받아들인 것이 분명했다.

은리도 마주 목례를 보냈다.

태무는 떨어지지 않는 걸음을 옮기면서 설영을 돌아보며 한 손을 들어 가볍게 흔들어 보였다. 그의 입가에는 잔잔한 미소가 떠올라 있었다.

그 미소에는 고마움과 친근함의 의미가 담겨 있었다.

"무야! 이 다음에 오면 내가 없더라도 리아한테 직접 놀러 와! 꼭이야! 알았지?"

그때 설영이 밝은 목소리로 낭랑하게 외쳤다.

그러자 태무의 어깨가 눈에 띌 정도로 후드득 떨렸다. 화들짝 놀란 것이다.

그는 고마움보다 사부 장도명의 반응에 더 신경을 곤두세우고 있는 것이 분명했다.

그런데 설영은 아예 한술 더 떴다.

"단주님! 다음에 이곳에 오시면 태무가 리아와 놀도록 허락해 주세요! 아셨죠?"

"허헛! 그러지!"

장도명은 걸어가면서 뒤돌아보지 않은 채 웃으며 고개를 끄덕여 보였다.

그러면서 팔로 태무의 어깨를 부드럽게 감쌌다. 그 모습은 마치 늘 그랬던 것처럼 자연스러운 행동이었다.

하지만 설영은 장도명의 팔이 어깨를 감싸는 순간 태무의 몸이 가볍게 움찔 떨리는 것을 놓치지 않았다.

"어서 내 방에 가요. 응?"

그때 은리가 기다리기 지루하다는 듯 두 손으로 설영의 팔을 잡아끌었다.

설영은 그녀와 함께 별채 쪽으로 가는 도중에 다시 한 번 태무를 돌아보았다.

태무와 장도명 사제지간은 인공 호숫가를 나란히 걸어가고 있었는데, 장도명은 더 이상 태무의 어깨에 팔을 두르고 있지 않았다.

"자, 오늘도 어제에 이어서 금정대신공(金頂大神功)의 구결을 전해주마. 잘 듣고 외우도록 해라."

설영의 연공실.

한효령은 탁자의 맞은편에 앉아 있는 설영을 자상한 표정으로 바라보며 온화하게 말했다.

"어제도 말했지만 구결이나 뜻은 생각하지 말고 우선 외우기부터 하여라."

한효령은 어제 설영에게 열 차례에 걸쳐서 금정대신공의 구결을 구술해 주었다.

그렇지만 사실 설영은 어제 구결을 들으면서 이미 모조리 외워 버린 상태였다.

지금 그가 눈을 감고 있는 이유는 구결의 오묘한 뜻을 해석하기 위해서였다.

그런 사실을 조금도 짐작하지 못한 한효령은 다시 지그시 눈을 감고 구결을 읊조리기 시작했다.

그녀는 설영이 검풍루의 어느 누구보다도 총명하다는 사실을 알고 있었지만, 그래도 사흘에 걸쳐서 삼사십 차례 정도는 읊어줘야 금정대신공의 긴 구결을 외울 수 있을 것이라고 나름대로 판단했다.

그것도 설영이 총명하다는 전제하에 사흘이지, 평범한 소녀들 같으면 열흘 이상은 읊어줘야 할 것이라고 여겼다.

하지만 그녀는 설영을 과소평가했다.

슥—

그녀가 세 차례의 구술을 시작하고 얼마 지나지 않았을 때 설영이 눈을 뜨더니 의자에서 일어났다.

작은 기척에 눈을 뜬 한효령은 설영이 석대로 걸어가는 것을 보며 가볍게 표정이 변했다.

"영아, 왜 그러니?"

설영은 뭔가 곰곰이 생각하는 표정으로 석대에 앉아 가부좌의 자세를 잡으며 대답했다.

"금정대신공을 한번 운공해 보고 싶어요."

"……."

순간 한호령의 얼굴에 극도의 놀라움이 가득 떠올랐다.

설영의 말은 이미 금정대신공의 구결을 이해했으니 실제로 실행해 보고 싶다는 뜻이 아닌가.

한효령은 막 놀라움의 탄성을 터뜨리려다가 급히 입을 다물고 말았다. 설영이 이미 운공을 시작했기 때문이다.

'이런 말도 안 되는……'

한효령은 눈을 크게 뜨고 입을 벌린 채 얼굴 가득 불신의 표정을 떠올리며 설영을 쳐다보았다.

이것은 있을 수도 없는 일이었다.

금정대신공은 소림사의 항마신공(降魔神功), 무당파의 현도신공(玄道神功)과 함께 무림삼대신공으로 불리는 아미파의 절학이었다.

과거 한효령은 금정대신공의 구결을 외우는 데에만 닷새, 구결을 이해하는 데에 한 달이 걸렸다.

그러므로 한효령이 지금 자신의 눈앞에서 벌어지고 있는 일을 믿지 못하는 것은 당연했다.

그녀는 눈도 깜빡이지 않은 채 숨도 멈추고 뚫어지게 설영을 주시했다.

만에 하나, 정말 설영이 단 하루 만에 그토록 오묘하고 난해한 금정대신공의 구결을 외우고 이해했다면, 그것은 거의 기적과도 같은 일일 것이다.

백번 양보해서 설혹 그랬다고 치자.

그렇더라도 설영이 한효령의 구체적인 설명조차 한마디도 듣지 않은 상태에서 운공을 성공리에 마친다는 것은 절대 있을 수 없는 일이었다.

그것은 기적을 넘어서 경천동지할 일인 것이다. 아미파 개파 이래 그런 인물은 단 한 명도 없었으며, 그런 가능성조차도 제시된 적이 없었다.

시간이 반 각쯤 흘렀는 데도 설영은 가부좌의 자세를 흐트러뜨리지 않고 있었다.

상황이 이쯤에 이르자 한효령은 어쩌면 설영이 정말 단 하루 만에 금정대신공의 구결을 외우고 또 해석까지 하여 최초의 운공조식을 해낼지도 모른다는 얼토당토않은 생각을 아주 조심스럽게 하게 되었다.

그녀의 심장이 큰 소리를 내며 쿵쾅거렸다. 정말 그렇다면 그녀는 설영의 능력을 지나치게 과소평가한 것이다.

사실 설영은 자신조차도 모르고 있는 능력을 날마다 경신하고 있었다.

한효령은 입 안에 침이 바짝 말랐고, 온몸이 수만 마리의 개미가 기어다니는 것처럼 스멀거렸다.

그 순간, 설영을 뚫어지게 주시하던 한효령의 두 눈이 화등잔처럼 잔뜩 커졌다.

보라! 설영의 코에서 흐릿한 자색(紫色)의 운무가 흘러나오고 있지 않은가?

　“……!”

　한효령은 의자에서 벌떡 일어나 두 눈이 찢어질 듯이 부릅뜨고 설영을 쏘아보았다.

　‘맙소사……!’

　지금 설영의 코에서 흘러나오고 있는 자색의 운무는 금정대신공을 운공할 때 자연적으로 생성되는 자령기공(紫靈氣功)의 자기무(紫氣霧)라는 것이다.

　초창기에는 지금 설영이 보여주는 것처럼 흐릿한 자기무가 코에서 흘러나온다.

　이후 차츰 세월이 흘러 운공의 횟수가 많아져 공력이 정순하고 높아질수록 칠공(七孔)과 전신의 모공에서도 자기무가 뿜어져 나와 몸 주위에 일정한 형상을 이룬 채 머물러 있다가 운공이 끝나기 직전에 다시 체내로 스며든다.

　금정대신공을 두어 달가량 열심히 운공하면 체내에 비로소 자령기공이 생기고, 그래서 최초의 자기무가 코로 흘러나오는 것이다.

　그런데 놀랍게도 설영은 최초의 운공에서 벌써 자기무가 흘러나오고 있었다.

　그것은 그가 금정대신공을 완벽하게 이해한 후 제대로 운공하고 있으며, 단 한 번의 운공으로 자령기공을 생성시켰다는 뜻이다.

　한효령은 자신이 틀림없이 뭔가 큰 착각을 하거나 꿈을 꾸고 있는 것이라고 여겼다.

그렇지 않고서는 지금 자신의 목전에서 벌어지고 있는 일을 이해할 수 있는 방도가 없었다.

그녀는 고개를 세차게 흔들어보기도 하고, 자신의 팔을 꼬집어보기도 했지만 그녀가 생각하던 착각이나 꿈은 깨어지지 않고 오히려 더욱 또렷하게 보였다.

이것은 절대 착각이나 꿈이 아닌 것이다.

그때 설영의 상체 주위에 떠 있던 흐릿한 약간의 자기무가 스르르 그의 콧속으로 빨려 들어갔다.

그러더니 그는 눈을 뜨고 낮은 탄성을 터뜨렸다.

"아! 어머니! 운공을 하고 나니까 기분이 몹시 상쾌해요! 저, 제대로 운공한 것이 맞나요?"

설영이 석대에서 내려와 다가오는 데에도 한효령은 정신을 차리지 못하고 있었다.

"금정대신공은 제가 배운 쌍월원공하고는 전혀 격이 다른 심법이로군요? 단 한 차례 운공했을 뿐인데 몸이 날아갈 것처럼 가볍고, 정신이 그 어느 때보다도 맑아요!"

설영은 금정대신공의 심오한 매력에 흠뻑 빠져서 약간 들뜬 기분으로 말하다가 그제야 한효령의 표정이 이상한 것을 발견했다.

"어머니, 왜 그러세요? 어디 아프신 건가요?"

설영이 잔뜩 걱정스러운 표정으로 한효령의 어깨를 잡고

흔들자 그녀는 약간 정신을 차리는 것 같았다.

"괜찮으세요?"

"괜찮으냐고?"

설영을 바라보는 한효령의 얼굴에 격동과 기쁨이 가득 떠오르더니 갑자기 설영을 덥석 안으며 탄성을 터뜨렸다.

"영아!"

"어머니……."

"네가 이토록 뛰어난 천재일 줄은 진정 몰랐구나! 너는 내가 알고 있던 것보다 열 배, 아니, 백 배는 더 뛰어난 천재에 무골을 지니고 있는 것이 분명하다! 아마도 천하에서 너를 능가할 인재는 없을 것이다!"

설영은 살며시 얼굴을 붉혔다.

한효령은 한동안 설영을 품에 꼭 안고 있다가 흥분이 어느 정도 진정되자 설영의 등을 토닥이면서 입을 열었다.

"이제부터 어미가 알고 있는 것들을 하나도 남김없이 너에게 전수해 주도록 하마!"

설영은 한효령이 과거에 어떤 사람이었는지 모르므로 그녀가 무엇을 전수해 줄는지도 알지 못했다.

한효령은 한동안 설영을 품에 안고서 할 말을 머릿속으로 정리하는 듯하더니 설영을 가만히 품에서 떼어내고는 그의 어깨를 잡은 채 약간 허리를 굽혀 얼굴을 들여다보는 듯한 자세로 물었다.

"예전에 나는 아미파의 제자였단다. 너는 구대문파 중 하나인 아미파라는 문파에 대해서 들어본 적이 있느냐?"

설영은 적잖이 놀라는 표정을 지었다.

"물론이에요! 아미파는 소림사와 더불어 무림의 양대 불문 성지(佛門聖地)로 추앙받고 있으며, 아미파의 무공은 천하무림에서도 일절로 꼽힌다고 들었어요!"

한효령은 흐뭇한 미소를 지었다.

"그렇단다. 내일부터 네가 배우게 될 무공은 바로 그 아미파의 절학들이란다."

설영은 얼굴 가득 믿어지지 않는다는 표정을 떠올렸다.

"정말인가요? 제가 아미파의 절학을 배우게 된다는 사실이 믿어지지 않아요!"

한효령은 기대 어린 표정으로 말을 이었다.

"나는 다행히 아미파의 절학들을 거의 기억하고 있단다. 어미도 네가 그것들을 완성하는 모습을 하루빨리 보고 싶구나."

사실 한효령이 아미파의 제자였던 시절, 그의 사부였던 자허 신니는 그 당시 아미파 장문인 천허 신니(千虛神尼)의 사저였다.

전대 장문인의 수제자였던 자허 신니가 마땅히 장문인의 위에 올라야 했지만, 그녀는 사매인 천허 신니에게 양보했다.

이유는 간단했다.

장문인이 되면 거의 하루 종일 아미파 안팎의 수많은 대소사를 일일이 관장해야 하므로 자신만의 개인적인 시간이 없어지기 때문이었다.

자허 신니는 아미파에서 첫 손가락 꼽히는 최고수로서, 무공 연마와 새로운 무공에 천착(穿鑿)하는 것을 최고의 낙으로 삼고 있는 사람이었다.

그런 그녀가 장문인이 되어 눈코 뜰 새 없이 바빠서 자신의 낙을 잃게 되는 것을 어찌 감당할 수 있었겠는가.

사실 자허 신니의 일신에는 아미파의 모든 무공이 총망라되어 있었다.

그녀는 현존하는 무공뿐만 아니라 수백 년 전에 실전(失傳)된 아미파의 무공들까지도 무슨 수를 써서라도 기어코 발굴해 내어 그것을 연구, 발전시키는 데 평생을 다 바쳤다.

그 일에 자허 신니의 하나밖에 없는 수제자였던 만공, 즉 한효령이 깊이 관여하여 밤낮없이 사부를 도왔던 것은 두말하면 잔소리다.

그러므로 한효령이 아미파의 모든 무공, 그리고 실전되었다가 자허 신니에 의해서 발굴된 과거 절학들의 구결을 외우고 이해할 수 있게 된 것은 너무도 자연스러운 일이었다.

그녀는 아미파에서 파계된 후에도 거의 매일 잠자리에 들기 전에 자신이 알고 있는 아미파의 모든 무공의 구결을 외우고 해석하며, 수련하는 일을 게을리 하지 않았다.

하지만 그녀의 능력으로는 역부족이었다.

아미파의 철학이 너무도 심오하고 난해해서 그녀로서는 손도 대보지 못한 것들이 태반이었고, 그나마 익힌 무공들도 대성(大成)하지는 못했다.

그녀의 노력이 부족했던 것이 아니라 자질이 따라주지 못한 때문이었다.

한효령은 이제부터 그것들을 차근차근 설영에게 모두 전수할 계획이었다.

그래서 자신이 이루지 못한 아미파 철학들을 대성하는 꿈을 설영을 통해서 이루고자 하는 것이다.

그때 설영이 조심스럽게 입을 열었다.

"어머니, 그런데 아미파 무공은 여자들만 익히는 것이 아닌가요?"

한효령은 미소를 지으며 고개를 가로저었다.

"아미파에는 여승들만 있기 때문에 모두 그렇게 알고 있는데, 사실은 그렇지 않단다. 물론 아미파에는 여자들만 익힐 수 있는 무공도 있기는 하단다. 그렇지만 남녀의 구분 없이 익힐 수 있는 무공들이 대다수란다."

설영은 만약 한효령이 여자들만 익힐 수 있는 무공을 가르쳐 주면 배우는 시늉만 해야겠다고 생각했다.

한효령을 속이는 것 같아 미안한 마음이 들었지만 어쩔 수 없는 일이었다.

한효령이 너무도 사랑스럽다는 듯 설영의 머리를 부드럽
게 쓰다듬었다.

"영아, 오늘 밤 자정에 무극신단을 복용하고 즉시 금정대
신공을 운공하거라."

"네, 어머니."

아미파 절학의 바탕은 금정대신공이다.

그것을 얼마나 성취하느냐에 따라서 절학들을 완성하느냐
못하느냐가 달려 있는 것이다.

第十四章

삶과 죽음의 무투장

"와아아!"

대기실 밖의 조용하던 무투장에서 느닷없이 커다란 함성이 터져 나왔다. 함성은 마치 우렛소리 같아서 대기실 전체가 웅웅 울렸다.

저런 굉렬한 함성이 터져 나오는 것은 한 가지 경우에만 가능했다.

싸우던 두 명의 무투사 중 한 명이 피를 뿌리면서 쓰러져야만 피에 굶주린 잔인한 관중들은 저런 미친 듯한 함성을 터뜨리며 즐거워서 날뛰는 것이다.

무투사들이 대기하고 있는 이곳 좁은 대기실은 길쭉한 사각형의 형태인데, 무투장 쪽으로는 철창문이, 반대편에는 대기실로 들어오고 나가는 철문이 나 있었다.

양쪽 석벽에는 두 개의 긴 쇠 의자가 석벽에 박혀 있는 쇠사슬에 연결되어 있었다.

그곳 한쪽 쇠 의자에 설무검이, 맞은편에는 단랑이 앉아 있었으며, 대기실이 길쭉한 형태라서 두 사람의 거리는 반 장이 조금 넘는 정도였다.

설무검은 석벽에 등과 뒷머리를 기댄 채 지그시 눈을 감고 있는 모습이었다.

그의 얼굴은 그 어떤 표정도 떠올라 있지 않은 무표정, 무심함 그 자체였다.

설무검의 맞은편에 앉아 있는 단랑은 대기실에 들어온 이후 한시도 설무검의 얼굴에서 시선을 떼지 않고 있었다.

팔 개월 전,

군총교독의 명으로 설무검과 양궁표, 염탕은 무투사로 선발되어 참형에 처해지는 것을 모면할 수 있었다.

그때 같은 뇌옥에 갇혀 있던 단랑이 자신들에게도 기회를 달라고 군위교 반호에게 요구했다.

반호는 다음날 아침 뇌옥 문을 열었을 때 살아 있는 한 명만을 무투사로 쓰겠다는 말을 남겼으며, 다음날 그는 피바다가 된 뇌옥 안에서 피투성이가 된 단랑이 혼자 간신히 버티고 서 있는 모습을 발견했다.

열두 명의 산적을 죽이고 무투사가 된 단랑은 팔 개월이 지난 지금까지도 꿋꿋하게 살아남았다.

단랑은 박박 깎은 머리가 더벅머리처럼 자랐는데, 양어깨에는 쇠로 만든 견갑(肩甲)을, 양손에도 얇은 쇠로 만든 손등과 손목을 덮는 수갑(手甲)을 찬 모습이다.

그가 앉아 있는 오른쪽 옆에는 그의 무기인 두 자루 단창(短槍)이 세워져 있었다.

각각 넉 자 길이에 끝에는 뾰족한 창날이고, 양옆에는 반월처럼 휘어진 두어 뼘 길이의 칼날이어서 적을 찌를 수도 벨 수도 있는 다용도의 무기였다.

또한 상황과 필요에 따라서 두 자루 단창의 손잡이 쪽을 서로 맞물리게 하여 비틀면 여덟 자 길이의 한 자루 장창으로 변하기도 한다.

단랑은 언제나 그랬던 것처럼 지금도 설무검의 얼굴에서 시선을 떼지 않고 있었다.

그는 설무검이 양궁표의 여동생 양연화를 구해오는 중에 목을 베어서 죽였던 호리채의 채주 호리겸차의 동생이다.

그는 팔 개월 전 뇌옥에서 설무검을 죽이려다가 실패한 후 두 번 다시 섣부른 짓을 하지 않았다.

아마도 그는 일거에 설무검을 죽일 수 있는 가장 완벽한 기회를 노리고 있는 중일 것이다.

그런 기회가 와야만 설무검에게 살수를 펼칠 것이다. 섣불리 덤볐다가는 설무검을 죽이기는커녕 자신의 목숨만 덧없이 사라질 것이라는 사실을 잘 알고 있기 때문이다.

그때 무투장 쪽 철장 앞에 서서 무투장을 쳐다보고 있던 양궁표가 한옆으로 비켜섰다.

철컹!

거칠게 철창문이 열리더니 온몸이 피범벅인 한 사내가 관군 한 명의 부축을 받으면서 대기실로 들어서며 큰 소리로 설레발을 떨었다.

"크헤헷! 다들 봤지? 내가 놈의 멱을 따줬다구!"

한 손에 피가 흠뻑 묻은 도를 쥐고 있는 사내는 득의하게 웃으며 대기실에 있는 사람들에게 자랑하다가 옆구리를 움켜잡으며 욕설을 쏟아냈다.

"우욱! 우라질! 더럽게 아프군!"

그는 다름 아닌 과거 흑풍채주였던 염탕이었다.

그가 들어서자 대기실 출입구 옆 의자에 앉아서 여태껏 꾸벅꾸벅 졸고 있던 늙고 꾀죄죄한 초로인이 부스스 잠에서 깨어 어기적거리면서 염탕에게 다가왔다.

"랑, 자넨 좀 비켜주게. 자! 염탕, 자넨 여기 좀 눕게. 어디를 얼마나 다쳤는지 좀 보자구."

초로인이 손을 젓자 단랑이 일어나서 염탕이 누울 자리를 만들어주었다.

염탕은 초로인, 즉 의원의 부축을 받으며 쇠 의자에 누우면서도 떠들기를 멈추지 않았다.

"이봐, 종(琮) 노인. 별것 아니니까 신경 쓸 것 없어!"

무투사가 중상을 당하면 치료하는 데에 돈이 많이 들고, 또 시일이 오래 걸리게 된다.

중상을 당한 사람이 일급의 무투사라면 당연히 살려내려고 온갖 방법을 동원한다.

하지만 이급이나 삼류 무투사라면 사정이 크게 달라진다. 치료는커녕 그 즉시 절대 돌아올 수 없는 사막이나 강물에 버려지고 만다. 즉 폐기 처분인 것이다.

결론적으로 말하자면 염탕은 이급에 속하는 무투사였다.

대기실에 있는 네 명의 무투사 중에서 설무검은 특급, 양궁표가 일급, 염탕과 단랑은 이급에 속한다.

이급이나 삼류 무투사가 중상을 당했느냐 아니냐, 즉 폐기 처분해야 할지 말아야 할지의 결정권은 전적으로 경붕현 관속(官屬) 의원인 종 노인에게 달려 있다.

염탕의 상처는 예상외로 깊었다. 옆구리가 쩍 갈라져서 콸콸 피를 쏟아내고 있었다.

게다가 내장까지 다친 상태였다. 누가 보기에도 영락없는 폐기 처분감이었다.

"어때, 종 노인? 내 말이 맞지? 우헤헷! 그것 보라구! 별것 아니라고 했잖아! 종 노인, 당신은 신경 쓸 것 없으니까 그만 저리 비키라구! 나는 좀 쉬어야… 우욱!"

염탕은 과장스럽게 웃으면서 일어나 앉으려고 하다가 오만상을 쓰면서 맥없이 도로 누워버렸다.

옆구리를 도대체 얼마나 깊이 다쳤는지 도통 힘을 쓸 수가 없었다.

염탕은 종 노인이 입을 굳게 다문 채 자신의 옆구리 상처만 뚫어지게 자세히 살피고 있는 것을 보고 가볍게 움찔 떨면서 얼굴색이 거멓게 변했다가 짐짓 다시 한 번 껄껄 웃으며 너스레를 떨었다.

"핫핫핫! 이봐, 종 노인! 나는 지난 팔 개월 동안 이보다 더 큰 상처를 수십 차례나 당하고서도 끄덕없이 무투 경연에 나가서… 욱!"

그는 웃으며 말하다가 갑자기 입에서 핏덩이를 토해내며 심하게 헐떡였다.

"안 되겠어. 상처가 너무 깊어."

그때 종 노인이 침중하게 말문을 열었다.

사형선고였다.

"무… 슨 엉터리 같은……."

염탕은 반박하려고 했지만 사실 소리칠 힘조차 없었다.

슥―

이윽고 종 노인이 일어섰다.

이제 그가 입구를 나가 이들의 생사여탈권을 한 손에 쥐고 있는 무투 담당 군관에게 보고하면 그로써 염탕의 생은 종지

부를 고하고 말 것이다.

염탕은 안타까운 표정으로 설무검을 쳐다보았다.

"설 형……."

종 노인이 입구로 걸음을 옮겼다.

설무검은 눈도 뜨지 않았고, 어떤 기척도 보이지 않았다.

"설 형, 제발 살려주시오."

팔 개월 전, 흑풍채주로서 마지막 하루를 남겨놓은 날 염탕은 설무검에게 무공을 가르쳐 달라고 요구하면서 양궁표의 가족을 인질로 삼는 포악을 떨었다.

설무검이 무공을 가르쳐 주지 않으면 양궁표의 가족을 노예로 팔겠다는 협박이었다.

그래서 설무검은 양궁표와 함께 그의 가족을 구출하여 흑풍채를 떠나기로 계획했다가 바로 그날 자정에 들이닥친 토벌대에게 부상을 입은 채 부로(浮虜)가 되고 말았다.

그 포악을 떨었던 염탕이 설무검에게 애원을 하고 있었다. 설무검보다 나이가 아홉 살이나 많은 그가 말이다.

"설 형……."

염탕의 표정이 처절하게 변한 것은 상처의 고통 때문만이 아니었다.

아니, 지금은 그런 것이 문제가 아니었다. 상처는 치료할 수 있지만 폐기 처분되면 그것으로 끝장인 것이다.

대기실에 있는 양궁표와 단랑은 묵묵히 염탕을 쳐다볼 뿐 아무 말도 하지 않았다.

이상한 일이었다. 무투사의 중상 정도를 진단하는 사람은 의원인 종 노인인데, 어째서 염탕은 설무검에게 살려달라고 애원하고 있는 것인지 모를 일이었다.

양궁표와 단랑은 이번만은 설무검이 염탕을 모른 체해주기를 내심 원하고 있었다.

양궁표는 염탕에게 씻지 못할 깊은 원한이 있으므로 당연히 그가 죽기를 원했다.

폐기 처분되어 강물에 던져져서 단번에 익사시키는 것보다는 사막에 버려져서 오랫동안 고통을 당하다가 죽었으면 좋겠다고 그의 깊숙이 가라앉은 눈빛이 말하고 있었다.

단랑은 양궁표보다 한층 더 노골적이었다. 그의 얼굴과 눈빛에는 염탕에 대한 살의가 짙게 떠올라 있었다.

지금이라도 당장 찢어 죽이지 못하는 것을 원통하게 여기는 눈빛이었다.

그런 데에는 그럴 만한 충분한 이유가 있었다.

원래 염탕은 여자를 몹시 밝히는 호색한이지만, 사실은 남색(男色)을 더 밝혔다.

경붕현 관속의 무투사들이 묵는 무투련당 세 번째 방이 염탕의 방이고, 그 옆 네 번째 방에 단랑이 기거하고 있다.

단랑의 나이는 아무리 많게 봐도 이십이삼 세를 넘지 않을 것 같았으며, 이들 넷 중에서 가장 어린 나이였다.

그의 산적 생활에서의 경륜이나 거친 성격, 무투사로서 내일을 기약할 수 없는 삶을 살아가는 것을 감안할 때 그의 나이는 지나치게 어렸다.

경붕현 관속 무투사들 중에서 단랑은 가장 외모에 대해서 무신경하고 다듬지 않는 사람이었다.

하루하루 겨우 목숨을 부지하는 무투사들이 무슨 신명이 나서 스스로의 외모를 가꾸려고 할까마는, 최소한 목욕이나 세안, 면도 정도는 기본적으로 하고 지냈다.

그러나 단랑은 그마저도 거의 하지 않았다. 더구나 그는 수염이 나지 않는 체질이라 면도를 할 필요도 없었다.

무투 경연이 없는 평소에 그가 하는 일이라고는 하루 세 끼 밥을 먹는 시간을 제외하고는 하루 종일 미친 듯이 무술을 수련하다가 밤이 이슥해지면 기진맥진한 몸을 이끌고 자신의 방에 겨우 당도해 그대로 쓰러져서 혼절하듯이 깊은 잠에 빠져드는 것뿐이었다.

그렇게 가꾸지 않는 데도 단랑이 원래 지니고 있는 미끈한 외모는 좀처럼 가려지지 않았다.

남자치고는 크고 서글서글한 한 쌍의 눈. 하지만 그 눈에는 항상 원한과 증오와 불만이 가득 차서 이글거렸다.

갸름한 얼굴 윤곽.

작고 오뚝한 콧날과 역시 작고 붉은 입술.

가늘고 긴 목과 좁은 어깨, 마른 듯 가녀린 몸매.

만약 단랑을 깨끗이 씻긴 후에 여장을 시켜 거리에 내놓는다면 뭇 사내들의 눈길을 사로잡을 것이 분명했다.

그 단랑을 염탕이 남몰래 벼르고 벼르다가 어느 날 밤에 느닷없이 덮쳤던 것이다.

그날도 단랑은 하루 온종일 미친 듯이 무공 수련에 전념하느라 파김치가 된 상태에서 자신의 방에 돌아와 옷도 벗지 않은 채 쓰러져 잠이 들었다.

단랑이 어렴풋이 잠에서 깨었을 때 그의 아랫도리는 이미 완전히 벗겨진 상태에서 엎드린 자세였고, 역시 아랫도리를 벗은 염탕이 커질 대로 커진 자신의 양물을 막 단랑의 항문 속에 쑤셔 넣고 있는 중이었다.

아마도 단랑이 잠에서 깬 이유는 염탕의 몽둥이 같은 양물이 단랑의 항문을 찢을 듯이 쑤시며 진입하는 엄청난 고통 때문이었을 것이다.

기겁을 한 단랑이 몸부림을 쳤지만 염탕은 단랑의 등 한복판에 단검을 들이댄 채 반항하면 죽이겠다고 윽박질렀다.

더구나 염탕의 거구가 단랑의 가녀린 체구를 찍어누르고 있었으므로 옴짝달싹도 할 수 없는 처지였다.

그사이에 염탕의 양물은 단랑의 항문 속으로 약간 삽입되고 있는 상태였다.

바로 그때 밤 수련을 마치고 돌아오던 설무검이 이상한 신음성을 감지하고는 단랑의 방문을 열어젖혀 순식간에 염탕을 제압하여 바닥에 내동댕이쳤다.

설무검이 불을 켰을 때 단랑의 어깨에는 단검이 얕은 깊이로 꽂혀 있었으며, 염탕이 찍어누르는 바람에 허리를 다쳤는지 엎드린 자세에서 버둥거리며 꼼짝도 하지 못했다.

더러운 얼굴과는 달리 엎드린 자세인 단랑의 아랫도리는 희고 깨끗했으며 미끈했다.

아니, 백옥처럼 매끄럽고 고왔으며 엉덩이는 여자의 그것처럼 팽팽하고 풍만하기까지 했다.

설무검에게 혈도가 제압된 염탕은 방구석에 처박힌 채 끙끙 앓는 소리를 내며 꼼짝도 못했다.

단랑은 수치심에 죽고 싶은 심정이었지만 허리의 통증 때문에 어떻게 해볼 도리가 없어 자신의 엉덩이를 고스란히 설무검에게 보일 수밖에 없었다.

더구나 다리가 벌어져 있는 자세라서 엉덩이 사이 깊은 계곡 속이 적나라하게 까발려진 상태였다.

또한 그의 엉덩이와 허벅지 주위는 온통 피가 낭자했다. 항문이 찢어졌기 때문이다.

설무검은 묵묵히 단랑의 엉덩이를 닦아주고 바지를 입힌 후 허리의 몇 군데 혈도를 누르고 이탈된 뼈를 맞춰주고는 염탕을 질질 끌고 밖으로 나갔다.

만약 그가 염탕을 데리고 나가지 않았다면 단랑이 그를 죽여 버렸을 것이 분명했다.

그날 밤에 염탕이 단랑을 겁탈(?)하려고 했던 사건은 설무검도 단랑도 입을 열지 않음으로써 표면화되지는 않은 채 그들 세 사람만 아는 비밀로 덮어졌다.

단랑 역시 고자질이나 하는 어설픈 소인배는 아니었다. 대신 그는 틈만 나면 염탕을 죽이려고 들었다.

자신의 손으로 직접 죽여서 복수하려는 것이었다. 그리고 그것은 지금도 예외가 아니었다.

쿵!

"서… 설 형, 전에도 수없이 맹세했지만… 나, 염탕은… 설 형의 종이오! 부디 살려주시오!"

종 노인이 문 앞에 이르자 다급해진 염탕은 바닥에 굴러 떨어져 안간힘을 써 무릎을 꿇으려 하며 처절한 얼굴로 설무검에게 애원했다.

사실 염탕이 단랑을 겁탈하려다가 설무검에 의해서 미수에 그쳤을 때에도 그랬지만, 지금처럼 무투 경연 중에 중상을 입어 종 노인이 군위교에게 보고하기 전에 설무검이 두어 번 그를 구해준 적이 있었다.

그때 그는 평생 설무검의 종이 되어 따르고 복종하겠노라고 눈물로써 맹세했다.

물론 그 맹세의 효력은 그가 회복되어 걷게 된 날까지가 고작이었지만.

쿵쿵!

"주인님! 제발 사, 살려주십시오! 종이 죽는 것을 보고만 계실 것입니까?"

종 노인이 문고리를 잡는 것을 발견한 염탕은 사색이 되어 설무검을 향해 절을 올리며 애걸복걸했다.

이마를 얼마나 세게 돌 바닥에 짓찧었는지 대기실 전체가 은은하게 울릴 정도였다.

"종야(琮爺)."

그때 설무검이 눈을 감은 채 나직이 입을 열었다. 염탕과 단랑, 그리고 다른 사람들은 종 노인이라고 부르지만, 설무검과 양궁표만은 그를 종야라고 호칭했다.

"보고하지 마시오."

"알았네."

종 노인은 미소 지으면서 선선히 대답하고는 발길을 돌려 다시 염탕에게 걸어왔다.

"으으……."

쿵!

긴장이 풀린 염탕은 그대로 쓰러져서 혼절해 버렸다.

단랑은 잘근 피가 나도록 입술을 깨물었다.

염탕이 폐기 처분되어 사막이나 강에 버려지는 것보다는, 자신의 손으로 직접 죽이는 것이 통쾌한 복수가 될 것이라고 스스로를 애써 타이르고 있는 중이었다.

종 노인의 발길을 멈추게 할 수 있는 사람은 설무검뿐이었다. 그 이유를 이곳에 있는 사람들은 모두 잘 알고 있었다.

"단랑! 이번에는 네 차례다! 준비해라!"

무투장 쪽 철창 밖에서 경붕현 휘하 관군이 대기실 안쪽을 향해 외쳤다.

단랑은 한 쌍의 단창을 왼손에 모아 쥔 채 철창을 향해 천천히 걸어갔다.

지난 팔 개월 동안 수십 차례도 더 무투 경연을 벌인 그였지만, 매번 무투장에 나갈 때마다 얼굴 표정과 온몸이 긴장으로 팽팽해지는 것은 어쩔 수가 없었다.

설무검은 여전히 등과 뒷머리를 석벽에 댄 채 눈을 감고 있었다.

그러지 않으려고 애썼는데, 단랑은 설무검 앞을 지날 때 기어코 그의 얼굴을 힐끗 쳐다보고 말았다.

언제나 조금도 변함이 없는 모습.

설무검의 얼굴은 무심하기 짝이 없었지만, 단랑은 그를 볼 때마다 그의 얼굴에서 천하(天下)와 세월을, 그리고 잘 벼려진 한(恨)을 발견하곤 했다.

결코 준수하다고는 할 수 없는 얼굴이었다. 하지만 기이한 매력이 있는 것만은 분명했다.

물론 그것이 어떤 종류의 매력인지에 대해서는 여전히 수수께끼로 남아 있었지만……

이윽고 단랑이 설무검의 얼굴에서 시선을 거둘 때였다. 왜 하필이면 바로 그 순간에 자신이 아랫도리를 까발린 채 엉덩이를 벌리고 엎드려 있었던 그날 밤의 일이 떠오른 것인지 모를 일이었다.

그 짧은 순간에 단랑은 설무검이 자신의 엉덩이에 낭자한 피를 닦아주던 손길의 촉감마저도 떠올려야만 했다.

그 손길은 현실처럼 생생했다. 마치 지금 설무검의 손이 그의 엉덩이를 쓰다듬고 있는 것 같았다.

'빌어먹을!'

단랑은 속으로 욕설을 내뱉으며 걸음을 빨리했다.

철컹!

철창문이 열리고 단랑이 막 나서려고 할 때,

"오른쪽 겨드랑이를 노려라."

그의 뒤에서 설무검의 나직한 중얼거림이 날아와 단랑의 어깨를 툭 건드렸다.

단랑이 수십 차례 싸우러 나가는 동안 설무검이 조언을 한 것은 이번이 처음이다.

그러나 단랑은 무투장으로 걸어가는 짧은 시간 동안에 설무검의 말을 까맣게 잊어버렸다. 일부러 잊으려고 해서가 아니라 너무 긴장한 때문이었다.

아마도 죽으러 처형장에 끌려갈 때의 기분이 이럴 것이다.

'빌어먹을!'

그는 다시 한 번 속으로 욕설을 터뜨렸다.

저벅저벅.

단랑은 심호흡을 하면서 천천히 철 계단을 올랐다.

계단은 모두 아홉 개.

언제나 그렇듯이 계단은 너무나 짧게 느껴졌다. 그렇지만 그 계단을 다 오를 때쯤에는 긴장이 어느 정도 가신다.

아홉 개의 계단 위에는 폭 삼 장의 원형 무투장이 그를 기다리고 있었다.

바닥은 철판이고, 벽은 없다.

무투 경연의 규칙은 너무도 간단하다.

일 대 일 대결이고, 시간이 얼마가 걸리든 승패가 가려질 때까지 싸운다.

승패를 가리는 방법 역시 간단하다.

싸우다가 한 명이 죽거나 항복을 하는 경우, 또는 무투장 아래로 추락하면 패한다.

단, 독(毒)을 제외한 어떠한 수법이나 무기, 암기도 무투 경연에서는 제한을 받지 않는다.

척!

이윽고 단랑은 아홉 개의 계단 꼭대기의 무투장에 올라섰다. 다행히 숨통을 옥죄던 긴장은 웬만큼 가라앉았다.

"……!"

그러나 무투장 맞은편에 우뚝 서 있는 한 인물을 발견한 순간 단랑은 심장이 덜컥 소리를 내며 멎는 것 같은 거센 충격을 받았다.

'혈야차(血夜叉)!'

칠 척 거구의 사내가 피처럼 붉은 머리카락을 산발한 채 한 자루 커다란 철부(鐵斧:쇠도끼)를 움켜쥐고 철탑처럼 서 있는 모습은 영락없는 지옥의 야차였다.

더구나 부리부리한 두 눈마저도 충혈된 핏빛이었고, 성성이처럼 긴 두 팔은 무릎까지 닿았다.

게다가 거무튀튀한 얼굴색에 히죽 징그럽게 웃을 때 드러나는 흰 이는 보는 이의 모골을 송연하게 만들었다.

오래전부터 열하성과 찰합이성을 포함한 드넓은 몽고고원 곳곳의 현에서는 무투 경연이 성행해 왔다.

그 기원이 언제인지는 분명하지 않았지만, 무투 경연은 지위 고하를 막론하고 모든 사람들을 열광시켰다.

웬만한 권력가나 관리, 재력가, 토호(土豪), 상단(商團)들은 너나 할 것 없이 무투사들을 양성하여 적게는 서너 명씩, 많게는 수십 명까지도 보유하고 있었다.

언제부터인가 전적으로 무투사만을 양성하여 매매, 알선하는 업종까지도 생겨났다.

그런가 하면 권력자나 지역의 유지도 아닌 신분이면서 순전히 무투사만으로 떼돈을 벌어들여 부호 행세를 하는 자들도 꽤 많았다.

무투 경연에는 당연히 판돈이 걸려 있다.

삼류 무투사끼리의 싸움에는 다소 적은 판돈이, 이급끼리의 싸움에는 그보다 훨씬 많은 판돈이, 그리고 일급끼리의 싸움에는 무려 은자 일만 냥 이상이 판돈으로 내걸리는 경우도 왕왕 있다.

아주 드문 경우지만, 특급끼리의 싸움에서는 십만 냥 이상의 은자가 공공연하게 거래되기도 한다.

그래서 그 한판 싸움의 승패에 따라서 한 가문의 재산이 모조리 다른 가문으로 흡수되는 일이 벌어지기도 한다.

물론 그런 무투 경연에서는 패한 무투사를 보유한 쪽이 하루아침에 패가망신하여 쪽박을 차게 되는 것은 당연했다.

그러나 망한 자는 그대로 물러나지 않았다.

쓸 만한 무투사를 한 명 구하기만 하면 언제든 재기할 수 있으며, 예전보다 더 큰 부자가 될 수 있는 곳 또한 무투 경연이었으므로 만사 제쳐 두고 무투사를 구하러 다녔다.

강한 무투사를 보유하는 것은 곧 부와 명성, 권력을 한 손에 움켜쥐는 것이나 다름없었다.

그러므로 몽고고원 일대의 세도가나 제법 영향력이 있다고 자부하는 자들은 강한 무투사를 구하려고 혈안이 돼 있는 상황이었다.

특급이나 일급의 무투사를 한 명만 보유하고 있으면 한두 차례의 무투 경연만으로 돈방석에 앉게 되기 때문이었다.

지금 단랑의 상대로 나온 자, 즉 혈야차라고 불리는 자는 이급으로 분류되는 무투사다.

누군가가 무투사에게 특급이니 일급, 이급 따위의 등급을 정해주는 것은 아니다.

다만 무투사들의 그동안의 승패율과 실력을 분석, 가늠하여 비슷한 수준끼리 싸움을 붙이다 보니 자연스럽게 그런 등급이 매겨진 것이었다.

혈야차의 실력과 승률은 누가 보더라도 거의 일급에 가까운 이급이었다.

일급으로는 조금 모자라는 듯하고, 이급으로는 많이 넘치는 그런 인물이었다.

반면에 단랑은 모자라지도 넘치지도 않는 적당한 이급 수준이었다.

혈야차의 주인은 이곳 경붕현의 토호 중 한 명인 함자방(咸玆邦)이라는 자인데, 십여 명의 무투사를 거느리고 있다.

몽고고원을 통틀어 무투사는 천 명 이상이며, 그중 일급 무투사는 이십여 명 안팎에 불과했다.

함자방은 일급 무투사를 두 명 보유하고 있었다.

원래는 한 명이었는데, 보름 전에 한 명을 새로 영입했다.

그 두 명의 일급 무투사야말로 함자방의 재산 목록 일호라고 할 수 있었다.

무투장 사방의 계단식 관람석에는 수많은 구경꾼들이 자리를 잡은 채 함성을 터뜨리고 있었다.

동편의 귀빈석에는 오늘 출전한 무투사들의 주인과 초청된 귀빈들이 앉아 있다.

그들 중에는 혈야차의 주인인 함자방과 단랑의 주인인 경붕현 군총교독 오장보의 모습도 보였다.

단랑은 혈야차를 쏘아보았다. 그가 싸우는 모습을 여러 차례 봐온 단랑이다.

그때마다 그의 잔인무도함에 치를 떨면서 저런 자가 어째서 이급으로 분류된 것인지 못마땅하게 생각했다.

그런데 오늘 단랑이 재수없게 제대로 걸려든 것이다.

혈야차의 싸움 기술은 상대가 정신을 차리지 못할 정도로 폭풍처럼 거세게 몰아붙인다는 것이다.

거대한 체구에 걸맞지 않게 몸 동작이 재빠르며, 언제 어느 각도에서든 철부가 상대의 급소를 향해 뿜어진다.

단랑은 언젠가는 혈야차라는 놈이 자신의 상대가 될지도 모르며, 바로 그날이 자신의 목숨이 다하는 날이라고 내심 한 움큼의 두려움을 품고 있었는데, 우라질! 하필 그게 바로 오늘이었다.

"시작!"

순간 무투의 시작을 알리는 구령이 터졌다.

아니, 구령이 터지는 순간 혈야차는 어느새 단랑의 서너 걸음 앞까지 쇄도하고 있었다.

단단히 벼르고 있다가 구령과 함께 튀어나온 것이다.

그 순간 단랑은 머릿속이 하얘졌다. 너무 긴장해서 평소에 자신이 어떻게 싸웠는지조차도 망각해 버렸다.

최악의 상황이었다.

위잉!

커다란 철부가 무지막지하게 단랑의 정수리를 쪼개어왔다.

단랑의 눈에는 그 철부가 마차처럼 커다랗게 보였다.

역시 혈야차의 동작은 빨랐고, 철부는 정확했다.

단랑은 자신의 상대가 혈야차라는 사실을 알게 된 순간 지나치게 놀라고 주눅이 들었기 때문에 어떤 식으로 싸워야겠다는 방식을 계산할 여유가 없었다.

그래서 무투사 두 명이 무투장에 등장하면 즉시 싸움의 시작을 알리는 구령이 터진다는 사실마저도 잠시 잊고 있었다.

그런데 ‘시작!’ 이라는 구령과 거의 동시에 어느새 들이닥쳤는지 혈야차의 철부가 코앞에서 정수리를 쪼개오고 있으니 어찌 놀라지 않겠는가?

단랑은 피할 시간적 여유가 없다는 사실을 깨달았다. 순간적으로 단창을 들어 올려 막으면서 철부가 멈칫하는 사이에 옆으로 피해야겠다는 판단을 내렸다.

팍!

단랑이 재빨리 왼손의 단창을 가로로 눕히는 것과 동시에 머리 위로 들어 올려 급히 막자 철부는 단창을 수수깡처럼 간단하게 잘라 버렸다.

부웅!

단랑은 순간적으로 눈을 부릅뜨면서 놀라 급히 상체를 옆
으로 쓰러뜨렸다.

그 바람에 철부의 칼날이 그의 귓가를 아슬아슬하게 스쳐
지나갔다.

머리카락 몇 올이 도끼 날에 베어져 허공에 흩어졌다. 얼마
나 도끼 날이 예리하고 빠르면 머리카락을 베겠는가.

단랑의 온몸에 소름이 쫙 돋았다.

쿵!

피하는 자세가 기우뚱 불안했던 단랑은 그대로 철판 바닥
에 나뒹굴었다.

쐐액!

그리고 그가 일어나기도 전에 철부가 재차 날아들었다.

단랑은 사력을 다해서 옆으로 몸을 굴렸다.

캉!

철부가 철판 바닥을 강타하며 불꽃이 번쩍 튀었다.

위잉!

혈야차는 그림자처럼 단랑을 따라붙으면서 연속적으로 철
부를 휘둘렀다.

그의 입가에는 잔인하면서도 득의한 미소가 매달려 있었
다.

무시무시한 공포가 단랑을 엄습했다.

한 번도 생각해 본 적이 없는 '죽음'이라는 것의 시커먼 그림자가 그의 눈앞에 뿌옇게 덮쳐 들었다.

단랑은 피하기에 급급해서 몸을 일으킬 여유조차 없었다. 그는 결사적으로 데굴데굴 굴렀다.

쾅! 쾅! 쾅!

철부는 간발의 차이로 연이어 철판을 강타했다.

"으헛헛헛! 오군총교독! 저자의 피하는 꼴이 마치 궁지에 몰린 쥐새끼 같지 않소?"

군총교독 오장보 옆에 나란히 앉은 함자방이 단랑을 가리키면서 유쾌한 웃음을 터뜨렸다.

오장보의 얼굴이 보기 싫게 일그러졌다.

함자방의 웃음소리는 철판 바닥을 구르며 피하기에 여념이 없는 단랑의 귀에도 똑똑히 들렸다.

하지만 그것에 반응을 보일 만큼 단랑은 한가하지 못했다.

그의 왼손에는 조금 전에 위쪽이 잘라져 나간 단창 절반이 쥐어져 있었다.

창날이 사라져 버린 쓸모없는 막대기에 불과했지만, 피하느라 정신이 없어서 그것을 버릴 생각조차 하지 못했다.

쿵!

단랑은 또 한 차례의 무지막지한 철부 공격을 가까스로 피했지만, 이번에는 철판 바닥에 모질게 엉덩방아를 찧으며 널

브러져서 완전히 누워버린 자세가 되고 말았다.

두 손과 두 발의 어느 한쪽이든 바닥에 대고 있어야 그것에 힘을 주어 피할 수 있을 터이다.

그런데 지금처럼 두 발과 두 손이 허공에 떠서 허우적거리는 듯 엉거주춤한 자세에서는 어떻게 해볼 방도가 없었다.

혈야차는 어느새 단랑의 왼쪽에 따라붙어 최후의 일격을 가하려고 철부를 머리 위로 치켜들었다.

단랑은 꼼짝할 수가 없었다. 이제 곧 철부가 그어 내려지면 그의 머리통이 박살나고 말 것이다.

단랑의 얼굴에 절망의 그늘이 설핏 드리워졌다. 아주 짧은 순간 험난하기만 하고 기억할 것은 별로 없는 스물두 해의 기억들이 빠르게 뇌리를 스쳐 갔다.

그리고 다음 순간,

"……!"

철부를 머리 위로 높이 쳐든 혈야차의 오른쪽 겨드랑이가 활짝 열려 있는 모습이 단랑의 시야에 쏟아져 들어왔다.

그러고 보니 혈야차라는 놈은 공격을 할 때 철부를 쥔 오른쪽 겨드랑이가 자주 활짝 노출되는 것 같았다. 동작이 필요 이상으로 크기 때문이었다.

"오른쪽 겨드랑이를 노려라."

찰나, 대기실을 나오기 직전에 설무검이 했던 말이 커다란 종소리처럼 단랑의 머릿속에서 울려댔다. 긴장감 때문에 까맣게 잊고 있었던 말이다.

그러나 단랑은 일어설 수 없는 자세였다. 또한 혈야차는 그의 왼쪽에서 덮쳐 오고 있기 때문에 오른손의 단창으로는 공격 각도가 나오지 않았다.

왼손에는 부러진 막대기뿐.

그러나 앞뒤 잴 여유가 없었다. 방법을 강구하려는 것보다 더 빨리 혈야차의 철부가 단랑의 머리를 쪼갤 터이다.

그 순간 단랑은 오른쪽 팔꿈치가 부서지도록 철판 바닥을 힘차게 밀어 상체를 튕겨 올리는 것과 동시에 왼손의 부러진 막대기의 뾰족한 부위를 혈야차의 겨드랑이를 향해 젖 먹던 힘을 다해서 뻗었다.

푹!

"큭!"

왼손에 묵직한 느낌이 전해졌다. 진흙 속으로 팔을 힘껏 찔러 넣은 듯한 친밀한 느낌.

혈야차의 철부는 단랑의 머리를 쪼개지 못했다.

단랑이 재빨리 일어나서 자세를 잡고 쳐다보자 혈야차는 비틀거리면서 뒤로 물러나고 있었다.

그리고 그의 오른쪽 겨드랑이에는 창자루가 두어 뼘만 남긴 채 깊숙이 꽂혀 있었다.

혈야차의 철부가 단랑의 단창을 비스듬히 비껴서 잘랐기 때문에 그 끝이 칼날처럼 뾰족한 상태였다. 그러니 야들야들한 겨드랑이 속을 파고드는 것은 독사가 제 집을 찾아드는 것만큼이나 간단했다.

순간 단랑의 눈이 번쩍 기광을 발했다. 아직 끝난 것이 아니다. 승기를 잡았으니 끝장을 봐야 한다.

슈욱!

이어서 그는 온 힘을 다해 덮쳐 가면서 오른손의 단창을 혈야차를 향해 찌르듯이 던졌다.

퍼억!

"끄악!"

단창은 정확하게 혈야차의 목줄 한복판에 꽂혔다.

길고 뾰족한 창날이 목 뒤로 튀어나왔다.

그러나 그것도 잠깐, 창날 양쪽의 반월형의 칼날이 혈야차의 목을 뎅겅 베면서 그의 목이 뚜껑이 열리듯이 뒤로 벌렁 젖혀졌다가 바닥에 떨어져 나뒹굴었다.

꿍!

뒤이어 혈야차의 머리 없는 몸뚱이가 느릿하게 뒤로 넘어가더니 철판 바닥을 울리며 쓰러졌다.

"헉헉헉……."

단랑은 두 팔을 늘어뜨린 채 가녀린 어깨를 들썩이며 거친 숨을 몰아쉬었다.

‘이겼다.’

장내가 쥐 죽은 듯이 조용해졌다.

방금 전까지만 해도 죽이라고 소리치던 관중들은 갑작스러운 반전에 적잖이 놀란 듯했다.

그때 장내를 쩌렁쩌렁 울리는 웃음소리가 터졌다.

“으핫핫핫! 함 대인! 저기 죽어 있는 녀석은 지난번 사냥 때 내 칼에 목이 잘린 멧돼지 놈 같지 않소? 쥐새끼가 멧돼지를 죽였으니 이런 경우도 다 있는 것이오? 이것은 궁지에 몰린 쥐새끼가 고양이를 문[窮鼠囓猫] 것이 아니라 멧돼지를 문[窮鼠囓猪] 것이로군! 푸핫핫핫!”

군총교독 오장보의 득의한 웃음소리였다.

그의 얼굴에 얼마나 득의만면한 표정이 떠올랐을지는 굳이 눈으로 보지 않아도 짐작할 수 있었다.

이런 통쾌한 기분이야말로 강한 무투사들을 소유하고 있는 권력자들이 돈을 주고도 누릴 수 없는 특권 중의 하나였다.

저벅저벅.

“단랑 승!”

무투장의 승패를 주관하는 판장(判長)이 머리를 잃은 혈야차를 살핀 후에 단랑을 가리키며 외쳤다.

“와아아!”

함성이 터졌지만 그 소리는 매우 작았다.

관중들은 자기네들끼리 몇 개의 무리를 지어 내기 돈을 걸고 무투사들의 승패에 따라서 돈을 따고 잃기도 한다.

이를테면 무투 경연은 한마디로 거대한 도박판인 것이다.

사람들은 장사로 혹은 농사로, 노동으로 힘들게 한 푼 두 푼 돈을 모아서는 무투 경연 때 내기를 하여 송두리째 날리든가, 아니면 큰돈을 벌어들인다.

그래서 무투장은 언제나 희비가 극명하게 교차하는 장소로 변한다.

무투사들은 목숨을 잃지만, 관중들은 돈을 잃는다.

무투사들이 승리를 얻어 기약없는 목숨을 유지하고, 관중은 언제 잃을지 모르는 돈을 딴다.

무투사 중에는 무림인이 한 명도 없다.

무투사들의 신분이 대부분 노예들이기 때문이다.

간혹 노예의 신분이 아니면서도 돈 좀 벌어보자고 무투사가 되는 싸움꾼들이 있기는 했다.

하지만 한두 차례, 그야말로 처절한 무투 경연을 하고 나면 진저리를 치면서 줄행랑을 놓기 일쑤였다.

몇몇 특급과 일급을 제외하고는 무투사들의 승률은 거의가 절반에 가깝다.

특출한 싸움 기술이 없는 한 실력이 절반이고, 운도 절반이기 때문이다.

방금 판장이 단랑의 승리를 발표했을 때 관중들의 함성이 작았던 이유는, 관중의 대부분이 아마도 혈야차에게 내기 돈을 걸었기 때문일 것이다.

그 대신 단랑에게 내기 돈을 건 극소수의 관중들은 큰돈을 따게 될 터이다. 무투사의 승률이 얕을수록 배당이 커지기 때문이다.

혈야차와 단랑의 배당률은 이십 대 일.

그러므로 단랑에게 내기 돈을 건 사람들은 건 돈의 이십 배라는 어마어마한 돈을 땄다는 뜻이다.

쓰러질 듯이 비틀거리면서 계단을 내려가 대기실로 향하는 단랑은 거의 죽다가 살아났다는 안도감 같은 것은 조금도 느끼지 못했다.

오직 한 가지 생각뿐이었다.

또다시 설무검에게 원치 않은 은혜를 입었다는 사실.

철컹!

비틀거리면서 대기실로 들어서는 단랑은 설무검 쪽을 보지 않으려고 무진 애를 썼다.

'제기랄!'

그는 설무검 맞은편 쇠 의자에 앉으며 속으로 투덜거렸다.

쇠 의자에 눕혀져 있던 염탕은 이미 의방으로 옮겨졌는지 보이지 않았다.

그렇지만 단랑은 쇠 의자에 앉아서 두 차례 호흡을 하기도 전에 어느새 눈길은 설무검을 향하고 있었다.

설무검은 단랑이 대기실을 나갈 때의 자세 그대로 여전히 눈을 감고 있었다.

마치 천하에 그의 관심을 끌 수 있는 것은 아무것도 없는 듯한 모습이었다.

단랑은 설무검이 거의 모든 무투사들이 싸우는 광경을 한 번 슬쩍 보기만 하면 그들의 약점을 여지없이 간파해 낸다는 사실을 모르고 있었다.

그러나 그가 지금껏 어느 누구에게도 싸움에 임하기 전에 주의를 준 적이 없다는 사실은 잘 알고 있었다.

만약 이번 싸움이 시작되기 전에 설무검이 단랑에게 귀띔을 해주지 않았더라면, 단랑은 혈야차의 철부에 찍혀서 속절없이 죽고 말았을 것이다.

설무검은 단랑이 혈야차의 적수가 못 된다는 사실을 이미 짐작했을 것이다.

그래서 슬쩍 언질을 해준 것일 게다. 그리고 결과적으로 그것 때문에 단랑은 승리했고, 목숨을 건졌다.

무투사들의 목숨이 아무리 하루살이처럼 '허망하다고는 하지만, 생명이란 하찮은 미물들에게도 소중하기 마련이다.

설무검은 단랑의 생명의 은인인 것이다.

그것도 이번 한 번만이 아니다. 설무검은 이미 여러 차례 여러 방식으로 단랑을 위험에서 구해주었다.

그런데도 그는 언제나 그랬듯이 가타부타 말 한마디 없이 처음에 봤던 그 자세 그대로 앉아 있을 뿐이다.

쳐다보지 말아야지 하고 다짐했던 단랑의 눈길은 한 번 설무검의 얼굴에 던져지더니 종내 거두어질 줄을 몰랐다.

그때 철창에 비스듬히 기대어 있던 양궁표가 힐끗 단랑을 쳐다보았다.

그가 본 단랑의 지금 표정은 평소 설무검에게 복수를 하겠다면서 죽이겠다고 악다구니를 써대며 정도 이상으로 살기를 뿜어내던 그런 모습이 전혀 아니었다.

아니, 오히려 그 반대였다.

단랑의 눈빛은 봄날의 아지랑이처럼 그윽했다. 양궁표는 그런 눈빛을 잘 알고 있다.

그 옛날 양궁표가 몸담고 있었던 소문파의 소문주라는 신분의 소녀가 양궁표를 바라볼 때면 언제나 그런 꿈을 꾸는 듯한 눈빛을 하고 있었다.

그 소녀는 양궁표의 첫사랑이었다.

단랑의 조그맣고 붉은 입술은 무언가를 애타게 갈망하듯 살짝 벌어진 채 미미하게 옴찔거렸다.

철컹!

"양궁표! 네 차례다!"

그때 갑자기 들려온 소리에 단랑은 화들짝 놀라 잠시 동안의 남가일몽(南柯一夢) 같은 상념에서 깨어났다.

그는 철창문을 나서는 양궁표를 한 번 쳐다본 후 다시 설무검을 쳐다보며 아주 독한 눈빛을 흘려냈다.

'두고 봐라, 이놈! 언젠가는 네놈을 가장 잔인한 방법으로 죽이고 말 거야!'

그는 방금 전까지 자신이 어떤 표정으로 설무검을 바라보고 있었는지를 모르고 있는 듯했다.

그는 자신의 마음속 깊은 곳에 설무검에 대한 또 다른 감정이 심연처럼 깊숙이 가라앉아 있다는 사실을 아련하게 느끼고는 있었다.

하지만 그것을 들추어내는 것이 겁이 나서 가만히 내버려두고 있는 상태였다.

그리고는 그저 '저놈은 원수일 뿐이다!' 라고만 자신을 계속 채찍질할 뿐이었다.

第十五章
무투절대자 철검사(鐵劍士)

"와아아! 와와아!"

양궁표가 나간 지 얼마 지나지 않아 대기실 밖에서 관중들의 커다란 함성이 터져 나왔다.

쟁쟁한 일급 무투사인 양궁표의 오늘 상대 역시 일급 무투사이며, 그자의 주인은 조금 전 단랑에게 어이없는 죽임을 당한 혈야차의 주인 함자방이다.

오장보와 함자방은 이 싸움에 각각 은자 일만 냥씩이라는 거액을 판돈으로 걸었다.

양궁표가 승리하면 오장보는 단숨에 은자 만 냥이라는 거금을 벌게 되는 것이다.

몽고고원 내에서 활약하고 있는 전체 천여 명의 무투사 중에서 현재까지 전승(全勝)의 행진을 이어오고 있는 사람은 정확하게 삼십칠 명뿐이다.

그중에서도 백전(百戰) 이상 전승한 무투사는 겨우 열두 명.

물론 그들 열두 명은 모두 일급 무투사들이다.

특히 전체를 통틀어 이백전(二百戰) 이상 싸워서 전승한 무투사는 단 세 명뿐이다.

그중에 설무검도 속해 있으며, 그들 세 명은 일약 특급 무투사의 대접을 받고 있다.

양궁표는 백전 이상 싸워서 무패(無敗) 전승한 일급에 속하지만, 지금 그의 상대는 처음 보는 인물이었다.

양궁표는 원래 도를 사용했지만 설무검에게 무공을 전수받게 된 일 년 육 개월 전부터 검으로 바꿨다.

지금의 그와 예전에 그의 실력을 비교한다면 하늘과 땅의 차이라고 할 수 있을 것이다.

삼십사 세라는 나이에도 불구하고 지난 일 년 육 개월 동안 그의 무공 진척은 믿을 수 없을 정도로 빨랐다.

아마도 그의 밑바탕에 깔려 있는 무서운 집념 때문이리라.

양궁표는 설무검에게 북두신공이라는 심법과 초일검류라는 검법을 배웠다.

현재 양궁표의 공력은 삼십 년 수준.

초일검류는 삼초식 중에서 이초식까지 거의 완벽하게 터득한 상태였다.

보통 사람이 같은 일 년 육 개월이라는 기간 동안 피땀 흘려 연마했을 경우에 북두신공으로 십여 년 남짓의 공력을, 초일검류는 기껏 해봐야 일초식을 간신히 터득했을 것이라는 사실에 비추어볼 때, 양궁표가 얼마나 무공 수련에 진력했는지 어렵지 않게 알 수 있을 것이다.

더구나 양궁표는 남들에 비해서 자질이 뛰어난 편도 아니었다. 다만 근골이 조금 더 우수한 정도였다.

그는 지난 일 년 육 개월 동안 거의 잠도 자지 않았다. 잠은 북두신공을 운공하는 것으로 대신했다.

처음에는 잠이 부족해서 검법을 수련하는 중에도 꾸벅꾸벅 졸기 일쑤였지만, 나중에는 오히려 운공을 하는 것만으로도 잠을 자는 것보다 더 심신이 상쾌했으며, 아울러 공력도 증진되니 일석이조의 효과를 얻게 되는 경지에 이르렀다.

운공을 하는 시간 외에는 오직 초일검류 수련에 전력했다. 미친 듯한 반복적인 수련이었다.

언제 어느 장소, 어떤 상황에서라도 가장 완벽한 초식과 변화를 전개할 수 있도록 초일검류를 완전히 자신의 것으로 만드는 일에 초점을 맞추어 수련했다.

그 결과 양궁표는 오늘 싸움 전까지 백열일곱 번을 싸워서 한 번도 패하지 않은 놀라운 성과를 거둘 수 있었다.

차차차차창!

병기끼리 서로 어지럽게 부딪치는 소리가 무투장 전역으로 울려 퍼졌다.

조금 전까지만 해도 함성을 질러대던 관중들은 숨을 죽인 채 손에 땀을 쥐고 무투장에서 시선을 떼지 못했다.

눈도 깜빡이지 않았다. 한 차례 눈을 깜빡이는 순간에 승패가 갈릴지도 모르기 때문이다.

그만큼 지금의 싸움은 말 그대로 용나호척(龍拏虎擲)이었다.

이 순간의 관중들은 이 싸움에 내기 돈을 걸었다는 사실마저 잊고 있는 듯한 모습이었다.

무투사의 주인들조차도 은자 일만 냥이 걸렸다는 사실을 잠시 잊고 있을 정도였다.

그만큼 싸움, 아니, 무투는 치열했다.

양궁표가 상대하고 있는 갈의 경장의 사내도 검을 사용하고 있었다.

원래 무투사들의 대다수는 검을 사용하지 않는다.

아주 단순한 이유에서다. 무기로서의 검의 강도가 지나치게 약하기 때문이다.

무림인들이 검을 선호하는 이유는 가볍고 빠르며 다루기 쉽기 때문이다.

또한 무림인들은 무기끼리 서로 격렬하게 부딪치면서 싸

우는 경우가 그리 흔치 않다.

　초식이나 공력 위주로 싸워 싸움이 시작되자마자 승패가 갈리는 경우가 허다하기 때문이다.

　반면에 무투사들은 거의 힘을 바탕으로 싸운다.

　그러므로 한 번의 싸움에서 많을 경우 수백 차례나 무기끼리 부딪치는 경우가 생긴다.

　그렇기 때문에 상대적으로 강도가 약한 검은 무투사들이 기피하는 무기일 수밖에 없는 것이다.

　무투사가 검을 사용한다는 것은 실력이 출중하다는 뜻이며, 어쩌면 검법을 배웠을 수도 있다는 의미일 수도 있다.

　양궁표는 지금 자신이 상대하고 있는 자가 전개하는 것이 검법이라는 사실을 한눈에 간파했다.

　그것도 어중이떠중이가 아닌 제대로 된 검법이었다.

　'무림인이다!'

　양궁표의 눈은 정확했다.

　무림인이 무투사가 되는 경우는 거의 없다. 아니, 전무하다고 해도 좋을 정도다.

　그 이유로는 첫째, 도박이나 다름이 없는 무투 경연은 무림인들에게는 경멸의 대상이기 때문이다.

　그래서 단 하루라도 무투사 노릇을 했던 경험이 있는 무림인은 그 사실이 무림에 알려지면 수치스러워서 더 이상 무림인이라고 얼굴을 들고 다닐 수 없게 된다.

둘째, 무투사들이나 관중들은 보기보다는 안목이 예리해서 잠시 관전하는 것만으로도 무림인을 단번에 가려낸다.

무투 경연에 무림인이 참가하면 안 된다고 정해진 규정은 없지만, 만약 그런 사실이 드러날 경우 관중들은 거센 야유를 보내고, 설혹 승리했다고 해도 무투사나 주인이나 기분이 매우 께름칙하다.

더구나 그런 사실이 알려지면 한번 싸워보자는, 이른바 무투 섭외가 뚝 끊어지게 된다.

그다음에는 무투계에서 점차 따돌림을 당하게 되며, 결국에는 오랜 세월 동안 큰 대가를 치른 후에야 힘겹게 무투계에 다시 복귀하거나, 아니면 영원히 떠날 수밖에 없는 것이다.

그런 위험을 안고서도 함자방이 무림인을 무투사로 고용한 이유는 돈 때문이 아닐 것이다.

열하성 최고의 거부가 바로 함자방이다.

아마도 그는 무투 경연을 지배하고 싶다는 욕망과 최고의 무투사들을 보유하고 있다는 명성을 원하고 있을 것이다.

그 무엇과도 바꾸지 못하고, 살 수도 없는 그 뿌듯한 성취욕과 득의함을 만끽하고 싶은 것이다.

그러나 그는 그 비열하고 얄팍한 수작의 대가를 양궁표에 의해서 곧 치르게 된다.

차차창창창!

무림에서 산전수전 다 겪은 무림인과 칠 년 동안의 산적 생

활에서 드잡이질, 그리고 일 년 육 개월 동안 무투 경연을 통
해 실력을 쌓은 양궁표의 싸움은 누가 보더라도 확연히 차이
가 드러났다.

갈의경장인의 솜씨는 매끄럽고 날카로웠으며, 양궁표는
어설프면서도 투박했다.

사실 양궁표는 무투 경연을 할 때 초일검류를 거의 전개하
지 않는다.

삼십 년 공력을 사용하면 굳이 검법을 전개하지 않아도 웬
만한 싸움에서는 다 승리할 수 있었다.

그러나 지금처럼 예상외의 강적과 맞닥뜨리게 되는 경우
에 한해서 싸움 사이사이에 초일검류를 섞어서 사용했다.

초일검류는 비록 천하제일은 아니라고 해도 절정의 검법
이라고 할 수 있었다.

그것을 이초식까지 터득한 양궁표가 아무리 상대가 무림
인이라지만 전전긍긍할 리가 있겠는가.

관중들은 양궁표의 무투를 가장 좋아한다.

손에 땀을 쥐게 하고, 관전하는 사람의 영혼을 앗아갈 것처
럼 아슬아슬하기 때문이다.

그는 아무리 약한 상대라고 하더라도 싸움이 시작되자마
자 단숨에, 그리고 싱겁게 끝낸 적이 없었다.

충분히 가지고 논 후에야 비로소 숨통을 끊어놓는다.

사실 그는 상대가 누구든 십 합 이내에 죽일 능력을 지니고

있었지만 일부러 일찍 끝내지 않았다.

그가 그러는 것은 무투를 통해서 실전 경험을 익히라는 설무검의 명령이 있었기 때문이다.

지금도 그랬다.

양궁표는 일각이 흐르는 동안 실전을 방불케 하는 연습을 충분히 했다.

그러므로 지금 싸우고 있는 갈의경장인에게서는 더 이상 얻을 것이 없었다.

갈의경장인이 전개하고 있는 검법은 비록 이런 무투 경연에서는 특출한 위력을 발휘하겠지만, 사실 무림에서는 평범하기 짝이 없는 수준이었다.

또한 그의 내공은 사십 년 정도의 수준이었다. 말하자면 무림인이긴 하지만 삼류라는 얘기다.

양궁표는 이제 싸움을 끝낼 시간이라고 생각했다.

채채채챙!

갈의경장인은 소나기처럼 공격을 퍼부어 양궁표로 하여금 숨 돌릴 틈조차 주지 않고 있었다.

최소한 갈의경장인과 관중들이 보기에는 그랬다.

갈의경장인은 아예 끝장을 내려는 듯 여태까지보다 더 세찬 공격을 퍼부었다.

그 바람에 양궁표는 원형의 무투장 끄트머리까지 몰려 자칫 떨어질 위기에 처하고 말았다.

갈의경장인의 입가에 비릿한 미소가 매달렸다.

그 미소가 말하고 있었다.

네깟 노예 출신 무투사가 별것 있겠느냐? 자! 결정해라! 네 스스로 무투장 아래로 뛰어내리든가, 내 검에 찔려 죽든가 말이다!

차차차창!

양궁표는 땀을 뻘뻘 흘리면서 소나기 같은 공격을 겨우겨우 막아내는 것처럼 보였다.

그러다가 쓰러질 듯 몸이 크게 기우뚱했고,

푹!

쓰러지면서 마치 엉겁결에 뻗은 듯한 검끝이 운 좋게 갈의경장인의 심장을 찌르는 것처럼 보였다.

그 모든 것은 찰나지간에 벌어진 일이었다.

쿠쿵!

양궁표와 갈의경장인이 동시에 쓰러졌다.

양궁표는 짐짓 일부러 쓰러진 것이고, 갈의경장인은 심장이 터져서 쓰러진 것이었다.

한순간 장내가 쥐 죽은 듯이 고요해졌다. 뭐가 어떻게 된 것인지 제대로 본 사람은 단 한 명뿐이었다.

그러나 귀빈석의 오장보는 흐릿한 미소를 머금고 있었다.

그 역시 뭐가 어떻게 된지 모르기는 마찬가지지만, 한 가지만은 분명히 알고 있었다.

언제나 그랬던 것처럼 이번 무투에서도 양궁표가 이겼을 것이라는 사실을.

오장보 뒤에는 언제나 군위교인 반호가 태산처럼 늠연하게 우뚝 서 있었다.

산적을 토벌하러 출정할 때가 아니면 그는 언제나 오장보 곁을 그림자처럼 호위했다.

오장보는 자신이 보유하고 있는 무투사들의 무투 경연만큼은 한 번도 빠뜨리지 않고 관전했다.

그러므로 반호도 오장보가 관전한 것만큼 무투 경연을 보았다는 뜻이다.

반호는 양궁표가 상대한 자가 무림인이라는 사실을 어렵지 않게 간파했다.

그리고 방금 전, 양궁표의 검이 갈의경장인의 심장을 찌를 때 반호의 눈이 흐릿하게 반짝였다.

수많은 관전자 중에서 오직 반호만이 그 광경을 정확하고 예리하게 목격했다.

그는 여태껏 양궁표가 벌이는 무투를 거의 빼놓지 않고 관전했다.

그 결과 양궁표가 상대를 한동안 갖고 놀다가 죽인다는 사실과 그럴 때 전개되는 양궁표의 수법이 뛰어난 검법이라는 것을 확신하게 되었다.

하지만 반호는 양궁표에게 조금도 그런 내색을 하지 않았다.

다만 묵묵히 지켜볼 뿐이었다.

잠시 후 쓰러져 있던 양궁표가 검을 지팡이 삼아 느릿하게 몸을 일으켜 세웠다.

"와아아아!!"

"양궁표! 양궁표!"

순간 무덤 속처럼 고요하던 관중석에서 일제히 우레 같은 함성이 터져 나왔다. 이것은 늘 있어온 일이었다.

관중들은 이런 결과가 나오리라는 것을 미리 예견하고는 있었지만, 막상 양궁표가 일어서며 승자로 결정되자 '과연 양궁표!' 라면서 열광했다.

갈의경장인의 꿰뚫린 심장에서 흐른 피가 무투장 바닥을 낭자하게 적시고 있었다.

과연 사람의 몸에서 저 많은 피가 다 흘러나온 것인가 하고 놀랄 정도로 많은 양의 피였다.

"저런, 쯧쯧쯧… 저자는 꽤 비싼 값에 데려왔을 텐데 이거 미안하게 됐구려, 함 대인!"

오장보는 혀를 차면서 짐짓 미안한 시늉을 해 보였다.

그의 말에는 죽어 있는 자가 무림인이라는 사실을 자신이 다 알고 있다는 뜻이 내포되어 있었다.

돼지처럼 살만 찐 데다 욕심은 태산처럼 많고, 계집에게 걸신이 들린 육허기(肉虛飢)인 그가 무에 알겠는가?

뒤에 서 있는 반호가 슬며시 귀띔을 해주었던 것이다.

또한 오장보는 말로만 번지르르하게 미안 운운했지 얼굴에는 득의함이 가득 떠올라 있어서 함자방의 속을 있는 대로 뒤집어놓았다.

그러나 함자방은 터지려는 울화통을 꾹꾹 눌렀다.

그의 심중에는 이제 곧 한 방에 전세를 대역전시킬 수 있는 계책이 도사리고 있었다.

"나는 도저히 오 군총교독을 당할 수 없소이다."

함자방은 짐짓 씁쓸한 표정으로 고개를 절레절레 가로저었지만 눈알은 교활하게 구르고 있었다.

그 말에 오장보는 기고만장해서 제 딴에는 너그러운 표정을 짓느라 애쓰며 입을 열었다.

"허헛! 함 대인도 내가 보유한 무투사들에게 한 번 이겨봐야 할 텐데 매일 패하기만 해서 어쩌오?"

"그러게 말이오. 도저히 방법이 없소, 방법이."

함자방은 더욱 처량 맞은 표정을 지었다. 그러나 눈동자는 쉴 새 없이 오장보의 얼굴을 살피고 있었다.

"헛헛헛! 왜 방법이 없겠소? 잘 궁리해 보시오! 내, 함 대인의 요구는 웬만하면 다 받아주겠소!"

오장보의 자신감은 하늘 높은 줄 모르더니 결국 그런 말을 내뱉고야 말았다.

함자방의 입가에 가느다란 미소가 피어올랐다. 그러나 그는 짐짓 기운 빠진 목소리로 쓸쓸하게 말했다.

　“방금 생각난 한 가지 방법이 있기는 하지만… 그러나 그
것으로도 오 군총교독을 이길 수는 없을 것이오.”

　“무슨 방법이오? 한번 말씀해 보시오.”

　오장보는 생각보다 쉽사리 걸려들었다.

　“글쎄… 내가 데리고 있는 일급짜리 하나와 이급 하나, 그
렇게 둘이서 오 군총교독의 특급 무투사를 상대하는 방법이
있기는 한데 그 역시 무리인 것 같소만…….”

　함자방은 말을 흐리며 고개를 가로저었다.

　“아니, 그만두겠소. 돈이야 얼마든지 잃을 수 있지만, 이번
에도 또 지면 망신스러워서 내가 아예 병이 날 것 같소!”

　거만한 인간일수록 자꾸 치켜세워 주면 끝 간 데 없이 기고
만장해지는 법이다.

　함자방은 오장보의 거만함을 자꾸 크게 키웠다.

　오장보는 느긋한 말과는 달리 재빨리 염두를 굴려보았
다.

　함자방이 보유하고 있는 일급 무투사와 이급 무투사 각 한
명씩 두 명이 오장보 자신의 특급 무투사인 철검사(鐵劍士)와
무투를 벌인다는 것이다.

　철검사는 다름 아닌 설무검을 가리킨다.

　설무검은 자신의 존재를 드러내지 않기 위해서 이름을 밝
히지 않았지만, 그가 싸우는 광경을 보고 사람들이 철검사라
는 별호를 붙여주었다.

오장보가 알고 있는 한 무투장에서의 철검사는 단연 무적(無敵)이었다.

그가 패해서 저기 무투장 바닥에 쓰러진다는 것은 한순간도 상상조차 해본 적이 없었다.

그가 싸우고 있는 광경을 보면 누구라도 그런 생각을 하게 될 것이다.

문득 오장보의 귓전에 함자방이 방금 전에 했던 어떤 구미당기는 말이 앵앵거렸다. 그것은 '돈이야 얼마든지 잃을 수 있지만' 이라는 말이었다.

오장보는 함자방을 돌아보며 넌지시 물었다.

"그래, 이번에는 판돈을 얼마나 걸 생각이시오?"

군총교독의 무투사들을 관리하는 관군은 반호의 수하로서 궁의(穹宜)라는 자였다.

"나와라, 철검사."

궁의는 대기실의 철창문을 열며 설무검을 불러냈다.

설무검이 천천히 눈을 뜨고 궁의를 쳐다보았다.

궁의는 약삭빠르고 간교한 자이지만 설무검에게만은 함부로 대하지 못했다.

양궁표가 의아한 표정을 지으며 궁의에게 물었다.

"형님께선 오늘 무투 경연이 없는 것으로 아는데, 갑자기 어찌 된 일이오?"

"군총교독께서 함 대인과 내기를 하셨다."

싸우라는 명령이 떨어지면 무조건 싸워야 한다. 그것이 무투사가 존재하는 이유다.

"상대는 누구요?"

궁의는 태연히 지껄였다.

"함 대인의 일급 무투사인 굉열도(轟熱刀)와 잘 알려지지 않은 이급 한 명, 그렇게 두 명과 싸운다!"

양궁표와 단랑은 어이없는 표정을 지었다.

"예고도 없는 무투에 상대가 두 명이라니, 대체 그런 법이 어디에 있소?"

양궁표가 당장이라도 발작을 일으킬 것처럼 눈을 부라리며 항의했지만 궁의는 끄떡도 하지 않았다.

궁의는 오장보가 내린 결정을 전하는 역할만 할 뿐이다. 그에게 가타부타 항의해 봤자 소용없었다.

특급이나 일급의 무투사는 모두가 상대하기를 부담스러워하기 때문에 그들이 두 명을 상대하는 경우는 흔한 일은 아니지만 가끔 있어왔던 일이다.

딱히 마땅한 상대를 구하지 못하거나 주인들 간의 모종의 거래에 의한 결과였다.

사실 지난 팔 개월 동안 몽고고원의 무투장을 설무검 한 사람이 완전히 평정해 버렸다고 해도 과언이 아니었다.

몽고고원 일대에는 설무검 외에 특급 무투사가 두 명 더 있지만, 그들의 주인은 설무검과의 대결을 극구 피하고 있는 형편이었다.

그래서 설무검은 본의 아니게 지난 두어 달 동안 한 번의 무투 경연도 없이 보내야만 했다.

슥—

그때 설무검이 천천히 일어서며 쇠 의자 옆에 세워놓은 은흑색의 묵직한 검 한 자루를 집어 들었다.

흑풍채에 있을 때 철방의 철장이 심혈을 기울여서 만들어 준 천지검(天地劍)이었다.

백팔십 근의 묵침강에 이십 근의 은순철을 보탠 합금으로 만들어진, 전체 무게가 자그마치 이백 근이나 나가는 엄청난 무게의 검.

설무검은 역시 묵침강으로 만들어진 검집에 얌전하게 담겨져 있는 천지검을 오른쪽 어깨에 묶고 성큼성큼 철창문으로 걸어갔다.

계획에도 없던 무투라니…….

더구나 두 명과의 대결이다. 양궁표는 전에 없던 불길한 예감이 엄습하는 것을 느꼈다.

"형님, 조심하십시오."

그가 초조한 표정을 감추지 못하고 나직이 말했지만 설무검은 뒤도 돌아보지 않고 나가 버렸다.

그러나 정작 아무 말도 하지 않은 채 입술을 잘근잘근 깨물면서 철창을 통해 끝까지 설무검을 주시하고 있는 段랑의 표정이 사실은 더 초조했다.

‘뭔가 이상해.’

그는 이끌리듯이 일어나 철창에 매달리듯이 달라붙으며 설무검의 뒷모습을 눈으로 좇았다.

굉열도.

그는 함자방이 소유하고 있는 두 명의 일급 무투사 중 한 명이다.

한 명은 조금 전에 양궁표에게 죽었으니 그가 함자방의 마지막 일급 무투사인 셈이다.

딱 벌어진 체구는 온통 근육질이다.

곰처럼 넓고 강한 어깨.

소매 없이 어깨까지 맨살을 드러낸 동의(胴衣:조끼)를 입었는데, 드러낸 팔뚝은 웬만한 사람의 허벅지보다 굵어 보였으며 울퉁불퉁 근육이 튀어나왔다.

부리부리한 고리눈에 주먹코, 커다랗고 두툼한 입술에 온 얼굴을 뒤덮고 있는 고슴도치 같은 붉은 수염.

삼국시대의 장비를 죽였다는 범강(范彊)과 장달(張達)이 아마도 굉열도처럼 생겼을 듯했다.

이처럼 험상궂고 우락부락한 얼굴은 이승에서 두 번 다시 보기 어려울 것이다.

반면에 굉열도 옆에 서 있는 이급 무투사는 극히 평범한 외모의 소유자였다.

그는 한 자루 검을 어깨에 메고 있었는데, 그 역시 평범한 삼 척 장검이었다.

외모든 흑의 경장을 입고 있는 행색이든 보이는 모든 것이 평범하기 짝이 없는 인물.

그러나 한 가지 분명한 것은, 설무검이 처음 보는 얼굴이라는 사실이었다.

설무검은 굉열도는 쳐다보지도 않은 채 흑의경장인을 잠시 응시하다가 시선을 거두었다.

"시작!"

그때 구령이 터졌다.

휘익!

구령이 먼저 터졌는지 굉열도가 몸을 날린 것이 먼저인지 모를 정도로 그의 첫 공격은 신속하고 저돌적이었다. 그는 늘 그런 식으로 싸움을 시작한다.

굉열도는 수중의 대도(大刀)를 머리 위로 치켜든 채 선불 맞은 멧돼지처럼 곧장 설무검을 향해 짓쳐 갔다.

반면에 설무검은 굉열도를 주시한 채 태산처럼 우뚝 서서 움직이지 않았다.

'저 미친놈!'

관전하고 있던 함자방의 낯빛이 획 변하더니 하마터면 입에서 노갈이 터져 나올 뻔했다.

사실 지금 무투장에 올려 보낸 이급 무투사는 함자방이 거액을 주고 데려온 무림인이었다.

조금 전 양궁표에게 죽은 삼류와는 비교도 되지 않는 진짜 실력 있는 무림고수였다.

그의 삭혼검(削魂劍)이라는 별호는 강남의 절강 지방에서는 제법 알려져 있을 정도였다.

사실 함자방은 오늘의 이 중차대한 무투 경연을 위해서 공을 많이 들였다.

우선 은자 오만 냥을 주고 삭혼검을 데려왔다.

삭혼검이 무투 경연에 참가했다는 소문이 퍼져서 그가 무림에 얼굴을 못 들고 다닐 것을 감안한다면 은자 오만 냥 정도는 지불해야만 했다.

그리고 이번 무투 경연에서 일급 무투사인 굉열도를 희생시킬 각오까지 했다.

그래서 함자방은 어제 굉열도와 삭혼검을 불러놓고 나름대로 치밀한 작전을 짰다.

물론 굉열도 앞에서는 목적을 위해서 그를 희생시킬 것이라는 우매한 말 따위는 꺼내지 않았으며, 삭혼검에게 따로 귀띔을 해주었다.

굉열도의 역할은 삭혼검의 보조였다.

굉열도가 철검사의 전면에서, 삭혼검이 배후에서 합공을 하다가 삭혼검이 신호를 보내면 굉열도가 전력을 다해서 맹렬한 공격을 가하는 틈을 타 삭혼검이 철검사를 일검에 죽인다는 그럴듯한 작전이었다.

무림고수인 삭혼검은 사실 그 작전이 심히 못마땅했다. 굉열도의 도움 없이 자신 혼자서도 철검사를 충분히 해치울 수 있다고 자신하는데, 그런 편법까지 사용해야 한다는 것이 마음에 들지 않은 것이다.

그래서 함자방에게 자신과 철검사를 일 대 일로 붙여달라고 요구했다가 일언지하에 거절을 당하기도 했다.

함자방 역시 삭혼검 정도면 철검사를 이길 수 있을 것이라 확신했지만, 그는 이 기회에 기필코 철검사의 목을 베어버리고 싶었다.

물론 그는 철검사에게 개인적인 원한 같은 것은 없었다. 다만 오장보의 기고만장한 거드름을 무참하게 짓밟아주고 싶을 뿐이었다.

그러자면 오장보가 제일 애지중지하는 철검사를 죽이는 것이 가장 확실한 방법이었다.

이런 식으로 무림고수를 불러다가 철검사를 상대하는 것은 한 번으로 족해야만 한다.

돈이야 얼마가 들건 별 문제가 되지 않지만 이런 식으로 두 번, 세 번 거듭하다가는 머지않아 꼬리가 밟혀서 함자방 자신의 입지가 매우 곤란해지고 말 것이기 때문이다.

그래서 이번 기회에 철검사를 죽이고 오장보를 납작하게

짓밟아야만 하는 것이다.

그런데 저 육시랄 굉열도 놈이 미리 애써 짜놓은 작전대로 하지 않고 처음부터 제멋대로 날뛰고 있으니 함자방이 화가 치미는 것은 당연했다.

굉열도는 달려가다가 설무검의 서너 걸음 앞에 이르자 힘껏 바닥을 박차고 비스듬히 허공으로 치솟으면서 설무검의 머리를 향해 대도를 그어 내렸다.

후웅!

대도가 허공을 가르며 내는 파공음이 관중들에게까지 똑똑히 들릴 정도로 무시무시했다.

굉열도는 한 번도 철검사와 싸워본 적이 없었다. 그러나 그가 싸우는 광경은 질리도록 구경했다.

삭혼검이 함자방의 작전에 불만을 품었지만, 굉열도의 불만은 그보다 훨씬 더 컸다.

굉열도는 결코 우매한 사람이 아니다.

그러므로 그는 함자방의 작전이라는 것이 결국은 자신을 삭혼검의 일개 보조 역할로 전락시켰다가 끝내는 희생시킬 것이라는 사실을 짐작할 수 있었다.

그는 혼자서도 철검사를 무투장 바닥에 눕힐 수 있다고 확신하고 있었다.

그가 보기에 철검사는 대단한 기교를 발휘하지도 않았고, 역발산처럼 힘이 장사인 것 같지도 않았다.

굉열도는 이 기회에 혼자 힘으로 철검사를 굴복시켜서 자신의 실력을 만천하에 과시하려는 욕심을 품고 있었다.

함자방의 목적은 철검사를 이기는 것이니 무조건 그를 눕히기만 하면 될 일이었다.

그렇게만 하면 함자방의 꾸중이 칭찬으로 변할 것이다.

껑!

설무검이 재빨리 천지검을 뽑아서 막자 불꽃이 튀면서 반탄력 때문에 굉열도는 허공으로 튕겨졌다.

굉열도는 자신의 대도가 설무검의 검에 부딪치는 순간 강렬한 힘을 느끼고 하마터면 대도를 놓칠 뻔했다.

일순 불길한 생각이 확 밀려들었으나 어차피 시작한 공격이므로 물러설 수는 없는 상황이었다.

굉열도는 두 발이 바닥에 닿자마자 다시 저돌적으로 설무검에게 쏘아가면서 대도를 맹렬히 휘둘렀다.

무투사 생활 삼 년여 동안 죽지 않고 살아남았다면, 굉열도의 실력도 결코 무시할 수 없었다.

그는 죽기 살기로 필생의 힘을 공격에 쏟아 부었다.

휘이잉! 위잉!

굉열도의 두억시니 같은 생김새나 근육질의 몸으로 봐선 동작이 굼뜰 것 같은데 전혀 그렇지 않았다. 오히려 웬만큼 날렵한 무투사보다 더 재빠르고 민첩했다.

쩌쩌쩡! 쩡쩡!

광열도가 온몸을 큰 동작으로 움직이면서 이리저리 공격을 퍼붓는 것과는 달리, 설무검은 철탑처럼 우뚝 선 채 단지 왼손의 천지검만을 휘둘러 소나기 같은 공격을 모조리 막아내고 있을 뿐이었다.

도든 검이든 사람들은 대부분 오른손을 사용하는 편이라 설무검 같은 좌검수(左劍手)는 흔치 않았다.

설무검은 광열도의 공격을 막아내면서 오히려 그를 조금씩 무투장의 한복판으로 밀고 나갔다.

공격을 하면서 상대를 밀어붙이는 것은 쉬운 일이지만, 방어를 하면서 밀어붙인다는 것은 상상 밖의 일이었다.

양궁표가 관중들의 손에 땀을 쥐게 하면서 흥미진진하게 싸움을 이끌어 나가는 반면에, 설무검의 무투는 대부분 너무도 쉽게 끝나는 편이었다. 그래서 보는 사람들이 허탈해할 정도였다.

이 즈음의 설무검은 왼손을 거의 자유자재로 사용하고 있었다. 지난 이 년여 동안의 피나는 수련 덕분이었다.

물론 예전의 오른손에 비할 바는 아니지만 이백 근짜리 천지검을 마치 나뭇가지처럼 가뿐하게 다룬다는 점에서는 장족의 발전이었다.

쩌쩌쩡! 꺼겅!

설무검은 마치 하나의 거대한 철옹성 같았다.

광열도가 전력을 다해서 미친 듯이 공격을 퍼붓고 있지만 설무검을 한 발자국도 움직이게 하지 못했다.

키는 설무검이 더 컸으나 그가 후리후리한 체격인 반면에 옆으로 퍼진 덩치는 굉열도가 훨씬 컸다. 그러므로 전체적인 체중은 굉열도가 절반 이상 더 나갈 듯했다.

"끼야앗! 요옵!"

그런 굉열도가 악다구니를 쓰면서 대도를 휘두르는 데에도 설무검이 요지부동 꿈쩍도 하지 않는 모습은 관중을 기가 질리게 만들기에 부족함이 없었다.

치열하게 공격하고 방어하는 굉열도와 설무검과는 달리, 삭혼도는 오른손으로 어깨의 검파를 잡은 채 천천히 설무검의 오른쪽으로 돌아가고 있었다.

설무검이 왼손잡이이기 때문에 오른쪽 방어가 허술할 것이라고 판단한 것이다.

삭혼검의 눈동자는 독사처럼 영활하게 설무검의 온몸을 훑었다. 영락없는 무림고수의 날카로운 눈빛이었다.

그러던 그의 눈빛이 가볍게 흔들렸다. 그가 보기에 설무검은 온몸이 허점투성이였다.

그래서 어디를 공격할 것인지를 고르느라 오히려 고심을 해야 할 판국이었다.

원래 검에 조예가 깊은 고수들은 검을 사용할 때 베기를 즐겨하지 않는 법이다.

도(刀)는 그 자체로 휘어진 모양이기 때문에 베기가 훨씬 수월한 편이지만, 검의 형상은 곧은 직선이기 때문에 베기보다는 찌르기가 더 용이하다.

삭혼검은 여태까지 강호에서의 싸움에서 웬만해서는 베기를 하지 않고 상대의 급소를 한두 번 깊이 찔러 쓰러뜨리는 방법을 선호해 왔다. 그것은 그 역시 검에 일가견이 있다는 뜻이었다.

삭혼검은 설무검의 오른쪽 측면과 뒤쪽 사이에서 최초의 공격을 시도하기로 결정했다.

검을 쥔 손의 반대편 측면이나 배후보다 더 방어하기 어려운 위치가 바로 그곳이었다.

극히 짧은 순간, 삭혼검의 눈이 번쩍 빛을 발하는가 싶더니 순식간에 검이 뽑혔다.

착!

무척이나 빠른 발검.

독사의 혓바닥처럼 검이 노리고 찔러가는 곳은 설무검의 오른쪽 귀 아래 목이었다. 그곳을 찔리면 열을 세기도 전에 숨이 끊어지고 말 것이다.

거리는 불과 일 장.

겉으로 보기에 설무검은 굉열도의 빗발치는 공격을 막느라 숨 돌릴 틈이 없는 것 같았다.

삭혼검은 오랜 경험으로 미루어 설무검이 자신의 급습을 절대 피하지 못할 것이라고 확신했다.

삭혼검의 검은 설무검의 귀 아래 목을 향해 일말의 기척도 없이 쇄도했다.

검끝이 설무검의 목을 찌르기 직전,

순간 설무검이 상체를 뒤로 젖히듯이 빠르게 슬쩍 비틀었다.

땅!

순간 삭혼검은 검끝이 흡사 철벽에 부딪친 듯한 강한 충격과 손목을 타고 찌르르한 통증이 전해져 오는 것을 동시에 느끼고 하마터면 검을 놓칠 뻔했다.

그가 재빨리 쳐다보자 자신의 검끝이 설무검의 오른쪽 어깨를 찌르고 있는 상태에서 검첨 쪽의 삼분지 일 정도가 부러져 나가 있었다.

설무검이 상체를 가볍게 비트는 동작만으로 목의 급소를 피하는 대신 어깨를 찔린 것이다.

그런데 예리한 검끝이 목이든 어깨든 살을 뚫고 들어가야 정상이거늘, 오히려 검이 부러져 버린 것을 삭혼검은 한순간 도저히 이해할 수가 없었다.

'철견갑(鐵肩甲)을 착용했다는 말인가?'

삭혼검은 그렇게밖에는 생각할 수 없었다.

사실 설무검은 아직도 묵침강으로 만든 이백 근 무게의 철갑을 오른쪽 어깨에서 손목까지 이어지는 팔에 차고 있었다.

천지검과 검집의 무게 이백삼십 근, 철갑 이백근, 도합 사

백삼십 근을 몸에 지니고서도 바람처럼 빠른 움직임을 보이
고 있는 것이다.

그 순간 여태껏 굉열도의 공격을 방어만 하고 있던 설무검
이 지금까지와는 비교도 되지 않을 정도의 빠른 속도로 천지
검을 굉열도의 정수리를 향해 수직으로 그어 내렸다.

고오오!

천지검이 허공을 가르는 파공음은 여타 무기의 파공음과
는 전혀 달랐다.

그 소리는 마치 전설의 창룡이 승천하면서 내는 울음소리
처럼 웅혼해서 듣는 이의 오금을 저리게 만들었다.

미친 듯이 공격을 퍼붓던 굉열도는 한순간 움찔 온몸이 굳
어버렸다.

그는 전광석화 같은 속도로 내리꽂히는 천지검을 보고 즉
시 공격을 멈출 수밖에 없었다.

그것은 들개가 시끄럽게 짖어대는 데에도 꿈쩍하지 않던
맹호가 한차례 포효하자 들개가 꼬리를 말고 겁에 질린 모습
과 흡사했다.

굉열도는 자신의 정수리를 향해 용트림하면서 쏘아 내리
는 한 마리 창룡을 망연자실 쳐다보다가 화들짝 놀라 급급히
대도를 머리 위로 들어 가로막았다.

쩡!

그러나 천 근의 힘이 실려 있는 천지검이 대도를 여지없이

두 동강 내버렸다.

일반 철로 만든 도가 묵침강으로 만든 천지검을 당해낼 수는 없는 일이었다.

원래 설무검은 최초의 격돌에서 굉열도의 대도를 부러뜨릴 수도 있었다.

그러나 삭혼검의 공격을 유도하느라 일부러 그러지 않았다.

어떨 때에는 상대할 만한 가치도 없는 적의 공격을 그대로 놔두는 편이 다른 강적을 경계하는 데에 도움이 될 때가 있는데, 바로 방금 전과 같은 경우가 그랬다.

천지검이 대도를 부러뜨리는 순간 굉열도는 두 눈을 질끈 감아버렸다.

길길이 날뛰던 그를 저승으로 인도할 죽음이 바로 그의 머리 위에서 쏟아져 내리고 있었다.

기우웃!

그러나 천지검은 굉열도 머리 위 세 치쯤에서 급격히 방향을 틀어 삭혼검을 향해 수평으로 그어갔다.

설무검이 오른쪽 어깨로 삭혼검의 검을 막고 천지검으로 굉열도의 대도를 부러뜨린 것은 거의 동시에, 그리고 한순간에 벌어진 일이었다.

삭혼검은 부러진 상태로 아직도 허공중에 떠 있는 자신의 검끝 부분을 어이없는 듯한 얼굴로 쳐다보고 있는 중에 돌연 천지검의 공격을 받게 됐다.

그오오—

은흑색의 천지검이 수평으로 눕혀진 채 삭혼검의 목 높이로 베어가고 있었다.

그 순간의 삭혼검은 그것이 추호도 검이라는 생각이 들지 않았다.

그저 죽음을 몰고 오는 한 마리 창룡의 날카로운 발톱처럼 느껴졌다.

그 절체절명의 상황에서 삭혼검이 할 수 있는 것이라고는, 부러진 검을 들어 천지검을 막으려고 부질없는 동작을 취해보는 정도에 불과했다.

그러나 애당초 평범한 검이 천지검을 막을 수는 없었다.

팍!

천지검은 자신을 가로막는 검을 수수깡처럼 절반으로 부러뜨리는 것과 동시에 삭혼검의 목을 그어버렸다.

삭혼검은 목에 한줄기 서늘한 느낌을 받는 즉시 온몸이 굳어지며 동작을 멈추었다.

털썩!

"으으……."

그때 공포에 질려 버린 굉열도가 다리에 힘이 풀려서 그 자리에 주저앉아 버렸다.

일급 무투사인 그의 저돌성이나 흉포함은 무투계에 이미

널리 알려져 있었다.

그런 그가 이처럼 공포에 질린 적은 일찍이 한 번도 없었고, 관중들도 본 적이 없었다.

실로 어이없는 일이지만, 굉열도는 자신의 목숨이 이미 끊어졌다고 생각했다. 방금 전의 상황으로 봐서는 그렇게밖에 생각할 수가 없었다.

머리가 박살났을까, 아니면 쪼개진 것인가? 어쨌든 어떤 형태로든 죽은 것은 분명했다.

그런데도 온몸을 휘감고 있는 이 치 떨리는 공포는 도대체 무엇이라는 말인가?

설무검은 할 일을 마치고 태연히 천지검을 검집에 넣었다.

그긍!

천지검이 검집에 들어가는 음향 역시 여타 검이 검집에 꽂히는 소리와는 전혀 달랐다.

묵침강과 묵침강끼리 부대끼면서 내는 소리는 악마의 낮은 그르렁거림 같았다.

설무검은 동작을 멈춘 채 무투장 한복판에 태산처럼 우뚝 서 있었다.

그것이 바로 몽고고원 무투계의 절대자 철검사의 모습이었다.

과거 중천무림의 절대자는 이제 변방 무투장의 절대자로 변모해 있었다.

그 앞에는 굉열도가 퍼질러 앉은 채 눈을 질끈 감고 있었으며, 오른쪽에는 삭혼검이 검파만 남은 검을 손에 쥐고 팔을 늘어뜨린 채 우두커니 서 있었다.

무투장이나 관중석에는 바늘 하나 떨어지는 소리마저 들릴 정도로 고요했다.

모두들 철검사가 승리했다는 사실은 막연하게나마 직감하고 있었다.

그러나 어떻게 된 일인지를 알지 못했다. 즉, 굉열도와 삭혼검의 생사 여부였다.

스걱—

그때 삭혼검의 목에 가느다란 혈선(血線) 하나가 가로로 그어지면서 혈선의 윗부분, 즉 머리 부분이 경사가 진 아래쪽으로 삐끗 한 치가량 흘러내렸다.

그러는가 싶더니 혈선을 중심으로 윗부분이 마치 뜨거운 난로 위에 놓인 얼음 덩어리처럼 스르르 미끄러져 내렸다.

목에 그어진 혈선을 경계로 그 윗부분이 잘라져서 몸통과 분리되고 있는 것이다.

퉁!

마침내 삭혼검의 머리가 철판 위에 떨어지더니 몇 바퀴 구르다가 멈추었다.

그 머리에 달린 두 개의 눈은 핏발이 곤두선 채 한껏 부릅떠져 있었고, 어금니는 악다물어 있었다.

수급이 철판에 떨어지는 소리에 굉열도는 눈을 번쩍 뜨고 소리가 들려온 쪽을 쳐다보다가 움찔 몸을 떨면서 한꺼번에 두 가지 사실을 깨달았다.

삭혼검이 죽었다는 것,

그리고 자신이 아직 살아 있다는 사실.

관중들은 함성을 터뜨리지 않았다.

대신 자신들도 모르게 주먹을 잔뜩 움켜쥐고 눈도 깜빡이지 않은 채 무투장을 주시하면서 질린 듯한 신음을 흘려낼 뿐이었다.

"우우우……."

그리고는 관중의 시선이 일제히 굉열도 한 몸으로 집중됐다. 그가 움직이지 않고 있기 때문에 생사를 알 수가 없었기 때문이다.

그래서 관중은 기대하고 있었다.

굉열도의 머리도 삭혼검처럼 뚝 떨어지거나 허리가 무처럼 뎅겅 잘라지기를.

굉열도는 설무검이 자신을 죽이기를 기다리고 있었다.

그는 명백한 패자다. 패자의 생사여탈권은 오로지 승자의 손에 달려 있는 것이 무투 경연의 법칙이었다.

그리고 이런 상황에서 대부분의 승자는 한 치의 자비도 없이 패자를 가장 잔인한 방법으로 죽여왔다.

"……."

굉열도는 잠시 동안 기다려도 아무런 변화가 없자 천천히 고개를 들어 설무검을 올려다보았다.

그가 움직임을 보이자 그제야 관중들이 '아!', '오호!' 하는 탄성을 우르르 터뜨렸다.

굉열도가 그때까지도 살아 있다는 사실은 관중들에게 커다란 충격이었다.

철검사는 지금까지 상대했던 무투사들을 단 한 명도 곱게 살려준 적이 없었다.

"이, 이놈! 대체 나를 얼마나 더 치욕스럽게 만들 셈이냐? 어서 죽여라!"

느닷없이 굉열도가 설무검을 향해 몸을 들썩이면서 쩌렁쩌렁하게 호통을 쳤다.

관중들은 그의 외침, 아니, 절규를 똑똑히 들을 수 있었다.

굉열도는 이미 삶을 포기했다. 죽은목숨이나 다름이 없는 몸이 무슨 생명에 기대를 걸겠는가?

이런 상황에서 생존을 바란다는 것은 낙타가 바늘구멍으로 지나가는 것보다 희박한 일이었다.

그러나 설무검은 묵묵히 굉열도를 굽어보기만 했다.

수치심이 극에 달한 굉열도는 어깨를 들썩이며 버럭버럭 소리를 질렀다.

"이 자식아! 네놈이 진정한 사내라면 지금 당장 나를 죽여서 이 치욕을 벗게 해주어야 할 것이다!"

그렇지만 사실 설무검은 굉열도를 살려주고 싶어서 살려준 것이 아니었다.

굉열도의 대도를 부러뜨리면서 그의 정수리를 쪼개야 마땅했지만, 그랬다면 삭혼검의 이차 공격에 오히려 설무검이 당하고 말았을 것이다.

그래서 천지검이 굉열도의 정수리를 쪼개기 직전에 급격히 방향을 틀어 삭혼검의 목을 잘랐던 것이다.

바로 그 순간 굉열도는 무릎을 꿇으면서 눈을 질끈 감았고, 설무검은 더 이상 싸울 의사가 없이 무릎까지 꿇고 있는 그를 죽이고 싶은 마음이 들지 않았을 뿐이다.

설무검은 평생 동안 단 한 번도 싸우던 중에 무방비 상태가 된 사람을 죽여본 적이 없었다. 그 습관은 지금이라고 예외가 아니었다.

지난 팔 개월 동안의 무투 경연에서 그에게 죽은 자들은 모두 공격을 하다가 죽임을 당했다.

지금과 같은 경우는 처음이었다.

순간 굉열도는 두 눈을 찢어질 듯이 부릅떴다.

저벅저벅.

설무검이 몸을 돌려 등을 보인 채 철판 위를 걸어가기 시작했기 때문이다.

굉열도를 죽이지 않겠다는 뜻이다.

또한 네가 치욕을 느끼든 혀를 깨물고 자결을 하든 알 바

아니라는 뜻이기도 했다.

살인은 설무검의 취미가 아니다. 어떤 형태로든 승리했으면 그것으로 된 것이다.

굉열도의 이마와 목에 지렁이 같은 핏줄이 툭툭 불거졌다.

두 눈에서 뿜어지는 것은 이글거리는 분노와 치욕의 불길.

그는 더 이상 악다구니를 쓰지 않았다.

그저 계단을 내려가 자신의 대기실로 묵묵히 걸어가는 설무검의 뒷모습을 이글거리는 눈빛으로 쏘아볼 뿐이었다.

결국 치욕과 분노를 가슴에 가득 담은 낙타는 바늘구멍을 통과했다.

양궁표는 나갈 때와 다름없는 걸음걸이로 대기실을 향해 걸어오는 설무검을 보면서 쓴웃음을 지었다.

그가 알고 있는 한 몽고고원의 무투사 중에서 설무검은 무적이었다.

그런 설무검이 조금 전에 두 명을 상대하기 위해서 무투장으로 오르는 모습을 보면서 불길한 예감이니 뭐니 궁상을 떨었으니 쓴웃음이 날 만도 했다.

'휴우……'

철창에 매달려 있던 단랑은 그제야 속으로 긴 안도의 한숨을 토해냈다.

그는 너무도 긴장한 탓에 자신이 무엇 때문에 한숨을 토해내는 것인지, 왜 설무검 때문에 긴장을 하고 있는 것인지조차도 느끼지 못하고 있었다.

여기 또 한 사람.

철검사의 주인 오장보는 오늘 너무도 기분이 좋았다.

여러 명의 벌거벗은 미녀들을 껴안고 그녀들의 온갖 음탕한 시중을 받으면서 술을 마시는 것보다, 지금 느끼는 이 승리감과 통쾌함을 그는 백 배 이상 더 좋아했다.

또한 방금 끝난 무투 경연에 은자 십만 냥이 걸렸다는 사실 때문에 더욱 기분이 좋았다.

그는 천천히 함자방을 쳐다보았다. 그가 어떤 표정을 짓고 있을지는 보지 않고서도 짐작할 수 있었다.

그러나 그 얼굴을 확인하고 싶었다. 그래서 아까처럼 또 미안한 표정을 지으며 그를 최대한 짓밟아주고 싶었다.

지금 이 순간의 이런 기분을 오장보는 너무나 사랑했다.

천하가 다 자신의 발아래에 있는 것 같았다.

자신이 손가락을 약간 까딱이기만 하면 천지만물을 마음대로 부릴 수 있을 것도 같았다. 그것은 마치 자신이 조물주라도 된 듯한 그런 기분이었다.

그런데 오장보는 함자방을 보면서 아무리 미안한 표정을 지으려고 해도 뜻대로 되지 않았다.

그래서 그냥 내버려 두었다.

그래! 마음껏 이 순간을 누리자!

일단 그렇게 마음먹자 몇 겹의 비계로 덮인 뱃속에서부터 참을 수 없는 웃음이 터져 나왔다.

"으핫핫핫핫! 함 대인! 미안하게도 또 이겨 버렸으니 이걸
어쩌면 좋소? 으핫핫핫!"

함자방 역시 처참하게 일그러진 표정과 씨근거리는 한숨
소리를 굳이 감추려고 들지 않았다.

그리고 그는 저 보기 싫은 오장보의 기고만장함을 짓밟을
수만 있다면 자신의 모든 재산을 탕진해도 좋다는 생각을 하
고 있었다.

第十六章
칠단전(七丹田)

　귀빈석의 끝자리에 앉아 있는 한 사람은 아까부터 미간을
잔뜩 좁힌 채 깊은 생각에 골몰해 있었다.
　오십오륙 세가량의 나이.
　약간 작은 키에 당당한 체구, 중후하면서도 후덕한 용모를
지녔으며 고급의 비단 황포를 입고 있었다.
　우평(宇平)이 그의 이름이었다.
　고구려 유민으로 '다물'이라는 상단의 행수였던 인물.
　그는 이 년여 전에 열하성 남쪽의 평천현에서 어떤 낯선 사
람에게 하나의 물건을 달이호까지 운반해 달라는 부탁을 받
고 금화를 받았지만, 운반하는 도중에 산적 떼의 급습을 받고

화살에 맞은 일이 있었다.

그때 그의 상단은 완전히 전멸당했는데, 중상을 입은 그 혼자만 마침 지나던 다른 상단에 발견되어 천행으로 목숨을 건질 수 있었다.

우평에게 물건을 운반해 달라고 부탁한 사람은 다름 아닌 개봉 진천방 비응당 소속의 향주 현조운이었다.

물론 그가 우평에게 맡긴 물건은 하나의 목관이었으며, 그 안에는 혼절한 설무검이 실려 있었다.

그리고 달이호로 향하던 우평의 상단을 습격한 것은 흑풍채였으며, 목관 안에 있던 설무검은 부채주 양궁표에게 발견되어 오늘에 이르고 있다.

우평은 조금 전에 무투에서 승리한 설무검의 모습을 어디선가 본 듯한 얼굴이라면서 기억을 더듬느라 고심하고 있는 중이었다.

이 년여 전에 목관을 맡겼던 현조운은 이송하는 틈틈이 설무검을 보살펴 달라고 부탁했다.

그래서 우평은 그 말에 따라 수하에게 하루에 두세 번씩 설무검의 상태를 확인하며 미음을 먹이라고 지시했다.

그러는 와중에 우평 자신도 몇 차례 설무검을 직접 본 적이 있었다. 궁금증 때문이 아니었다.

상단을 이끌다 보면 그보다 더한 일들도 숱하게 경험하기 때문에 목관 정도는 우평의 호기심을 크게 끌지 못했다. 그저 단순한 책임감 때문이라고 할 수 있었다.

그는 단지 목관 하나를 운반해 주는 대가로 무려 금화 이십 냥을 받았다.

그 정도 일의 보수라면 금화 한 냥도 넘치도록 많은데 자그마치 이십 냥을 받았으니 신경이 쓰이는 것은 당연했다.

그 당시 우평은 혼절해 있는 설무검을 처음 보고 너무도 강한 충격을 받았다.

그는 오십칠 년 동안 산전수전 두루 겪으며 살아오면서 목관 안에 누워 있는 사내처럼 다부진 체격에 완고하며 강파른 인상을, 그리고 혼절했음에도 불구하고 보는 이의 가슴을 압박하는 기도를 뿜어내는 인물을 한 번도 본 적이 없었다.

그래서 그 사내가 굉장한 삶을 살았을 것이라고 나름대로 추측을 하면서, 그를 처음 보던 그제야 사내에 대한 호기심이 구름처럼 생겼다.

그러나 그 직후에 산적 흑풍채의 습격을 받았으며, 상단은 전멸하고 말았다.

우평은 구사일생으로 살아난 후에도 늘 목관의 사내가 마음에 걸렸다.

비록 그가 이끌던 상단은 전멸했고 현조운으로부터 받은 금화 이십 냥마저 빼앗기고 말았지만, 그렇다고 책임감까지 강탈당한 것은 아니었다.

그래서 그는 목관 속의 사내를 약속한 달이호까지 데려다

주지 못한 것을 지금까지도 앙금처럼 가슴에 남겨두고 있는 상태였다.

그는 설마 조금 전에 무투를 벌인 무투계 최고의 무투사 철검사가 이 년여 전 목관 안에 누워 있었던 사내라고는 꿈에서도 상상하지 못했다.

그저 어디선가 본 적이 있는 사람이라고는 생각할 뿐, 철검사와 목관 안의 사내를 끝내 연결시키지는 못했다.

"우 백부님, 뭘 그렇게 골똘하게 생각하고 계세요?"

그때 그의 왼쪽에서 여자의 목소리가 들려왔다.

한어가 아닌 고구려 말이었는데, 심산계곡의 계류가 흐르면서 내는 소리처럼 해맑고 영롱했다.

"아! 조금 전에 마지막으로 싸운 철검사라는 무투사를 어디에선가 본 것 같은데 아무리 생각을 해봐도 도통 기억이 나지를 않는구나."

"우 백부님께선 평소 무투 경연을 좋아하지 않으셨잖아요. 그래서 오늘 무투 경연을 구경하는 것이 저처럼 처음이라고 말씀하셨는데, 언제 무투사를 본 적이 있다고 무투사를 아신다는 건가요?"

우평은 상단 '다물'에서 잔뼈가 굵었다.

지금 그의 나이 오십칠 세.

십이 세 때부터 '다물'의 밑바닥 일을 시작으로 오늘에 이르렀으니 장장 사십오 년 동안이나 '다물'에 몸담고 있었던 것이다.

그는 대상단 '다물'의 지도자인 대가(大加)를 이대(二代)에 걸쳐서 모시고 있으며, 현 대가인 고태(高泰)의 의형이라는 신분이기도 했다.

"그러게 말이다."

우평은 고개를 절레절레 가로저으며 여자 쪽을 돌아보며 쓴웃음을 지어 보였다.

여자.

아니, 여자라고 하기에는 다소 무리가 있어 보이는 대략 십 팔구 세가량의 소녀였다.

눈처럼 흰 비단 백의를 입었으며, 칠흑처럼 길고 윤기가 흐르는 검은 머리카락을 뒤에서 비단 백색 끈으로 질끈 묶었고, 어깨에는 한 자루 검을 멘 산뜻한 모습이었다.

소녀는 입고 있는 백의보다 더 희어서 눈이 부신 듯한 살결을 지니고 있었다.

그리고 보통의 여자들보다 더 짙은 눈매를 지녔다. 또한 눈썹도 더 검고 짙었다.

그래서 그녀의 백옥 같은 피부와 묘한 대조를 이루어 두 눈이 더 깊고 아름답게 보이게 하였다.

갸름한 얼굴 윤곽과 희고 긴 목, 흘러내린 머리카락을 쓸어 넘기는 손은 빛이 나는 것처럼 길고도 섬연했다.

소녀 고선(高善)은 가볍게 눈살을 찌푸렸다.

“무투 경연이라는 것은 역시 재미가 없어요. 아무런 은원 관계도 없는 사람들을, 그것도 노예들을 서로 싸워서 죽게 만들고는 즐겁다고 환호성을 터뜨리다니…….”

“그래서 나도 무투 경연을 싫어하지. 대가의 명령만 아니었더라도 이곳에는 오지 않았을 것인데…….”

우평은 고선의 옆에 앉아 있는 노인을 조금 원망하듯이 슬쩍 쳐다보았다.

고선은 고태의 무남독녀이므로 부친의 의형인 우평을 백부로 모시는 것이 당연했다.

고선은 부드럽게 미소를 지었다.

“아버님께서 무투 경연을 싫어하신다는 것을 우 백부님도 잘 아시잖아요. 오장보 군총교독의 초청만 아니었으면 아버님은 여기에 오시지 않았을 거예요.”

우평은 작은 소리로 구시렁거렸다.

“그럼 대가 혼자 오실 일이지 싫다는 우리까지 굳이 끌고 오시다니, 너무하셨어.”

고선은 짐짓 눈을 크게 뜨고 놀라는 시늉을 했다.

“저런~ 그러셨군요. 우 숙의 의견을 제가 아버님께 똑바로 전해드리겠어요. 사실 아버님께선 그동안 다소 독단적인 면이 있으셨으니 이참에 조언을 해드려야겠군요.”

고선이 정색으로 말하며 일어나려는 시늉을 하자 우평은 화들짝 놀라 급히 그녀의 팔을 잡았다.

"서… 선아, 농담이었다, 농담."

"깔깔깔! 저도 농담이었어요!"

고선이 재미있다는 듯 낭랑한 교소를 터뜨리자 주위에 있던 사람들이 일제히 그녀를 쳐다보았다.

뛰어난 것들, 재주나 아름다움, 신기 같은 것들은 자신이 아니라 타인에 의해서 빛을 발하고 또 평가되는 법이다.

그중에서도 아름다움처럼 외적(外的)인 것은 대화를 한다거나 함께 시간을 보내지 않아도 즉시 눈에 띄는 것이다.

고선의 은방울을 흔드는 듯한 웃음소리에 주위의 사람들이 일제히 그녀를 쳐다보았다.

그러더니 모두의 얼굴에 약속이나 한 것처럼 커다란 놀라움과 감탄의 표정이 떠올랐다.

고선이 지니고 있는 아름다움 때문이었다.

아마도 이곳에 있는 사람들은 지금껏 고선처럼 아름다운 미인을 본 적이 없을 것이다.

아니, 어쩌면 죽는 날까지 보지 못할지도 모른다. 그녀는 그만큼 절색의 미모를 지니고 있었다.

오장보의 시선도 고선에게 향했다.

그러더니 그때부터 그의 시선은 고선의 얼굴에 고정된 채 움직일 줄을 몰랐다.

평소에 여색을 인생 최고의 가치로 평가하고 있는 오장보였으니 고선 같은 미인을 보고 반응을 보이지 않는다면, 오히려 그게 이상한 일일 것이다.

고선의 부친 상단 '다물' 의 대가 고태는 오장보의 초청으로 오늘 이곳 무투장에 왔다.

물론 무투 경연이 시작되기 전에 고선의 부친과 오장보는 서로 인사를 나누었으나 그때에는 고선이 없었다.

그녀는 무투 경연이 한창 벌어지고 있을 때 도착했다. 그래서 오장보는 그녀를 보지 못했던 것이다.

반호는 함부로 아무 곳에나 시선을 주는 경망스러운 사람이 아니다.

그는 오장보가 쳐다보는 것만 쳐다보고 그가 움직이는 곳으로만 따른다. 순전히 경호를 위해서다.

지금도 그는 오장보가 쳐다보고 있는 고선을 무심코 쳐다보다가 갑자기 몸을 가볍게 후드득 떨더니 그때부터 그녀의 얼굴에서 시선을 떼지 못했다.

아니, 시선을 떼지 못하는 정도가 아니라 고선의 얼굴을 보면서 가늘게 어깨를 떨며 동공이 크게 흔들리기까지 했다.

철석간장의 사내 반호가 이처럼 놀라는 일은 아마도 이제 껏 없었을 것이다.

"소련(素蓮)……."

그는 고선의 얼굴에 시선을 고정시킨 채 자신도 모르게 입 밖으로 나지막한 중얼거림을 흘려냈다.

많은 사람들이 자신을 주시하고 있는 데도 고선은 부끄러워하지도, 얼굴을 붉히지도 않았다.

오히려 일어서서 사람들에게 가볍게 고개를 숙여 보이며 낭랑하게 입을 열었다.

"제가 너무 크게 웃어서 죄송해요!"

그녀의 그런 시원시원함에 사람들은 한층 더 매료되었다.

그때 오장보가 반호에게 뭐라고 지시를 하는 듯했다.

그러자 반호의 표정이 순간적으로 가볍게 변하는 것 같더니 곧 공손히 읍을 한 후 고선을 보며 잠시 머뭇거리다가 이윽고 걸음을 옮겨 그녀에게 다가왔다.

그는 고선의 옆에 앉아 있는 한 명의 백포중년인 앞에 멈춰서 정중히 포권을 하며 입을 열었다.

"고(高) 대인, 군총교독께서 대인과 따님을 오늘 저녁 만찬에 초청하셨습니다."

백포중년인은 고선의 부친 고태였다.

그는 사십칠 세의 나이였는데, 마치 속세를 초월한 듯한 용모와 기품을 지니고 있었다.

반호의 말에 백포중년인 고태는 상체를 앞으로 약간 내밀어 옆쪽의 오장보를 쳐다보았다.

오장보가 미소를 지으면서 가볍게 고개를 끄덕여 보이자 고태는 두 손을 모아 쥐고 가볍게 포권을 해 보였다. 만찬 초청에 응하겠다는 무언의 표시였다.

반호는 고태의 앞에 서 있는 잠깐 동안에 온몸이 극도로 긴장하여 터질 듯이 팽팽해졌다.

그는 가까이에서 고선을 볼 수 있는 기회가 생겼지만, 될수록 그녀를 보지 않으려고 안간힘을 썼다.

고선이 반호가 알고 있는 그녀일 리가 없었다.

그런 줄 알면서도 반호는 점점 더 팽팽해지는 이 긴장감을 멈출 수가 없어서 그답지 않게 진땀을 흘리고 있었다.

고선을 쳐다보지 않으려는 반호의 의지는 그러나 채 두어 번 호흡할 정도의 짧은 시간조차 넘기지 못했다.

아니, 이 순간만큼은 그의 몸이 머리의 통제를 따라주지 않는다고 하는 것이 옳았다.

그의 머리는 이끌리듯이 고선 쪽으로 돌아갔고, 눈길은 그녀의 얼굴에 초점이 모아졌다.

"……."

순간 반호는 머릿속이 새하얗게 탈색되는 충격에 휩싸였다.

그가 고선을 쳐다보는 순간 마침 고선도 그를 바라보고 있었던 것이다.

그래서 우연찮게 두 사람의 시선이 마주쳤다.

만약 그것뿐이었다면 반호가 이처럼 충격을 받지는 않았을 것이다.

고선은 반호와 시선이 마주치자 박속처럼 흰 이를 약간 드러내 보이면서 화사한 미소를 지어 보였다. 그녀로서는 그저 아무 의미 없이 던지는 미소였다.

미소.

그것 역시 반호의 머릿속에 새겨진 채 죽어서도 잊지 못할 그녀, 소련의 미소와 너무나도 닮았다.

"소련아……."

반호는 자신도 모르게 고선에게 한 걸음 다가서며 열병을 앓고 있는 사람의 표정으로 중얼거렸다.

더구나 그는 두 손을 앞으로 뻗고 있는데, 마치 고선을 안으려는 듯한 자세였다.

무공을 익혀 공력을 지니고 있는 고선은 반호의 중얼거림을 똑똑히 들을 수 있었다.

그녀는 의아한 표정을 지으면서, 그러나 미소를 잃지 않으며 반호의 착각을 바로잡아 주었다.

"제 이름은 고선이며, 소련이라는 사람이 아니에요. 사람을 잘못 보신 것 같군요."

그렇지만 그 말은 반호의 귀에 들리지 않았다.

또한 그때 고태가 반호에게 뭐라고 말했지만 그 말 역시 들리지 않았다.

반호의 눈은 고선을 보고 있었지만 소련을 되새기고 있었으며, 그의 귀는 열려 있었지만 소련의 가을 하늘처럼 청명하게 맑은 웃음소리만이 아련하게 메아리치고 있었다.

탁!

"내 말이 안 들리느냐, 호야?"

"아!"

그때 오장보가 다가와 뒤쪽에서 어깨를 가볍게 치며 나직이 소리치는 바람에 반호는 화들짝 놀랐다.

"대인……."

"어디에 정신을 팔고 있는 것이냐?"

오장보는 반호의 시선이 고선의 얼굴에 못 박혀 있는 것을 보고는 의미심장한 미소를 지어 보였다.

"저는… 그저……."

반호는 크게 당황해서 어쩔 줄을 몰라 했다. 그런 모습은 오장보로서는 처음 보는 것이었다.

그러나 사실은 그렇게 말하면서도 오장보의 시선은 고선에게 향해 있었다.

그의 눈이 감상하듯이 느긋하게 반개하면서 고선의 얼굴보다는 가슴과 허리, 아랫도리를 빠르게 훑었다.

그의 시선은 흡사 손이 달린 듯 고선이 입고 있는 옷을 한 겹씩 벗겨내고 알몸을 주무르는 것 같았다.

그런 음탕한 시선을 느끼지 못할 고선이 아니었다. 미녀들은 어디를 가나 수많은 사내들로부터 그런 시선을 접하기 때문에 고선 역시 이미 익숙해져 있는 상태였다.

고선은 오장보의 시선을 느끼는 순간 독사의 혓바닥 같다는 생각이 들었다.

"가요, 아버님!"

평소 솔직하고 대범하며 명랑한 성격의 고선은 오장보의 노골적인 시선 때문에 발끈해서 몸을 일으키며 나직이 외치듯이 말하며 먼저 입구 쪽으로 걸어갔다.

그런데도 그녀는 등 뒤로 따가운 시선을 느껴야만 했다.

그녀가 걸어가다가 슬쩍 뒤돌아보자 아니나 다를까, 오장보가 뚫어지게 주시하고 있었다. 오장보의 시선이 고정되어 있는 곳은 고선의 엉덩이였다.

'늙은 돼지 같은 놈이 감히!'

또한 고선은 무서움을 모르는 성격이기도 해서 지금 이 순간 단칼에 오장보를 베어 죽이고 싶다는 분노가 치밀었다.

고선의 성격 중에는 불의를 보거나 모욕을 당하면 참지 못하는 일면도 있었다.

"선아, 오늘 날씨가 너무 좋지 않으냐?"

고선의 오른손이 막 어깨의 검파를 잡아가고 있을 때 우평이 다가와 가볍게 그녀의 어깨를 감쌌다. 그것은 발작하면 안 된다는 무언의 제지였다.

고선은 욱하는 성질이지만 사리 분별을 못할 정도로 막무가내는 아니었다.

아니, 냉정할 때에는 어느 누구보다도 냉정한 성격이었기에 곧 마음을 진정시켰다.

"호호! 우 백부님의 말씀이 맞아요! 우리 어디 가서 돼지고 기나 구워 먹을까요?"

그녀는 오히려 명랑하게 웃으면서 우평의 팔짱을 끼며 변죽을 울렸다. 물론 그녀가 말하는 돼지는 당연히 오장보를 가리키는 것이었다.

*　　　*　　　*

설무검은 벌써 두 시진째 두문불출 운공조식에 몰두하고 있는 중이었다.

무공을 연마하는 사람들에게 있어서 단전은 신체의 어느 부위보다 중요한 부위다.

모든 무공의 핵심이며, 근간인 공력이 축적되어 있는 곳이기 때문이다.

단전을 다치게 되면 공력을 바탕으로 하는 모든 무공을 연마할 수도, 이미 축적해 놓은 공력을 한 움큼도 사용할 수 없다는 것은 기본적인 상식이다.

설무검의 몸속에 검을 찔러 넣은 인물은 검으로 폐와 간을 관통시키면서도 그것들을 터뜨리거나 못 쓰게 망가뜨리지 않았다.

사람은 폐와 간이 터지거나 망가지면 죽을 수밖에 없다.

그러므로 그 인물은 설무검을 죽이지 않은 상태에서 그의 단전만을 파훼시켜서 다시는 무공을 사용할 수 없는 몸으로 만드는 것이 목적이었을 것이다.

그렇게 하자면 검을 찔러 넣은 인물이 최소한 이 갑자 이상의 공력을 지녀야만 했을 것이다.

과거 설무검의 최측근들, 즉 중천오세의 지존(至尊) 다섯 명은 모두 이 갑자 이상의 공력을 지니고 있었다.

필경 그들 중에 한 명이 설무검의 몸속에 검을 찔러 넣은 장본인일 것이다.

설무검은 짧지 않은 지난 일 년여 동안 오직 한 가지 생각, 즉 어떻게 하면 자신의 몸속에 박혀 있는 검신을 제거하거나 공력을 되찾을 수 있을까에 대해서 질리도록 고심에 고심을 거듭했다.

그러나 방법은 쉽사리 찾아지지 않았다.

쉽게 해결할 수 있었다면 흉수가 굳이 어렵게 설무검의 몸속에 검을 찔러 넣지도 않았을 것이다.

어쩌면 그것을 해결할 방법은 애초에 존재하지 않을지도 모르고, 영원히 없을지도 모른다.

하지만 설무검은 절망하지도, 포기하지도 않고 피나는 고심과 노력을 계속해 왔다.

방법이 없다면 자신이 만들어야 한다는 것이 그의 일관된 생각이었고, 각오였다.

무투사가 하는 일이란 무투 경연에서의 생존을 위해서 하루 종일 피나는 무술 수련을 하는 것.

　그리고 며칠에 한 번, 늦어도 한 달에 한두 번 무투 경연을 벌이는 것이 전부다.

　예전부터 경붕현 군총 소속의 무투사들은 군위교 반호의 지도하에 무술을 수련해 오고 있다.

　처음에 반호는 언제나 그랬던 것처럼 설무검과 양궁표 등에게도 무술을 가르치려고 했다.

　물론 그가 가르치는 것은 공력을 바탕으로 하는 내가무공이 아니라 박투(搏鬪)를 전문으로 하는 외문무공이었다.

　더구나 반호는 이십팔 세라는 젊은 나이지만 수많은 전투에 참전하여 자신이 속한 부대를 승리로 이끈 백전노장으로 군부 내에 소문이 자자했다.

　그의 실력은 실전에서 목숨을 담보로 하여 쌓은 것이기에 현란한 초식 따위가 완전히 배제된 살인투(殺人鬪)라고 할 수 있었다.

　그렇기 때문에 그의 가르침은 진저리쳐지도록 혹독한 반면에, 그것을 견뎌낸 사람은 거의 어김없이 막강한 무투사가 되어 무투장을 주름잡게 되는 것이다.

　물론 그들의 주인인 오장보는 두둑한 내기 돈과 무엇과도 바꿀 수 없는 쾌락을 얻게 되지만.

　팔 개월 전, 그런 반호의 가르침을 설무검과 양궁표가 정면으로 거부한 일이 벌어졌다.

　전에도 자신들의 알량한 무술 실력을 믿고 그렇게 까부는 자들이 더러 있었다.

그럴 때마다 으레 반호가 내거는 하나의 조건이 있었다. 자신과 겨루어 십 합을 견디기만 한다면 요구대로 해주겠다는 것이다.

하지만 반호가 무투사들을 직접 조련시키기 시작한 지 팔 년여가 다 된 그 당시까지만 해도 그의 십 합을 견뎌낸 자는 단 한 명도 없었다.

최소한 설무검과 양궁표가 나타나기 전까지는 그랬다.

두 사람은 반호와의 싸움에서 사람들의 예상을 뒤엎고 설무검은 이십육 합을, 양궁표는 삼십 합을 견디어냈다.

반호에게 맞은 화살의 상처가 채 아물지 않았고, 무공을 완전히 잃은 상태인 설무검보다 그에게 무공을 가르침받은 양궁표가 더 강해진 것은 당연한 결과였다.

그 후 설무검과 양궁표는 그 누구의 간섭도 받지 않은 채 무투련당 안에서만큼은 자유를 누릴 수 있었고, 무슨 수련을 하든 간섭하는 사람이 일체 없었다.

반면에 단랑과 염탕은 반호의 가르침을 기꺼이 받았다.

그러나 무투 경연의 결과로 볼 때 그 두 명보다는 설무검과 양궁표의 전적이 훨씬 더 화려했다.

지난 팔 개월 동안 설무검과 양궁표는 전승 무패를 기록한 반면에 단랑은 오 패, 염탕은 삼 패가 있었다.

물론 단랑과 염탕은 상대에게 처참한 죽임을 당하기 직전에 항복을 외치거나 스스로 대(臺) 아래로 몸을 날려서 싸움을 포기하는 것으로 죽음을 모면했기에 아직도 목숨을 부지할 수 있었다.

또한 설무검과 양궁표의 무투가 박진감이 넘치고 시원시원하며 완벽한 승리를 이루는 데 반해서, 단랑과 염탕은 시종 위태위태하다가 가까스로 승리한다는 점이 크게 달랐다.

물론 단랑과 염탕의 실력이 예전에 비해 크게 향상된 것은 사실이지만 설무검이나 양궁표에 비교할 수 있을 정도는 아니었다.

설무검은 무투사의 생활에 거의 완벽하게 적응했다.

처음이나 지금이나 그는 하루의 깨어 있는 절반의 시간 동안은 이백 근 무게의 철갑을 씌운 오른팔과 숙달되지 않은 왼팔을 단련시키는 일에 주력했다.

그의 수련 과정이 남들은 상상조차 하지 못하는 방법일 뿐만 아니라, 양궁표조차도 질릴 정도로 혹독하다는 사실은 굳이 다시 설명할 필요가 없다.

그 결과 현재의 그는 왼팔을 예전 절대자 시절의 오른팔만큼은 아니지만 거의 자유자재로 사용할 수 있게 됐고, 오른팔로는 철갑을 씌운 채 웬만큼 사용할 수 있을 정도가 되었다.

그는 오른팔의 철갑을 벗겨내고 사용해 본 적이 한 번도 없었기 때문에 벗겨낸 상태에서의 오른팔이 어떨지는 아직 모르고 있다.

물론 그는 수련할 때 왼손이든 오른손이든 언제나 손에서 이백 근 무게의 천지검을 놓지 않았다.

하지만 그가 제아무리 양팔을 자유롭게 사용하게 되고, 머릿속에는 절세의 검법과 여러 절학이 들어 있다고 해도 그것들의 바탕이 되어줄 공력을 전혀 끌어올릴 수 없다는 사실은 변함이 없었다.

그러므로 그의 진전이라는 것은 단지 외문 무공적인 진전일 뿐이었다.

그는 하루의 나머지 절반의 시간 동안은 몸속에 박혀 있는 검을 제거하거나 파훼된 단전을 복구하는 방법을 끝없이 궁구하고 시도하는 것으로 보냈다.

평범한 사람 같았으면 골백번도 더 포기했겠지만 설무검은 결코 포기하지 않았다.

공력을 회복하지 못한다면 그의 삶은 죽음보다 더 암담할 것이다. 살아 있어야 할 이유가 없게 된다.

또한 그것은 그의 몸속에 검을 쑤셔 넣은 자의 뜻대로 되는 것이다.

아니, 그에게 백일취수를 먹여서 혼절시키고, 오른손 힘줄을 잘랐으며, 경력으로 단전의 보호막 두 개를 파훼한 자들이 원하는 삶을 살아야 하는 것을 의미했다.

절대로, 결코 그렇게 살 수는 없다.

그렇다고 자결할 마음 같은 것은 추호도 없었다. 그것은 설무검의 성격에 정면으로 반하는 짓이다.

살아서, 반드시 공력을 되찾아 중천무림의 신화가 건재하다는 사실을, 배신의 대가가 얼마나 처절한지를 만천하에 알리고 배신자들에게 되갚아줘야만 한다.

설무검의 단전에는 세 겹의 보호막에 의해 이 갑자 반이라는 엄청난 공력이 축적되어 있다.

그 보호막들은 어지간한 공력이나 경력(勁力) 혹은 도검으로는 파훼되지 않는다.

설무검의 최측근들조차도, 심지어 그가 사랑했던 설란후마저도 그의 단전에 보호막이 두 개뿐이라 알고 있었다.

만약 그런 최후의 비밀이 없었더라면, 음모와 배신의 시작 지점인 진천방 밀실에 모였던 흉수들은 무슨 수를 써서라도 설무검의 세 개의 보호막을 깨뜨리고 단전 기해혈(氣海穴)을 완전히 파훼했을 것이다.

그랬다면 설무검은 지금처럼 단전을 복구하려고 시도조차 하지 못했을 것이다.

그들은 두 개의 보호막을 깨뜨린 것으로 설무검의 단전이 완전히 파훼됐다고 단정했다.

그런데 누군가 설무검의 몸속에 검을 꽂았다. 이른바 안전장치인 것이다.

과연 안전장치는 주효했다.

만약 그의 단전에 검을 꽂지 않았더라면 설무검은 작은 노력만으로 이 갑자 반의 공력을 고스란히 회복했을 것이다.

그러므로 설무검은 자신의 몸속에 박혀 있는 검이 전설적인 보검(寶劍)이라고 확신했다. 웬만한 검이라면 자신의 보호막을 뚫지 못했을 것이다.

중천오세의 지존 중에서 보검을 소유하고 있는 인물은 한 명뿐이었다.

과거에 설무검은 그 인물의 여자를 자신의 여자로 취했다.

아니, 그것보다는 그 여자가 제 발로 설무검에게 다가왔다는 설명이 더 옳았다.

그 여자는 첫눈에 설무검에게 반했다.

그녀는 강자(强者)를 좋아했고, 설무검은 그녀의 옛 애인보다 훨씬 강했다.

그 후에 그녀의 옛 애인은 설무검의 최측근으로 등용됐다.

그것은 설무검의 자신감이었고, 배려였다.

설무검은 무투사가 된 지난 팔 개월 동안 끊임없이 운공하면서 수백 가지 방법으로 파훼된 단전을 회복시키려고 노심초사했다.

그는 수많은 방법을 생각해 내고, 그것들을 시도하다가 또 수없이 좌절했고, 목숨을 잃을 수도 있는 위험에 처하기도 했다.

그러던 어느 날, 정확하게 지금으로부터 다섯 달 열흘 전에

설무검은 자신의 체내에서 벌어지는 기이한 현상을 감지할
수 있었다.

몹시도 익숙한 느낌.

그것은 지난날에 그를 중천의 절대자로 만들어주었던 공
력이라는 것의 느낌이었다.

까마득히 잊고 있었던 공력을 그는 잃은 지 일 년 반 만에
희미하게나마 느끼게 된 것이었다.

그것은 절망에 허덕이고 있던 그에게 조심스러운 경이로
움으로 다가왔다.

원래 설무검이 익힌 신공은 무극파천황(無極破天荒)이라는
경세적인 절학이다.

그가 다섯 달 전에 희미하게나마 느낀 것은 분명히 무극파
천황으로 생성된 공력이었다.

장장 십오 년 동안 무극파천황만을 연공한 그가 그 느낌을
모를 리 없었다.

그런데 기이한 것은 그가 감지한 공력은 단전에서 비롯된
것이 아니라는 사실이었다.

그 공력은 신체의 한 부위가 아닌 여러 곳에서 아지랑이처
럼 희미하게 피어나 그가 이끄는 대로 작은 시냇물처럼 체내
를 이리저리 돌아다녔다.

그는 격동하는 마음을 간신히 가라앉히고는 공력이 생성
되는 부위를 알아내기 위해 부심했고, 그 결과 반나절 만에

결국 알아내고 말았다.

놀랍게도 공력은 머리와 이마, 가슴, 하체의 여러 곳에서 작은 샘물처럼 흘러나오고 있었다.

바로 그 순간 그는 지난 십오 년 동안 각고의 노력에도 끝내 풀지 못했던 무극파천황의 깊고도 난해한 마지막 구결을 마침내 깨우치기 시작했다.

무극파천황의 발원지는 서장(西藏:티벳)이다.

중원에서는 공력을 단전에만 축적하는 것이 상식처럼 굳어져 버린 것과는 달리, 유가(瑜伽:요가)가 성행한 인도와 서장에서는 오래전부터 신체의 일곱 군데에 단전이 있다고 규정하여 그것들을 두루 활용해 오고 있었다.

그것이 즉, 유가의 칠단전(七丹田)인 것이다.

그러므로 발원지가 서장인 무극파천황의 마지막 구결이 칠단전에 공력을 축적시키고 또 활용하는 방법이라고 해서 이상할 것은 없었다.

물론 설무검은 다섯 달 전에 자신이 직접 몸으로 체험하기 전까지는 그런 사실을 까맣게 모르고 있었다.

그가 중천의 절대자로 군림하던 시절에는 더욱 강해지기 위해서 무극파천황의 마지막 구결을 이해하려고 무던히 노력했음에도 불구하고 끝내 그 비밀을 풀지 못했다.

그런데 모든 것을 잃고 나락으로 떨어진 후 절망의 밑바닥에서 처절하게 죽기를 각오하는 심정으로 노력하자 그토록 풀리지 않던 구결이 마침내 거짓말처럼 풀린 것이다.

과거의 그와 현재의 그가 다른 것이 있다면 두 가지이다.

첫째, 과거의 설무검은 강하면서도 더 강해지려는 과욕적인 정신 상태였지만, 현재의 설무검은 그것이 아니면 죽을 수밖에 없는 절박한 심정이다.

그러므로 진리로 통하는 길은 과욕이 아니라 절박함이라는 것이다.

둘째, 과거의 그는 머리로만 구결의 오의를 풀려고 애썼지만, 절망에 빠진 후의 그는 머리와 몸 둘을 다 써서 진력했다. 결국 그것이 주효한 것이었다.

칠단전은 머리 정수리의 백회단전(百會丹田), 미간단전(眉間丹田), 즉 상단전(上丹田), 목 아래 가슴 위쪽의 천돌단전(天突丹田), 가슴 아래 부위인 중단전(中丹田), 배꼽 부위인 신궐단전(神闕丹田:이 부위가 중원에서 통용되는 단전이다), 그다음으로 하단전(下丹田)과 사타구니 중앙부의 회음단전(會陰丹田)으로 나뉜다.

현재 설무검은 단전, 즉 기해혈에 축적된 이 갑자 반의 공력은 그대로 남아 있는 채 지난 일 년 반 동안 운공하여 새롭게 생성된 소량의 공력이 배꼽 아래의 신궐단전을 제외한 전체 육단전(六丹田)에 아주 조금씩 고루 퍼져 축적되어 있는 상태였다.

단전의 정의(定義)는 '생명체의 각 기관에 힘을 만들어 보내서 그 기관의 기능을 정상적으로 만들어주는 곳'이라고 할 수 있다.

다시 말하자면, 인체에 이미 조성되어 있는 음양오행의 기(氣)와 외부에서 자연적 혹은 운공을 통해서 강제적으로 유입되는 음양오행의 기가 합쳐져서 공력을 만들어내고, 그것들을 세분하여 인체의 각 기관으로 보내어 그 기관들의 기능을 제대로 유지하도록 하기 위해서 공력이 축적되는 곳이 바로 단전이라는 뜻이다.

그렇기 때문에 인체에는 이루 헤아릴 수 없을 만큼의 소단전(小丹田)과 미세단전(微細丹田)이 있으며, 그것들을 총괄하는 곳이 칠단전이다.

현재 설무검의 육단전에는 약 이십 년가량의 공력이 쌓여 있는 상태다.

지난 일 년 반 동안 파훼된 단전, 즉 신궐단전을 복구하느라 꾸준히 운공했던 것이 공력을 만들어 육단전에 축적시키는 결과를 가져온 것이었다.

물론 그것은 신궐단전에 있는 이 갑자 반, 백오십 년의 공력과는 전혀 별개의 공력이며, 설무검은 그 공력이 만들어지는지조차도 전혀 느끼지 못하고 있었다.

"후우……."

이윽고 설무검은 두 시진 동안의 운공조식을 끝내고 긴 한숨을 토해냈다.

요즘의 그는 파훼된 단전을 복구하려고 헛된 수고를 기울이기보다는 순수한 운공조식에 주력하여 육단전에 공력을 축적시키려 노력하고 있었다.

이십 년이라는 공력은 비록 보잘것없지만, 절망의 밑바닥에 떨어져 있던 그에게는 무엇과도 비교할 수 없을 정도로 소중한 희망의 불씨가 되었다.

그것은 한 치 앞도 보이지 않는 암흑천지에서 비록 흐릿하지만 한줄기 빛과 같은 역할을 하기 시작했다.

그 빛은 앞으로 그가 가야 할 방향을 제시해 주었으며, 어떻게 하면 될 것이라는 방법을 가르쳐 주었고, 무엇보다도 소중한 '희망' 을 안겨주었다.

설무검은 목표하고 있는 수준의 공력을 축적할 때까지는 파훼된 신궐단전은 잊어버리고 단순한 공력만을 생성하기로 계획했다.

그가 목표로 잡은 공력은 일 갑자, 즉 육십 년이다.

몇 년이 걸리든 일 갑자 공력이 축적될 때까지는 신궐단전의 공력은 잊고 전력을 다할 것이다.

그렇게 해서 일 갑자 공력이 생기면 그것으로 파훼된 신궐단전을 복구하려는 계획이다.

그것은 충분히 가능성이 높은 방법이었다.

문제는 과연 일 갑자 공력으로 가능할까 하는 것이었지만, 지금으로서는 알 길이 없었다.

만약 일 갑자 공력으로 실패하면 더 높은 공력을 쌓으려고 다시 오랜 세월 동안 노력해야 할 것이다.

다만 그런 일이 생기지 않기를 바라는 수밖에 없었다.

설무검은 운공을 끝냈지만 눈을 뜨지 않았다.

오늘따라 기분이 몹시 상쾌했다.

겨우 이십 년 남짓의 공력이지만, 과거에 이 갑자 반의 공력으로 운공을 끝냈을 때와는 비교도 할 수 없을 만큼 기분이 좋았다.

이 갑자 반의 공력을 지니고 있다가 깡그리 잃고, 공력이라고는 한 움큼도 없는 상황을 피눈물 나게 겪어보았기 때문에 이런 기분을 느낄 수 있는 것이리라.

금수의끽일시(錦繡衣喫一時)라고 했다.

제아무리 최고급 비단옷을 입고 있어도 그 옷이 몹시 배고플 때의 밥 한 끼 값에도 못 미친다는 뜻이다.

통곡을 해봐야 참 기쁨을 알고, 절망에 빠져 봐야 희망의 진정함을 느낄 수 있음이다.

설무검이 천천히 눈을 뜨자 그 앞의 의자에 양궁표가 단정한 자세로 앉아 있는 모습이 보였다.

양궁표는 설무검에게 인사를 하려고 쳐다보다가 그의 눈빛을 접하곤 가볍게 움찔했다. 그러더니 곧 그의 얼굴에 더할 수 없는 격동이 가득 떠올랐다.

"혀, 형님! 공력을 회복하신 것입니까?"

예전에는 아니었지만, 현재의 설무검과 양궁표에게는 개인 수련실이 각각 주어진 상태였다.

오장보에게는 전승 무패의 설무검과 양궁표가 보물과도 같은 존재였으므로, 개인 수련실을 달라는 그들의 요구 정도는 숨도 쉬지 않고 들어주었다.

당연한 일이지만, 설무검의 수련실에는 양궁표만, 양궁표의 수련실에는 설무검만 들어갈 수 있다.

오래전에 염탕이 한 번 양궁표의 수련실에 볼일 때문에 불쑥 들어왔다가 죽도록 두들겨 맞아 피똥을 싸면서 보름 동안이나 누워 있어야만 했다. 그 후로는 아무도 두 사람의 수련실에 얼쩡거리지 못했다.

설무검으로부터 북두신공과 초일검류를 전수받은 후 거의 잠조차 자지 않으면서 연공과 수련을 거듭한 양궁표의 실력은 일취월장하여 현재는 강호의 일류고수와 맞붙어도 쉽사리 패하지 않을 정도의 수준이 되어 있었다.

검초식으로는 어느 누구에게도 뒤지지 않지만, 공력이 약한 것이 흠이라면 흠이었다.

그런 양궁표가 설무검의 변화를 발견하지 못할 리 없다.

양궁표는 예전에 설무검이 운공조식하는 것을 수없이 봐왔지만, 지금처럼 맑고도 깊은 눈빛이 일렁이는 것과 얼굴에서 은은히 빛이 나는 것을 한 번도 본 적이 없었다.

그래서 양궁표는 그것을 설무검이 공력을 되찾았기 때문

이라 직감하고 격동에 차서 외친 것이다.

양궁표는 아주 특별한 일이 없는 한 설무검의 수련실에 들어오지 않는다.

설무검의 연공을 방해하지 않기 위해서이고, 자신의 연공이 너무도 바쁘기 때문이기도 했다.

그러다 보니 자주라고 해봐야 사나흘에 한 번, 심지어는 열흘에 한 번 찾아오는 경우도 있었다.

또한 그렇게 찾아와 봐야 열이면 열 전부 설무검은 언제나 운공조식을 하고 있는 중이어서 양궁표는 그를 잠시 지켜보다가 슬그머니 자신의 수련실로 돌아가곤 하는 경우가 비일비재했다.

양궁표가 설무검이 운공조식에서 깨어나는 광경을 목격한 것은 다섯 손가락으로 꼽을 정도였으며, 그것도 대부분 다섯 달 전 설무검이 자신의 공력이 생성된 사실을 깨닫지 못하던 시기였다.

"아니다."

설무검은 표정의 변화 없이 조용히 입을 열었다.

양궁표의 얼굴에 실망의 표정이 역력하게 떠올랐다가 크게 의아한 표정으로 바뀌었다.

"하지만 방금 소제가 본 것은 무엇입니까? 분명히 형님의 두 눈에 공력이 갈무리되는 현상을 보았는데……."

설무검은 잠시 침묵을 지키다가 이윽고 자신이 처한 신체적인 상황에 대해서 간략하게 설명해 주었다.

그가 스스로 입을 열거나 자신에 대해서 말을 하는 경우는 극히 드물었다. 아니, 거의 없다고 하는 편이 옳았다.

양궁표가 설무검을 만난 지 이 년 가까운 세월이 흘렀지만, 아직도 양궁표가 아는 것은 설무검이라는 이름 석 자뿐이었다. 그 정도로 설무검은 입이 무겁고 비밀이 많았다.

지금처럼 설무검이 간략하지만 자신의 상태에 대해서 양궁표에게 설명을 해준 경우는 처음이었다.

양궁표는 그런 사실이 너무도 기꺼웠고, 설무검이 비록 잃은 공력을 되찾지는 못했지만 새로운 공력을 이십 년이나 생성시켰다는 사실에 설무검 자신보다 더 감격해했다.

"형님! 축하드립니다!"

양궁표는 넙죽 허리를 굽히며 경하했다. 그의 목소리가 가늘게 떨려 나왔다.

"목적지는 천 리 길인데 이제 첫걸음을 떼었을 뿐이다."

설무검은 손을 내저으며 대수롭지 않게 말했다.

그래도 양궁표는 기쁨을 감추기가 힘들었다. 목적이니 목적지이니 하는 말을 설무검에게서 처음 들었기 때문이다.

그런데 설무검은 거기에서 또 말을 아끼고 화제를 바꾸었다.

"궁표, 내게 할 말이 있는 것인가?"

"네, 오장보가 우리 무투사 네 명을 모두 불렀습니다."

원래 반호든 오장보든 누가 불러도 가고 싶지 않으면 가지 않는 설무검이었다.

그렇다고 해서 후환 같은 것이 있을 리 없다. 최고의 무투사인 철검사를 닦달한다고 해서 오장보에게 무슨 이득이 있겠는가. 그래봐야 자기들만 손해인 것이다.

그런 줄 알면서도 양궁표가 설무검을 부르러 왔다는 것은 뭔가 평소와는 다른 특별한 일이 있다는 뜻이다.

"오장보가 연회를 열었는데 초청한 손님들에게 형님을 자랑하고 싶은 모양입니다만, 형님께서 내키지 않으시면 가지 않으셔도 됩니다."

설무검이 가지 않으면 물론 양궁표도 가지 않는다.

오랫동안 오장보의 부름에 가지 않았으니 이쯤에서 한 번쯤 나가줘야 할 것이라고 설무검은 생각했다.

또한 오늘의 운공은 조금 만족할 만한 수준이었으므로 잠시의 여유를 부려보는 것도 나쁘지는 않을 것이다.

"가자."

설무검은 짧게 말하고 묵직하게 걸음을 옮겼다.

第十七章
고구려 소녀 고선(高善)

저벅저벅.

염탕이 앞장서고, 그다음에 단랑, 양궁표, 설무검의 순서로 연회가 벌어지고 있는 대전 안으로 걸어 들어갔다.

연회석에는 경붕현의 유지들과 현을 방문한 귀빈 십오륙 명이 초대되어 먹고 마시면서 왁자한 분위기였지만, 무투사 네 명이 보무당당하게 들어오는 광경을 발견하고는 모두들 입을 다물고 그들에게 시선을 집중시켰다.

고요한 침묵이 흐르는 중에 무투사 네 명의 묵직한 발소리만이 간단없이 바닥을 울렸다.

네 명 중에서도 중인의 시선을 한 몸에 받는 사람은 당연히 철검사 설무검이었다.

오장보는 여태 기분이 좋았지만 설무검이 들어서자 한층 기분이 고조되었다.

연회에 초대된 사람들의 최대 관심사는 두말할 것도 없이 철검사였다.

장내에 모여 있던 사람들은 언제쯤 철검사를 가까이에서 볼 수 있을지 이제나저제나 기다리는 동안에도 철검사에 관한 이야기를 내내 화제로 삼았다.

그런 손님들을 보면서 오장보는 초조한 마음이었다.

만약 여태껏 그랬던 것처럼 설무검이 자신의 부름에 또 나오지 않으면 무투사 하나 마음대로 다루지 못한다는 창피를 당할 것이기 때문이었다.

그런데 평소에는 산악처럼 꿈쩍도 하지 않던 철검사가 나왔으니 어찌 기분이 좋지 않겠는가.

설무검을 비롯한 네 명이 대전 한복판에 오장보를 마주하고 나란히 늘어섰다.

초대된 손님 중에서 '다물' 상단의 단주(團主)인 고태 일행 세 명은 상석인 오장보의 오른편에 앉아 있었다.

사실 오장보는 상단 '다물'이나 고태에게는 추호의 관심조차 없었다.

다만 어제 무투 경연을 할 때 처음 보고 한눈에 반해 버린 고선을 어떻게 해보려고 그들을 초대한 것이고, 또 자신의 곁에 앉도록 배려한 것이었다.

오장보 오른편에는 고태가, 그 옆에는 고선과 우평이 나란히 앉아 있었다.

연회가 시작된 이후 오장보는 줄곧 고선을 훔쳐보느라 눈동자를 굴리기에 바빴다.

그러는 그의 얼굴에는 어떻게 하면 저 미끈한 계집을 품에 안을 수 있을까 하고 궁리하는 기색이 완연했다.

경붕현 관내에서 여태껏 그가 점찍어서 품에 안지 못한 여자는 한 명도 없었다.

그러나 정작 고선은 연회가 따분해서 죽을 맛이었다. 사실 오늘 연회에 그녀는 오지 않을 생각이었지만 부친의 권유를 이기지 못하고 부득이 따라나선 것이었다.

능구렁이 같은 오장보는 그럴 줄 이미 예상하고 고태에게 그녀를 꼭 데리고 오라고 신신당부를 해두었다.

고태는 차마 그 청을 뿌리치지 못했다.

아니, 그것은 청이 아니라 협박이나 마찬가지였다. 고선을 데리고 오지 않으면 상단 '다물'이 경붕현 관내에서 활동하는 것을 전면 포기해야 한다는 무언의 협박인 것이었다. 오장보에게는 충분히 그럴 만한 권력과 비열함이 있었다.

고태는 산봉우리 꼭대기의 한 그루 낙락장송처럼 청렴하고 고결한 사람이라서 불의와 타협하거나 정도(正道)가 아닌 길을 갈 사람이 아니다.

하지만 이번 일은 오장보가 단지 고선과 꼭 함께 오라고 한 것뿐이지 그녀를 무슨 제물 따위로 바치라는 것이 아니었다.

만약 그랬다면 고태는 상단 '다물'을 통째로 잃는 한이 있더라도 절대 오장보의 요구에 응하지 않았을 것이다.

고선은 평소에 먹성이 좋은 편이지만 눈앞에 산해진미가 차려져 있는 데도 젓가락질조차 하지 않았다.

오장보가 자꾸 힐끗거리는 바람에 입맛이 딱 떨어져 버렸기 때문이다. 게다가 그 눈빛은 음탕하기 짝이 없었다.

그녀는 젓가락으로 요리를 뒤적이거나 하릴없이 이리저리 쳐다보는 도중에 좌중의 화제가 된 철검사에 대한 이야기를 본의 아니게 듣게 되었다.

모두 철검사에 대한 칭찬과 경탄 일색의 말뿐이었다.

철검사는 무적이라는 말로 시작된 그들의 경탄은 철검사가 여태껏 십 초식을 넘겨본 적 없이 상대를 도륙했다느니, 그가 입을 열어 말하는 것을 들은 사람이 아무도 없다는데 혹시 벙어리가 아니냐, 그의 철검사라는 별호가 그가 사용하는 철검 때문인데 무게가 무려 오십 근이나 나간다느니, 철검사의 두 눈에서는 번갯불이 뿜어져 나오기 때문에 마주 쳐다보면 눈이 멀어버린다느니, 철검사는 하늘이 내린 장수라는 얼토당토않은 애기 따위가 주류를 이루었다.

그런 말들을 들으면서 고선은 피식 실소를 금치 못했다. 그들 말대로라면 철검사는 필경 하늘이 내린 신인(神人)이 틀림

없었다.

그래봐야 일개 무투사 따위가 신인이라니, 거리의 개가 웃을 일이라고 비웃으면서도 고선은 마음 한구석에 철검사라는 인물에 대한 호기심이 부쩍부쩍 커지는 것을 어떻게 하지 못했다.

그런 와중에 철검사를 비롯한 네 명의 무투사가 대전에 들어선 것이다.

"……."

고선은 자신도 모르게 입을 반쯤 벌린 채 정면을 응시하며 놀라고 있었다.

우연인지 철검사는 고선의 앞에 놓인 탁자 건너편 일 장 반 가까운 거리에 마주 서 있었다.

고선은 어제 무투장에서 한 번 봤기 때문에 그가 철검사라는 것을 한눈에 알아보았다.

그런데 중요한 것은, 그를 보는 순간 갑자기 무엇인지 정체를 알 수 없는 여러 가지 느낌들이 한꺼번에 해일처럼 확 밀려왔다는 사실이다.

도대체가 종잡을 수 없는 느낌이었다.

그러나 그중에서도 분명한 것이 두 가지 있었다.

엄청난 중압감.

그리고 고선의 마음이, 그리고 가슴이 온통 해체돼 버리는 듯한 느낌이었다.

그녀가 이날까지 지니고 있던 기개 높은 이상과 정신, 의지 같은 것들이 한순간에 흩어져 사라지며 아무것도 아닌 것이 돼버리는 듯한 공황 상태에 빠져 버렸다.

그녀는 방금 전까지만 해도 중인들의 철검사에 대한 칭송에 '개가 웃을 일이다'라고 일축했지만, 이 순간 그런 것은 까맣게 잊어버린 채 망연자실하고 있었다.

'이것은……'

어떻게 된 일인지 고선은 속으로 중얼거리는 것조차 힘겨울 만큼 숨이 가빴다.

'도대체 이 기운이 무엇이기에, 저 사람이 누구이기에 내게 이런 가공한 기운을 끼치는 것인가? 라고 고선은 황망한 중에도 어렴풋이 생각했다.

같은 순간, 크게 경악하는 또 한 사람이 있었다.

우평이었다.

그의 시선은 설무검의 왼쪽 뺨에 비스듬히 새겨져 있는 두 치 길이의 흉터에 뚫어지게 못 박혀 있었다.

흉터는 우평으로 하여금 기억 속에 각인되어 있던 한 사내의 완고하며 강파른 얼굴을 떠오르게 했다.

이 년여 전, 그 흉터가 새겨진 얼굴을 보는 순간 우평은 가슴이 턱하고 막히는 느낌을 받았다.

그리고 그 사내가 굉장한 삶을 살았을 것이라고 나름대로 추측하며 진한 호기심을 느꼈다.

'그 사내다!'

우평은 내심 신음처럼 중얼거렸다.

이 년여 전, 낯선 사내에게서 금화 이십 냥이라는 거금을 받고 몽고고원의 달이호까지 운반해 주기로 했던 목관 속에 시체처럼 누워 있던 사내.

그러나 그 운송은 산적의 습격으로 인해 완수하지 못했다.

그 당시에는 어쩔 수가 없었다고, 불가항력이었다고 말할 수도 있지만, 골수에까지 철저하게 상인 정신이 뿌리박혀 있는 우평이라는 인물에게는 그 일이 단 하나의 오점으로 남게 되었다.

완수하지 못한 임무인 것이다. 숨을 거두는 그 순간까지도 오점이 될 기억이었다.

고선과 우평은 서로 전혀 다른 이유로 설무검의 얼굴에서 시선을 떼지 못했다.

"헛헛헛! 귀빈들께 인사드려라!"

그때 오장보가 한껏 거드름을 부리면서 큰 소리로 네 명의 무투사에게 명령했다.

하지만 가볍게 고개를 숙여 인사를 하는 사람은 단랑과 염탕뿐 설무검과 양궁표는 끄떡도 하지 않았다.

오장보의 인상이 가볍게 구겨졌다가 다시 펴졌다. 그 정도는 용납할 수 있다는 뜻이다.

"어헛헛! 저놈이 몽고고원 최고의 무투사인 철검사외다!

마음껏 감상하시오!"

오장보는 멋쩍음을 감추려는 듯 큰 동작으로 설무검을 가리키며 껄껄 웃었다.

고태와 고선, 우평을 제외한 다른 손님들은 자리에서 일어나 마치 호랑이나 곰을 구경하듯이 설무검의 주위를 맴돌며 연신 감탄을 터뜨리기에 바빴다.

"오 교독, 내 단도직입적으로 묻겠소! 얼마를 내면 이자를 내게 넘기겠소?"

설무검이 들어설 때부터 군침을 흘리고 있던 함자방이 거두절미하고 따지듯이 물었다.

오장보는 어림도 없다는 듯한 표정으로 손을 내저었다.

"으헛헛! 철검사는 절대 팔지 않소!"

함자방은 눈을 가늘게 뜨고 지그시 오장보를 응시했다. 오장보가 또 다른 쾌감을 맛보고 있는 중이라는 사실을 함자방은 간파했다.

"세상에 돈으로 못 사는 것은 없소. 그렇지 않소?"

"그 말은 맞소만 저놈은 절대 팔지 않을 것이오."

함자방은 쉽게 물러서지 않았다.

"얼마면 되겠소?"

오장보는 함자방이 왜 이처럼 집요하게 철검사를 탐내는지 너무도 잘 알고 있다.

예전에는 오장보와 함자방이 막상막하였지만, 설무검과

양궁표가 들어온 이후 함자방은 단 한 차례도 오장보를 이겨 보지 못했다.

오늘만 해도 다섯 명이나 줄줄이 패했다.

염탕과 단랑은 함자방의 이급 무투사를 가까스로 죽였고, 양궁표는 은자 만 냥을 주고 데려온 삼류 무림인을, 설무검은 은자 오만 냥씩이나 든 삭혼검을 이 초식 만에 목을 뎅경 베어버렸다.

그러니 함자방이 철검사를 탐내는 것은 당연했다. 철검사만 수중에 넣으면 오장보는 물론이고, 몽고고원 전체 무투계를 평정하는 일은 시간문제였다.

오장보는 집요한 함자방이 은근히 얄미워서 골려주고 싶은 마음이 생겼다.

"저놈을 사고 싶으면 십만 냥만 내시오."

"시… 십만 냥이라고 했소?"

함자방은 입이 함지박만 하게 커져서 눈을 데룩거렸다.

"그렇소."

"지금 당장 십만 냥을 내겠소!"

그는 얼마나 흥분했는지 품속에서 전표를 꺼내는 두툼한 손이 덜덜 떨렸다.

순간 오장보의 한마디가 함자방의 손을 품속에서 나오지 못하게 만들었다.

"금화요."

"끄응……."

함자방은 그제야 자신이 농락당했다는 사실을 깨닫고 오장보를 한 차례 쏘아보더니 일그러진 얼굴로 비척비척 자신의 자리로 돌아가 철퍼덕 주저앉았다.

"오 대인, 철검사의 가격이 금화 십만 냥이라면 아무도 사려는 사람이 없을 것이오."

손님 중 하나가 고개를 설레설레 흔들면서 엄살을 부렸다.

그러자 오장보는 호기가 생겼다.

몽고고원에서 금화 십만 냥 정도 보유한 대부호는 몇 되지 않는다.

함자방은 전 재산을 탈탈 털면 얼추 금화 십만 냥쯤 맞출 수 있을 것이다.

그러나 함자방은 물론이고 몽고고원의 몇 되지 않는 대부호들조차도 금화 십만 냥씩이나 내놓고 철검사를 데려가지는 못할 것이라는 게 오장보의 판단이었다.

말이 쉬워서 금화 십만 냥이지 은자로 치면 자그마치 오백만 냥이다.

거지가 된 후에 철검사를 갖고 있으면 무얼 하겠는가?

철검사 같은 특급 무투사가 한 번 싸울 때 내기 돈이 은자 십만 냥이라고 해도 오백만 냥을 모으려면 오십 번이나 싸워서 이겨야 하는 것이다.

　몽고고원 무투계에서는 선뜻 철검사와 싸우려 드는 사람
이 없어서 한 번 싸움을 붙이려면 각고의 노력이 필요한 데다
서너 달은 족히 기다려야 할 터이다.

　그동안에 철검사가 늙어서 힘이 빠져 무투 경연의 무적이
라는 자리에서 추락할 수도 있는 것이다.

　설사 그렇지 않다고 해도 그를 사들인 대가로 내내 궁핍을
면치 못하는 생활을 해야만 한다.

　"헛헛헛! 누구든지 금화 십만 냥을 가지고 오면 즉시 몽고
고원 최고의 무투사인 철검사를 내놓겠소!"

　오장보는 한껏 호기롭게 큰 소리로 외쳤다.

　"다른 방법은 없나요?"

　그때 고선이 시선을 설무검에게 고정시킨 채 냉랭한 목소
리로 오장보에게 물었다.

　오장보는 고선이 자신에게 말을 걸었다는 사실 때문에 반
색을 했다.

　"고 낭자도 철검사를 갖고 싶소?"

　물론 고선은 철검사를 갖고 싶지 않았다. 그렇지만 말은 다
르게 튀어나갔다.

　"그래요. 철검사를 가지려면 꼭 금화 십만 냥을 내는 방법
뿐인가요?"

　오장보는 이 기회에 고선과 가까워져야겠다고 작정했다.
그의 눈이 빠르게 고선을 훑더니 그녀의 어깨에 메어져 있는

한 자루 검에 멈추었다.

"고 낭자는 무술을 하오?"

"흉내만 낼 뿐이에요."

오장보는 철검사를 내놓고 싶은 의향이 추호도 없었다. 그의 살찐 머리통이 교활하게 굴렀다.

"고 낭자가 철검사의 십검(十劍)을 막아내는 것은 어떻소?"

고선은 내심 쾌재를 불렀다.

사실 그녀는 백두산(白頭山)에 있는 천백검문(天白劍門)에서 문주에게 팔 년 동안 무공을 배웠다.

그것은 그녀가 진짜 무림인이라는 의미였다.

현재 그녀의 내공은 오십 년. 더구나 천백검문의 성명무공인 천백검법(天白劍法)을 팔성까지 터득했다.

철검사가 몽고고원 무투계에서 무적이라고 해봐야 일개 무투사일 뿐이다.

고선은 자신이 철검사에게 패할 것이라고는 눈곱만큼도 생각하지 않았다.

오히려 자신이 철검사의 검을 막으면서 공력을 발출하면 반탄지기에 의해서 그를 일 검이나 이 검 안에 쓰러뜨릴 수 있을 것이라고 확신했다.

"약속했어요?"

고선은 다시 한 번 확인하는 것을 잊지 않았다.

"그렇소."

오장보는 선선히 고개를 끄덕였다.

그는 고선이 철검사와 싸우다가 다치게 되면 이 대결을 주선한 자신에게도 일말의 책임이 있으니 치료를 해주겠다고 하여 고선을 이곳에 잡아둘 계책을 품고 있었다.

고선이 '흉내만 낼 뿐이에요' 라고 한 말을 오장보는 액면 그대로 철석같이 믿었다.

아니, 굳이 그 말이 아니더라도 일개 여자가 무술을 하면 얼마나 하겠는가라고 깔보는 마음이 더 컸다.

고선은 설무검 앞에 이 장의 거리를 두고 마주 섰다.

그녀는 강인한 성격의 소유자다.

부러질지언정 결코 휘어지지 않는다.

그녀는 자신이 설무검을 처음 봤을 때부터 시작하여 지금까지도 느끼고 있는 거대한 중압감과 괴이한 느낌을 떨쳐 낼 수 있는 가장 적당한 방법으로 그와 싸워서 굴복시키는 것으로 결정했다.

고선은 자신의 검에 의해서 쓰러진 자에게 중압감을 느낄 만큼 어리석은 여자가 아니다.

"헛헛헛! 철검사, 상대는 여자니까 살살 다루어라!"

오장보가 술잔을 들며 짐짓 호방하게 웃었다. 물론 그는 철검사가 피도 눈물도 없으며, 상대가 여자라고 봐주지 않는다는 사실을 잘 알고 있었다.

그러므로 그의 말은 최선을 다해서 그녀를 쓰러뜨리라는

명령이나 다름이 없었다.

고선의 이마와 콧등에 몇 방울의 땀이 돋아났다.

철검사를 일 검, 혹은 이 검에 쓰러뜨리겠다고 마음속으로 장담한 그녀가 몹시 긴장하고 있다는 뜻이다.

설무검이라는 사내는 그저 바라보는 것과 막상 대결을 하겠다고 그 앞에 선 느낌이 전혀 다른 사내였다.

고선은 흔들리는 마음을 억지로 다잡으며 두 눈에 힘을 주고 설무검을 쏘아보았다.

설무검의 얼굴에는 일말의 표정도 떠올라 있지 않았다.

고선은 방금 전까지는 그가 태산 같다고 느꼈는데, 지금은 거기에 저승사자 같다는 느낌이 하나 더 추가되었다.

이렇게 숨조차 제대로 쉬지 못할 만큼 굉장한 억압을 받는 것은 난생처음이었다.

그녀의 사부인 천백검문 문주와 대련할 때에도 이런 느낌까지는 아니었다.

그녀는 가슴에 커다란 구멍이 뻥 뚫리면서 거센 바람이 통과하는 느낌마저 받았다. 통과되는 바람에 묻어 투지와 의욕마저도 줄줄 새어 나갔다.

그리고 어처구니없게도 자신이 무엇 때문에 지금 여기에 서 있는지조차도 망각해 버렸다.

저벅저벅.

순간 설무검이 묵직한 걸음으로 고선을 향해 걸어왔다.

“……!”

주춤!

고선은 자신도 모르게 한 걸음 뒤로 물러났다. 마치 보이지 않는 투명의 막이 그녀를 밀어낸 것 같았다.

그녀의 이마와 콧등에서는 더 많은 땀방울이 배어 나왔다.

‘엄… 청난 기도야.’

무투사들은 느끼지 못하는 설무검의 기도를 그녀는 느끼고 있었다.

그것은 그녀가 진정한 무림고수이기 때문이었다.

외문 무공을 익힌 무투사들은 설무검의 진가를 전혀 알아보지 못하는 반면, 기(氣)를 바탕으로 무공을 익힌 고선은 그것을 한눈에 감지한 것이다.

그긍!

고선은 설무검이 어깨의 검집에서 은흑색의 검을 뽑는 것을 망연한 표정으로 바라보기만 했다.

검이 뽑히면서 내는 듣기 거북한 기음마저도 그녀의 피를 얼려 버리는 것 같았다.

저벅저벅.

설무검은 걸음을 멈추지도 늦추지도 않았다. 걸어오면서 천지검을 머리 위로 치켜드는가 싶더니 고선을 향해 벼락처럼 그어 내렸다.

고오오!

천지검이 허공을 가르는 소리가 고선의 고막을 떨어 울렸다.

검이 쇄도하는 것을 두 눈을 커다랗게 뜬 채 뻔히 보고 있으면서도 고선은 그저 망연히 서 있었다. 아직 뭘 어떻게 하라는 뇌의 명령이 없기 때문이다.

"선아!"

순간 우평의 다급한 외침이 들려왔다.

그 외침이 고선의 귀를 통해 스며들어 미몽 중인 뇌를 화드득 일깨웠다.

그녀는 천지검이 자신의 정수리를 향해 직선으로 그어져 내리는 것을 발견하고는 얼굴이 하얗게 질렸다.

검을 뽑아서 막기에는 이미 늦었다. 천지검은 그녀의 머리 위 두 자 거리에서 쇄도하고 있었다.

철검사가 자신을 향해서 걸어오는 것을 뻔히 보고서도 정신을 어디에 팔다가 이 지경이 됐는지 어이가 없었다.

그러나 후회할 여유도 없었다.

저 거무튀튀한 검에 적중되면 고선의 몸은 아예 형체도 없이 짓이겨지고 말 터이다.

획!

고선은 온 힘을 다해서 옆으로 몸을 날렸다.

날리는 순간 철검사의 검이 아슬아슬하게 어깨를 스치는 것을 느낄 수 있었다. 그저 스치는 것뿐인 데도 옷과 살갗이

파르르 떨렸다.

차앙!

그녀는 몸을 날리는 것과 동시에 어깨의 검을 뽑았다. 바닥에 닿는 순간 즉각 반격하려는 것이었다.

철검사가 제아무리 대단하다고 한들 저 무지막지한 검을 전력으로 내리그었으니 가속에 의해서 검으로 바닥을 찍고 말 것이다.

바로 그 순간에 반격을 가하면 꼼짝 못하고 당할 것이라는 게 고선의 순간적인 판단이었다.

그런데 그게 아니었다.

"……!"

몸을 날린 직후 설무검을 돌아보던 고선의 안색이 백지장처럼 해쓱하게 변했다.

후오오!

천지검이 자신의 허리를 향해 두 자 거리를 둔 채 베어져 오는 것을 발견한 것이다.

그녀의 예상은 보기 좋게 빗나갔다.

비단 수직으로 내리긋던 천지검은 바닥을 찍지도 않았을 뿐더러, 고선이 몸을 날려 피한 거의 같은 순간에 직각으로 방향을 틀어 마치 눈이 달린 듯 재공격을 해오고 있었다.

저 일검에 적중된다면 고선의 허리는 무처럼 무참하게 잘려져 나갈 것이다.

마침 그녀의 오른손에는 몸을 날리면서 뽑은 검이 쥐어져 있었다. 그나마 천만다행이었다.

천백검문를 떠나 집으로 돌아가는 그녀에게 사부가 하사하신 백봉검(白鳳劍)이었다.

전설상의 보검은 아닐지라도 보통의 장검하고는 비교도 되지 않을 정도로 강하고 예리한 명검인 것이다.

다음 순간, 아슬아슬하게 백봉검이 천지검을 가로막았다.

쩌껑!

"……."

순간 고선은 천지검에서 상상을 초월할 정도의 엄청난 힘이 뿜어져 나오는 것을 느꼈다.

순간 그녀의 머릿속이 새하얗게 탈색되었다.

백봉검은 부러지지 않았으나 그녀는 반탄력 때문에 바닥에서 반 장 높이의 허공을 일직선으로 튕겨져 날아갔다.

쿵! 털썩!

"악!"

고선은 벽에 모질게 부딪쳤다가 한 조각 지푸라기처럼 바닥에 나뒹굴었다.

본의 아니게 입에서는 짧은 비명성까지 터져 나왔다. 만약 벽이 없었더라면 족히 삼사 장은 더 날아갔을 터이다.

검을 쥔 오른팔이 떨어져 나갈 듯이, 아니, 찢어지는 듯이 고통스러웠다.

목구멍 속이 비릿했다. 아마도 핏물이 넘어온 듯했다. 가벼운 내상까지 입은 것 같았다.

'으으……'

고선은 입술을 깨물면서 벽을 짚고 힘겹게 일어서며 설무검을 쳐다보았다.

'악!'

순간 그녀는 속으로 경악성을 터뜨렸다. 얼마나 놀랐는지 하마터면 입 밖으로 비명을 지를 뻔했다.

설무검의 공격은 끝난 것이 아니었다. 그는 어느새 일 장까지 접근하여 또다시 천지검을 휘둘러 오고 있었다.

'허허헛! 철검사가 상대 무투사를 도륙하는 장면은 정말 끔찍하지 않소?'

'철검사는 무적이오! 그와 싸우는 자는 오직 죽음뿐이오!'

'철검사는 하늘이 내린 장수외다!'

조금 전에 중인이 했던 말들이 갑자기 고선의 머릿속에서 천둥소리처럼 아우성쳤다.

그런 말들은 결코 헛소리가 아니었다.

그녀는 몸을 일으키는 중이라서 어떻게 피하거나 방어를 할 상황이 아니었다.

순간적으로 괜한 호승심 때문에 내가 이렇게 죽고 마는구나 하는 생각이 고선의 가슴에 가득 찼다.

언제나 죽음이라는 것은 예고도 없이 정말 우스운 장난처럼 엄습하는 법이다.

수평으로 그어져 오는 천지검이 겨냥한 곳은 고선의 목.

우습게도 그녀의 망막에 촌각 후 바닥에 나뒹굴어 있을 자신의 머리통이 보였다.

뚝!

순간 그 무엇으로도 막을 수 없을 것처럼 무시무시하게 그어져 오던 천지검이 갑자기 거짓말처럼 멈췄다.

고선은 왼손으로 벽을 짚고 일어서다가 멈춘 어정쩡한 자세로 천지검을 바라보았다.

검끝이 멈춰 있는 곳은 그녀의 목에서 손가락 한 마디 정도 떨어진 극히 짧은 거리.

그토록 위력적으로 쇄도하던 검을 한순간에 정지시키다니…….

문득 방금 전 설무검의 첫 공격 때 그의 검이 바닥을 찍을 것이라고 오판했던 것이 생각났다.

그제야 고선은 설무검이 천지검을 수수깡처럼 자유자재로 다룬다는 사실을 깨달았다.

검끝에 머물렀던 그녀의 시선이 검신을 타고 흐르다가 설무검의 얼굴로 향했다.

더 이상 완고할 수 없는 얼굴.

더 이상 무심할 수 없는 표정이 거기에 있었다.

고선은 설무검의 눈을 바라보았다.

눈을 보면 그가 왜 마지막 순간에 검을 멈추었는지 알아낼 수 있을 것 같았다.

그러나 그녀의 바람은 무위로 끝났다.

설무검의 눈은 깊은 준담(濬潭) 같아서 그 어떤 감정의 기색도 일절 나타나 있지 않았다.

그의 눈빛을 표현한다면, 절대무심(絶對無心)이라고 할 수 있었다.

고선의 시선이 다시 천지검의 검끝으로 향했다.

검이 목을 찌를 듯이 겨누고 있어서 어정쩡한 자세로 꼼짝도 할 수가 없었다.

"졌어요."

고선은 설무검이 무엇을 기다리는지 깨닫고 작은 목소리로 힘없이 중얼거렸다.

작은 목소리라고는 하지만 장내가 너무 조용했기 때문에 중인은 그녀의 말을 똑똑히 들을 수 있었다.

슥—

그제야 설무검은 느릿하게 검을 거두었다. 하지만 검집에 꽂지는 않고 검끝을 바닥을 향해 내린 채 한 걸음 뒤로 물러나 묵묵히 고선을 응시했다.

고선이 졌다고 시인했지만 그는 아직 그 사실을 현실로 받아들이지는 않았다.

입으로는 졌다고 말해놓고서도 급습을 가할 수도 있음을

알기 때문이다.

고선은 몸을 펴서 일어나다가 설무검의 의중을 깨달았다. 그리고는 그럴 수도 있겠구나라는 생각을 했다.

말이란 언제든 뒤집어질 수 있는 것. 강호의 경험이 많지 않은 그녀는 이 대결에서 두 가지를 배웠다.

직접 싸워보기 전에는 상대의 겉모습만 보고 승패를 속단하지 말아야 한다는 것과 상대가 패했다고 인정하더라도 긴장을 풀어서는 안 된다는 사실이다.

"당신, 정말 강하군요?"

고선은 백봉검을 검집에 꽂으며 적잖이 감탄하는 표정으로 설무검에게 두 걸음을 다가갔다.

그녀는 만약 자신이 대결을 시작했을 때 넋을 잃고 있지 않았더라면, 그래서 오십 년 공력과 천백검법을 적절하게 사용했다면 설무검에게 이처럼 허무하게 패하지는 않았을 것이라고 생각했다. 아니, 어쩌면 이길 수도 있었을 것이다.

그러나 결과는 이미 드러났다. 그녀는 자신이 패했음을 솔직하게 인정했다.

손만 뻗으면 닿을 수 있는 거리.

고선은 여전히 설무검에게서 엄청난 중압감, 그리고 온 정신과 마음이 해체되는 듯한 느낌을 받고 있었다.

그와 싸워봤고 또 패했기 때문에 그 느낌은 조금 전과는 다른 형태로 변해 있었지만, 가슴속에 커다란 납덩이를 들여놓은 것 같다는 점에서는 같았다.

그 느낌을 싸워서 이겨 극복하려던 그녀는 다시 방법을 바꾸었다. 대화로써 풀어보려는 것이다.

"당신은 사문이 어디죠?"

설무검의 실력을 직접 체험한 고선은 그가 필경 정식으로 무공을 배웠을 것이라고 판단했다.

원래 대답을 듣자고 하는 물음이 아니었으므로 고선은 설무검이 입을 다물고 있어도 개의치 않았다.

고선은 설무검의 바로 앞에 당찬 자세로 우뚝 섰다.

그녀도 작은 키는 아닌데 설무검에 비해서 머리끝이 어깨에도 못 미치는 것 같았고, 설무검의 넓은 어깨의 폭은 그녀에 비해 거의 절반 이상 넓었다.

"내 이름은 고선. 고구려 여자예요."

그녀의 목소리는 말을 할수록 평정심을 되찾았고 명랑해졌다. 과연 의도했던 대로 되는 듯했다.

그녀는 지금은 멸망하고 없는 고구려의 후예이면서도 어딜 가나, 그리고 누구에게나 자신을 소개할 때면 의례히 고구려 여자라는 표현으로 자신을 소개했다.

그녀는 맑은 눈으로 설무검을 올려다보았다.

"내 이름을 밝혔으니 당신 이름도 밝혀야죠?"

역시 대답은 돌아오지 않았다.

고선의 시선이 천지검으로 향했다.

가까이에서 보니까 얼핏 봤을 때보다 훨씬 크고 길었으며, 칼날은 예리했다.

그리고 먹처럼 검은색에 간간이 은색이 물결처럼 섞여 있는 모양이었다. 그 외에는 아무런 장식도 없었다.

슥!

"굉장한 검인 것 같군요. 한번 들어봐도 될까요?"

말과 함께 그녀의 손이 뻗어 나가 천지검의 검파로 향했다. 정말 당돌하기 짝이 없는 행동이었다.

설무검에 비해 크기가 절반도 안 되는 고선의 작고 여린 손이 그의 큰 손을 가볍게 살짝 덮었다.

그런데 의외로 설무검의 손은 매우 따스했다. 아니면 고선의 손이 찬 것인지.

설무검은 가만히 있었다.

고선의 섬세한 손이 교묘하게 검파에서 설무검의 손을 밀쳐 내는 것과 동시에 검파를 잡으면서 자신 쪽으로 가져오기 위해서 팔을 끌어당겼다.

"앗!"

꿍!

순간 그녀는 팔이 꺾이면서 그대로 검을 놓치고 말았다.

천지검은 수직인 채 아래를 향하고 있었으므로 바닥과의 거리는 한 자도 채 되지 않았다.

그런데도 단단한 청석 바닥 속으로 삼분지 일이나 꽂혀 버렸다.

'엄청난 무게야!'

고선은 청석 바닥을 뚫은 채 꼿꼿하게 서 있는 천지검을 보며 아연실색했다.

비록 공력을 사용하지는 않았지만, 철검사의 검이 무겁다는 말을 들었기 때문에 웬만큼 힘을 주고 있었다. 그런데도 팔이 꺾이며 검파를 놓치고 만 것이다.

고선은 바닥에 꽂힌 천지검을 망연한 표정으로 쳐다보다가 공력을 끌어올려 검파를 잡고 뽑아 올렸다.

천지검은 쉽게 뽑히지 않았다.

또한 공력을 끌어올린 상태에서도 검을 쥐고 있는 팔이 가늘게 후들거렸다.

'맙소사! 이것은 도대체……!'

고선은 천지검의 무게가 족히 이백 근 이상 나간다는 사실을 깨닫고는 할 말을 잃어버렸다.

천지검을 직접 만져 본 사람은 양궁표를 제외하곤 고선이 처음이었다.

사람들은 천지검을 그저 눈으로 보기만 하고 무겁다느니 오십 근은 족히 나갈 것이라느니 떠들어댔다. 그러나 천지검의 실제 무게가 이백 근이라는 사실이 알려진다면 아마도 그들은 입에 거품을 물고 쓰러질 것이다.

탁!

그때 설무검이 그녀의 손에서 천지검을 낚아채 검집에 가볍게 꽂고는 성큼성큼 대전 입구를 향해 걸어갔다.

누가 뭐라고 말할 새도 없이 벌어진 일이었다.

또한 누가 시키지도 않았는데 양궁표와 단랑, 염탕이 줄지어 설무검의 뒤를 따랐다.

오장보는 모든 일이 자신의 뜻대로 풀리자 기분이 아주 좋아졌다. 그래서 하지 말아야 할 말을 하고 말았다.

"수고했다, 철검사! 이리 와서 내 술 한잔 받아라!"

제 딴에는 호의를 베풀어 상을 내리는 것이었다.

하지만 그는 너무 기분이 좋은 나머지 이런 경우 철검사가 무반응하다는 사실을 잠시 잊고 있었다.

역시 설무검은 뒤도 돌아보지 않은 채 걸어나가고 있었다.

그러나 오장보는 불쾌한 기분이 들지 않았다. 기분이 나쁘다고 해봐야 철검사를 어쩌겠는가.

그는 즉시 일어나 고선에게 뒤뚱거리며 다가갔다. 이제는 그가 나서서 고선을 해결해야 할 차례였다.

"고 낭자, 다치지 않았소?"

고선은 설무검의 뒷모습에 시선을 고정시킨 채 어떤 생각에 잠겨 있다가 그가 대전 밖으로 나가 더 이상 보이지 않자 몸을 돌리며 쓸쓸하게 대답했다.

"다쳤어요."

오장보는 속으로 옳다구나 쾌재를 불렀다. 자신의 장원에

서 벌어진 일이니까 이곳에서 치료해야 한다고 억지를 부리
면 어느 뉘라서 거절할 수 있겠는가?

고선은 자신의 자리로 걸어가며 냉랭한 어조로 말을 이었
다.

"자존심을 조금 다쳤어요."

"……."

그렇게 오장보의 계책은 간단하게 무산됐다.

그는 다친 여자의 자존심을 어떻게 치료하는지에 대해서
는 아는 바가 없었다.

"잠깐! 잠깐만 기다려 주시오, 무사 양반!"

설무검 일행이 일렬로 정원을 걸어가고 있을 때 뒤에서 급
한 외침이 터졌다.

설무검이 멈춰서 돌아서니 우평이 손을 흔들면서 멈추라
는 시늉을 하며 구르듯이 달려오고 있는 것이 보였다.

설무검은 걸음을 멈추고 그를 기다렸다.

우평은 설무검의 앞에 이르러 숨이 찬지 허리를 굽힌 채 한
동안 헐떡거렸다.

설무검은 묵묵히 우평을 주시했다. 그는 단지 주시하는 것
이지만 우평은 가슴이 서늘해지는 것을 느껴야만 했다.

과거 우평은 설무검이 혼절해 있는 모습만 보고서도 압도
당했는데, 지금 그의 눈빛을 접하자 오금이 다 저렸다.

호흡을 고른 우평은 양궁표와 단랑 등을 돌아본 후 설무검에게 진중히 말했다.

"단둘이 얘기하고 싶소."

지금부터 그가 해야 할 말이 설무검의 비밀이라면, 그것을 보호해 주고 싶은 우평의 배려였다.

설무검이 가볍게 고개를 끄덕이자 양궁표 등 세 사람은 그대로 가던 길을 걸어갔다.

우평은 양궁표 등이 시야에서 완전히 사라진 것을 확인하고 나서야 설무검의 앞에 서서 진중한 표정에 나직한 목소리로 입을 열었다.

"나는 이 년쯤 전에 당신을 본 적이 있소."

순간 설무검의 눈빛이 가벼이 흔들렸다. 그에게서는 좀처럼 보기 어려운 변화였다.

그래도 그는 입을 열지 않은 채 우평의 다음 말을 기다렸다.

"열하성 남쪽에 있는 평천현에서였소."

설무검은 평천현이 이곳 경붕현에서 남쪽으로 천여 리쯤 떨어진 곳에 있다는 사실을 알고 있었다.

"그 당시 쫓기는 듯한 한 사람이 당신을 내게 맡기고는 몽고고원의 달이호까지 데려가 달라고 부탁했소."

설무검은 묵묵히 우평을 주시했다.

말이 없을 뿐이지 그의 눈빛은 시뻘겋게 불에 달군 비수처럼 우평의 심장을 꿰뚫고 있었다.

그 눈빛에 우평은 마치 자신이 맹호 앞에 놓인 한 마리 토끼가 된 듯한 느낌을 받아서 숨조차 크게 쉴 수가 없었다.

그는 이 년여 전에 설무검을 호송하다가 목관 속에 누워 있는 그를 보고 느꼈던 것을 지금 다시 수정해야만 했다.

'으음… 이자는 그저 강한 것이 아니다! 이것은 군림자(君臨者)의 기도다!'

설무검의 침묵과 눈빛이 우평의 말을 재촉했다.

우평은 이 년여 전, 평천현에서 있었던 일들을 소상히 설명하기 시작했다.

설무검을 맡긴 현조운의 인상착의는 물론, 그가 대가로 금화 이십 냥을 주었다는 것, 그가 만약 자신이 늦게 도착하면 목관 안의 사람을 달이호의 의원에 맡기되 여자 한 명을 사서 보살피게 해달라고 요구했던 것, 막 출발하려고 할 때 일단의 무리가 막아섰는데, 그들이 낙양 진천방 색혼당주와 그 수하들이었다는 것, 그리고 끝으로 달이호를 얼마 남겨두지 않은 지점에서 상단이 산적에게 습격을 당하여 몰살당해서 설무검을 달이호까지 데려가지 못했다는 사실들을 빼놓지 않고 말해주었다.

설무검은 자신이 혼절해 있을 동안에 벌어졌던 일들을 몹시 궁금하게 여길 텐데도 중간에 우평의 말을 한 번도 끊지 않았으며, 그가 말을 끝낸 후에도 잠시 무언가를 생각하는 모습일 뿐 표정의 변화가 전혀 없었다.

그를 보면서 우펑은 이런 유의 사람은 극히 드물며, 절대 가볍게 말하거나 행동하지 않는다고 생각했다.

군림자는 결코 많은 말을 하지 않는다. 그러나 입을 열어 한마디를 흘려내면 그것에는 능히 산을 움직이고 바다를 가르는 힘이 실려 있기 마련이다.

이윽고 생각을 끝낸 설무검이 우펑을 향해 가볍게 고개를 끄떡여 보였다.

"알려줘서 고맙소."

그뿐이었다.

그 말을 끝으로 설무검은 몸을 돌려 가던 길을 걸어갔다.

"……."

우펑은 어이가 없었다.

이 사내는 방금 전에 자신이 추측했던 것보다 더 과묵하고 더 냉철한 성격의 소유자가 분명했다.

"더 궁금한 것이 없소?"

"더 알고 있는 것이 있소?"

우펑의 물음에 설무검은 돌아보지도, 걸음을 멈추지도 않은 채 반문했다.

우펑은 말문이 막혔다. 사실 그는 방금 말해준 것 외에 더 알고 있는 것이 없었다.

예전에 설무검은 양궁표로부터 자신이 어떻게 해서 흑풍

채에 오게 됐는지에 대해서 들은 적이 있었다.

이 년여 전의 어느 날, 흑풍채가 상단 하나를 습격하고 물건을 약탈했는데, 그중 하나의 목관에 설무검이 혼절한 채 누워 있었다는 내용이다.

당시 흑풍채의 부채주였던 양궁표가 알고 있는 것은 그게 전부였다.

설무검은 양궁표와 우평에게 들은 설명으로 하나의 작은 가설을 세울 수가 있었다.

그는 자신을 우평에게 맡긴 사람의 용모를 설명 듣고 그가 육 년여 전에 하남 북부 지역 궁하산이라는 곳에서 우연히 만났던 현조운이라는 사실을 기억해 냈다.

그가 기억하고 있는 현조운은 이 고장, 저 마을로 떠돌아다니는 가난한 봇짐장수였다.

어느 날 궁하산에서 산적을 만나 물건을 다 뺏기고 죽을 위기에 처한 현조운을 마침 그곳을 지나가던 설무검이 구해주고, 진천방에 들어갈 수 있도록 진천방주 앞으로 친히 서찰까지 적어서 쥐어준 일이 있었다.

그것이 설무검이 현조운에 대해서 알고 있는 전부였다.

설무검은 기억력이 남달리 뛰어났기에 우평이 설명하는 용모를 듣는 순간 즉시 현조운을 떠올렸다.

설무검은 중천의 절대자였던 시절에 몇 차례 진천방을 찾은 일이 있었다.

그때 그는 슬며시 자리를 떠나 혼자 진천방 내를 이리저리 돌아다니며 현조운을 찾아내서 잠시 동안 그가 근무하는 모습을 지켜본 적이 있었다.

과거 설무검은 몇몇 불쌍한 사람들을 측근들의 방파, 즉 중천오세에 천거했으며, 그런 후에 틈이 나면 그들이 잘 적응하고 있는지 슬며시 살펴보곤 했다.

우평의 설명을 듣고 설무검이 세운 가설은 이랬다.

양심의 가책을 느꼈는지 어쨌는지 마지막 순간에 배신자 중 한 명인 설란후가 설무검을 빼돌려 현조운에게 인계하며 멀리 도주하라고 지시했다.

설무검이 위험에 처했음을 알게 된 현조운은 자신의 가족까지 버려둔 채 설무검을 목관 안에 감추고 기약없는 도주의 길에 올랐다.

낙양에서 열하성 평천현까지는 오천여 리가 넘는 먼 길이다. 또한 추적대도 있었을 것이다.

그러므로 현조운이 그곳까지 얼마나 험난하게 왔을지 충분히 짐작하고도 남음이 있었다.

그러던 중에 현조운은 평천현에서 추적대 중 진천방의 색혼당주 색혼도와 그의 수하들과 맞닥뜨리는 위기에 직면하게 됐다.

때마침 근처에 상단 무리가 눈에 띄자 금화 이십 냥을 선뜻 주고 목관을 달이호로 운반해 달라고 부탁했다.

달이호에 무언가가 있기 때문에 그곳을 목적지로 삼지는 않았을 것이다.

현조운으로서는 자신의 생사를 도외시하더라도 어떻게든 설무검을 살리려고 했을 터이다.

그렇다면 추적대의 손길이 미치지 않는 먼 곳으로써 달이호는 적격이었다.

현조운은 상단에 설무검을 맡기고 자신은 추적대를 따돌린 후 곧장 달이호로 향하려고 했을 것이다.

어쩌면 그 후에 현조운은 추적대에게 주살되거나 제압됐을 수도 있고, 무사히 빠져나와 달이호에 도착해서 하염없이 설무검을 기다렸을 수도 있다.

그러나 설무검을 운반하던 상단은 흑풍채의 습격으로 몰살을 당하고, 설무검은 흑풍채 부채주 양궁표의 도움으로 살아나서 오늘에 이르게 된 것이다.

설란후가 현조운에게 설무검을 도주시키라고 지시했을 것이라는 추측이 가능한 것은, 설무검이 흑풍채에서 깨어났을 때 양궁표가 준 비단 주머니 때문이었다.

양궁표는 금화 아홉 냥이 들어 있는 그 주머니와 한 마리 새가 새겨진 둥근 영패 하나가 설무검의 품속에 들어 있었다고 했다.

설무검은 그 비단 주머니가 설란후가 평소에 늘 지니고 다니던 것이라는 사실을 보는 순간에 깨달았다.

　양궁표가 설무검에게 비단 주머니를 주었을 때까지도 주머니에는 설란후 특유의 향기가 미약하게나마 남아 있었다.

　그러므로 금화가 두둑하게 든 비단 주머니를 설란후가 현조운에게 주며 설무검을 도주시키라고 지시했을 것이라는 추측은 지나친 무리가 아닌 것이다.

　"나는 당신에게 빚이 있소. 내가 당신을 달이호까지 제대로 호송하지 못했기 때문에 지금 이 지경이 된 것이오."

　우평은 급히 달려와 설무검을 바짝 뒤따르면서 급한 어조로 자신의 진심을 밝혔다.

　"당신이 아직까지 살아 있을 것이라고는 추호도 기대하지 않았소! 그러나 몰랐으면 모르되, 당신이 살아 있는 것을 안 이상 절대 묵과할 수는 없소!"

　우평은 처절했다. 얼굴 표정은 일그러졌으며, 목소리도 떨렸지만 결의에 차 있었다.

　"당신이… 산적 소굴에서 어떻게 지냈을지 짐작할 수 있소! 더구나 노예인 무투사가 되어 원치 않는 무투 경연에 이런 짐승 같은 생활을 하게 되다니……."

　우평의 목과 이마에 힘줄이 불거졌다. 크게 격동하고 있는 것이 분명했다.

　"혹시 이것을 아시오?"

　앞서 걷던 설무검이 갑자기 걸음을 멈추고 돌아서는 바람에 우평은 그의 단단한 가슴에 이마를 부딪쳤다.

고개를 들고 앞을 쳐다보던 우평이 가볍게 움찔 몸을 떨었다.

그의 시선은 설무검이 내민 하나의 금빛 영패에 못 박혔다.

그것은 손바닥 절반 크기의 둥근 패(牌)인데, 녹색의 바탕에 날개를 접은 금색 까마귀 한 마리와 그 아래에 '오(五)'라는 숫자가 정교하게 양각(陽刻)되어 있었다.

"금오령패를 아직도 지니고 있었소?"

우평의 입에서 신음 같은 중얼거림이 새어 나왔다. 묘한 감회가 잔물결처럼 번졌다.

"당신 것이오?"

"그렇소. 그 당시에 당신을 내게 맡긴 사람에게 신물로 주었던 것이오. 그때 그가 금오령패를 당신 품속에 갈무리하는 것을 얼핏 보긴 했는데 아직까지도 지니고 있을 줄은 몰랐소. 음!"

설무검은 그것이 무엇인지 몰라 늘 지니고 다녔지만 의문이 풀린 지금은 더 이상 갖고 있을 필요가 없었다.

"이것은 무슨 새요?"

또 한 가지의 작은 궁금증이 있었다. 금오령패에 새겨져 있는 한 마리 금빛 새에 대한 것이었다. 얼핏 보기에는 까마귀 같은데, 다리가 셋이라는 것이 기이했다.

"금오(金烏)외다. 옛날 고구려에서는 삼족오(三足烏)라고 부르며 신조(神鳥)로 삼았소. 그러나 지금은 본 상단 '다물'

의 표식이오.”

“가져가시오.”

설무검이 대수롭지 않게 금오령패를 내밀었다.

우펑은 완강하게 고개를 저었다.

“나는 아직 책임을 다하지 못했으므로 이것을 받을 수 없소!”

설무검은 우펑의 손을 잡고 손바닥에 금오령패를 얹으며 나직한 어조로 결론지었다.

“당신은 최선을 다했으니 그것이면 됐소. 이후 내게 책임감 같은 것을 느끼지 마시오.”

“…….”

우펑은 자신의 손에 쥐어져 있는 금오령패를 굽어볼 뿐 말문이 막혀 아무런 말도 하지 못했다.

그가 정신을 차렸을 때에 설무검은 이미 저만치 휘적휘적 걸어가고 있었다.

“여보시오! 우리는 내일 달이호로 갈 것이오! 당신도 함께 가지 않겠소?”

설무검은 돌아보지 않고 계속 걸어갔다. 바람결에 그의 나직한 음성이 들려왔을 뿐이다.

“만약 현조운이 그곳에 있다면 이곳으로 보내시오.”

이후 설무검의 모습은 전각의 모퉁이로 사라졌다.

우펑은 착잡한 표정으로 설무검이 사라진 모퉁이를 오랫

동안 쳐다보았다.

설무검에게 직접 금오령패를 돌려받았으며 또한 책임감을 느끼지 말라는 말까지 들었지만, 어찌 된 일인지 그 이전보다 더 개운치 않은 심정이었다.

"그였군요?"

그때 갑자기 우평의 뒤에서 고선의 적잖이 놀라는 듯한 목소리가 들려왔다.

"선아……."

"철검사가 바로 그 사람이었군요? 이 년여 전, 우 백부님께서 산적에게 중상을 입으시는 바람에 달이호에 데려다 주지 못했다고 말씀하셨던."

우평은 그 일을 늘 마음에 담아둔 채 평소에 안타까운 심정으로 주위 사람들에게 자주 얘기했기 때문에 고선이 모를 리가 없었다.

그 일 때문에 우평이 얼마나 죄책감에 시달렸는지도 고선은 잘 알고 있었다.

"그래, 바로 그란다."

고선의 얼굴에 신기하다는 표정이 떠올랐다.

"우 백부님께서 늘 말씀하시던 그 사람이 무투사 철검사였다니, 이런 우연이 어디에 있겠어요? 정말 놀라운 일이에요."

"나는 그를 달이호로 데려가고 싶은데 그는 원치 않는구나."

　그렇게 해서라도 책임감의 일부나마 덜어보려는 우평의 소박한 심정이었다.

　"우 백부님께선 잊으셨어요, 그가 노예 신분이라는 사실을?"

　"음! 그렇구나."

　노예가 어디를 마음대로 가겠는가. 너무나 마음이 간절하여 가장 기본적인 사실마저 망각했던 우평이다.

　"그의 말 중에 인상 깊은 것이 있었어요."

　"무슨 말이냐?"

　고선이 설무검이 사라진 담 모퉁이를 보며 새삼스럽다는 표정으로 말하자 우평은 의아한 표정을 지었다.

　"그는 우 백부님께서 최선을 다했으니 그것으로 됐다고. 그 어떤 책임감도 부담도 갖지 말라고 말했어요."

　"그랬었나?"

　혼란한 심정이었던 우평은 설무검의 말을 제대로 듣지 못했다.

　"대부분의 사람들이 결과를 중요시하는 데 반해서 그는 과정이나 진심을 중요시하는 것 같아요. 그런 사람은 드물지요. 소녀는 저 사람을 달리 보게 됐어요."

　우평은 고선이 바라보고 있는 방향을 보면서 말했다.

　"나는 그가 굉장한 사람이었을 것이라는 생각이 들더구나. 그의 앞에서는 숨조차 제대로 쉴 수가 없었다."

"우 백부님께서도 그러셨어요?"

"너도?"

"저는 그와의 대결에서 몇 차례 위기를 겪었기 때문에 더한 압박을 느꼈어요."

"음! 그랬겠구나."

우평의 표정이 설무검을 만나기 전보다 더 어둡게 변하여 허공을 응시했다.

고선 역시 허공을 바라보면서 설무검이라는 사내를 생각하고 있었으나 생각하는 바는 우평과 달랐다.

第十八章
남장여인(男裝女人)

　설무검은 자신의 숙소에서 연속 세 차례의 운공조식을 하고는 무투련당 앞 정원으로 나섰다.

　우평에게 이 년여 전에 벌어졌던 사건에 대해서 듣고 난 후부터 마음이 어수선해져서 운공에 전념하기가 어려웠다.

　그 역시 인간일진대 그런 말을 듣고서도 어찌 아무렇지 않겠는가.

　그는 단지 남들보다 인내심과 자제력이 뛰어날 뿐이지 감정 자체가 없는 것은 아니었다.

　지금 그는 양궁표에게 가는 길이다. 산만해진 마음도 달랠 겸 오랜만에 양궁표의 무공 수준을 점검하고 초일검류의 진전을 도와줄 생각이었다.

무투련당은 두 개의 단층 건물이 정원을 사이에 두고 서로 마주 보고 있는데, 한 채는 숙소이고 다른 한 채는 수련장이다.

양궁표의 숙소로 들어서려던 설무검은 걸음을 멈추고 왼쪽을 쳐다보았다.

계단 아래 정원의 낮은 돌 위에 양궁표가 앉아 있었다.

그런데 하늘을 바라보는 그의 표정이 웬일인지 더없이 쓸쓸해 보였다.

누군가를 하염없이 그리워하고 염려하는 듯한 표정이었다.

설무검과는 달리 양궁표는 용맹하면서도 반면에 다정다감함을 동시에 지닌 성격이다.

지금 그는 헤어진 가족을 그리워하고 있는 것이었다. 아니, 가족의 생사와 안위를 걱정하고 있다는 말이 옳았다.

양궁표는 다분히 헌신적인 성격이라서 설무검이나 가족을 위해서라면 자신이 희생하는 것쯤은 대수롭지 않게 여기는 사람이다.

설무검은 지난 팔 개월 동안 이따금 양궁표의 저런 모습을 목격한 적이 있었다.

양궁표는 설무검 앞에서는 가족에 대한 말이나 지금처럼 가족을 그리워하는 모습을 한 번도 보인 적이 없었다. 설무검에게 걱정을 끼치고 싶지 않았기 때문이지만, 설무검은 이미 그런 사실을 잘 알고 있었다.

그리움은 전염이 되는 것인가?

문득 설무검도 시선을 하늘로 던졌다.

그가 바라보는 하늘에 어린 아우 설영의 얼굴이 그려졌다.

'영아……'

돌이켜 생각해 보니 그는 설영에게 각별한 애정을 품고 있으면서도 그것을 표현해 본 적이 없는 것 같았다.

부모님이 비명에 돌아가신 후, 복수를 하겠다는 일념으로 무공에만 전념했던 그이다.

복수를 이룬 다음에는 내친김에 권력과 명성을 얻기 위해 단 하루도 두 손에 피를 묻히지 않은 날이 없었다.

설무검이 복수를 하고 군림보를 개파하여 중천의 절대자가 될 때까지 줄곧 밖으로만 나돌았을 때, 어린 아우 설영은 유모와 학문 선생들의 손에서 성장했다.

언제 한 번 아우와 호젓하게 유람이라도 떠나야지. 어느 날 하루쯤은 온전히 아우에게 투자하여 그 아이가 무슨 생각을 하고 있으며, 장래 꿈은 무엇인지 자상한 형으로서 들어줘야겠다고 마음속으로만 계획했던 일을 한 번도 실천에 옮기지 못했다.

설무검이 사랑하는 여인과 질탕한 음분(淫奔)에 빠져 있다가 배신자들의 손에 넘겨지고, 그들에 의해서 신체가 금제를 당하고 버려지는 동안에, 그 어린 아우는 애타게 형을 찾았을 터이다.

배신자들은 설무검의 일점혈육인 설영을 결코 가만히 내버려 두지 않았을 것이다.

어린 아우는 필경 중천군림성을 빠져나오지 못한 채 처참한 최후를 맞이했을 것이다.

처음에 흑풍채에서 깨어난 설무검은 전후 사정을 추측한 후 배신자들에 대한 분노 때문에 숨을 제대로 쉴 수 없을 정도였다.

그가 설영을 생각해 낸 것은 며칠이 지난 후였다. 그만큼 그는 어린 아우에게 무관심했다.

그리고 이 년여의 세월이 흐르는 동안, 처음의 분노는 천 배 이상으로 커졌지만, 처음에는 아예 없었던 것 하나가 그 분노보다 몇 배나 더 커져 있었다.

바로 어린 아우에 대한 생각이었다.

그 생각 속에는 아우를 제대로 돌보지 못했다는 자책과 혹시 살아 있지는 않을까 하는 막연한 기대.

그리고는 그 혈겁의 와중에서 아우가 결코 살아남지 못했을 것이라는 냉철한 판단 뒤에 따르는 배신자들에 대한 걷잡을 수 없는 분노!

으드득!

설무검의 입에서 이 가는 소리가 흘러나왔다. 그 자신도 느끼지 못하는 사이에 새어 나온 소리였다.

"형님, 언제 오셨습니까?"

이 가는 소리에 양궁표가 화들짝 놀라며 상념에서 깨어나 급히 다가왔다.

양궁표는 설무검의 얼굴이 은은한 분노로 물들어 있는 것을 발견하고는 움찔 놀랐다.

"무슨 일이 있으셨습니까?"

"아닐세."

설무검은 씁쓸하게 고개를 흔들었고, 곧 평소의 무심한 표정을 되찾았다.

양궁표는 앞뒤 꽉 막힌 아둔패기가 아니다. 그는 자신이 가족을 그리워하고 있는 모습을 설무검이 보고 그 역시 무슨 생각에 잠겼다가 그 끝에 분노하고 있었을 것이라고 짐작했다.

요즘 양궁표는 전과는 달리 설무검에게서 가끔씩 인간적인 면을 느끼곤 한다.

인간의 감정이라고는 눈을 씻고 찾아봐도 없는 설무검보다는 조금쯤은 인간적인 설무검이 양궁표는 더 좋았다.

"거기 두 사람, 반호가 부른다!"

그때 정원을 가로질러 이쪽으로 걸어오던 단랑이 두 사람을 발견하고 소리쳤다.

단랑은 스물두 살밖에 먹지 않은 놈이 상대를 가리지 않고 모두에게 반말을 찍찍 해댔다.

역시 짐작했던 대로 반호는 설무검을 비롯한 네 명의 무투사에게 하룻밤의 외유를 다녀올 것을 권했다.

오장보가 무투 경연으로 벌어들이는 돈은 대략 한 달에 은자 오만 냥 수준이다.

특급 무투사인 설무검의 무투 경연이 매일 벌어지기만 한다면 그는 오장보에게 한 달에 삼백만 냥가량을 벌어줄 수 있을 것이지만, 특급끼리의 대결은 아주 가끔 가물에 콩 나듯이 벌어진다.

몽고고원 전체에 특급 무투사가 몇 안 되기 때문이다.

그래서 일급 무투사 몇 명을 묶어서 특급과 겨루게 하는 궁여지책을 마련하기도 하지만, 그나마도 언제나 설무검의 승리로 막을 내리기 마련이었다.

오장보 수입의 칠 할은 설무검이, 이 할은 양궁표가, 그리고 나머지 일 할을 단랑과 염탕이 벌어들이는데, 그들 두 사람은 무투 경연을 벌였다 하면 중상을 입기 때문에 사실은 번 돈보다는 치료비로 까먹는 돈이 더 많았다.

어제의 무투 경연으로 오장보는 은자 이십만 냥 이상의 돈벼락을 맞았다. 근래 보기 드문 횡재였다.

이런 경우는 일 년에 한두 번 있는 정도인데, 올해는 벌써 세 번째다. 그러니 오장보의 기분이 좋을 수밖에 없었다.

오장보는 기분파다. 절대 푼돈 갖고 쫀쫀하게 구는 성격이 아니었다.

벌었으면 쓸 줄도 안다. 비록 번 돈의 대부분을 여자들의 사타구니 속으로 갖다 바치지만, 돈을 벌게 해준 무투사들에게 한턱 쓰는 것을 잊지는 않는다.

그는 평균적으로 한 달에 한 차례 정도 자신이 보유한 네 명의 무투사들에게 하룻밤의 외유를 허락하는 편이었다.

외유란 노예인 무투사들에게 하룻밤의 자유와 술, 그리고 여자를 제공함을 뜻한다.

그런데 문제는 외유를 나가라고 할 때마다 설무검이 거절을 한다는 사실이었다.

설무검이 가지 않으면 당연히 양궁표도 가지 않는다.

양궁표 역시 주색잡기 같은 것을 좋아하지 않는 편이다.

그저 설무검이 외유를 나간다면 그도 모처럼의 바깥 공기를 쐴 겸해서 따라나서는 정도일 테지만, 나가고 싶어서 안달하는 정도는 아닌 것이다.

끄덕!

그런데, 이변이 벌어졌다.

지난 팔 개월 동안 대충 십여 차례의 외유가 있었지만 한 번도 나가지 않던 설무검이 이번에는 반호의 말에 가볍게 고개를 끄덕인 것이다.

양궁표는 움찔 가볍게 표정이 변했고, 단랑은 크게 놀라는 표정을, 염탕은 입이 쫙 째져서 귀에 걸리며 희색만면했다.

단랑은 원래 큰 눈을 더 크게 뜬 채 놀라움을 가득 담고 설무검을 빤히 바라보았다.

지난 팔 개월여 동안 설무검과 양궁표는 한 번도 외유를 나가지 않았지만, 단랑은 서너 차례, 염탕은 한 번도 빠지지 않고 꼬박꼬박 챙겨먹었다.

염탕이라는 자는 돈을 벌어주기는커녕 까먹는 주제에 참 대단한 뻔뻔함이었다.

"이, 이봐! 이곳 경붕현에서 최고로 좋은 기루는 만화루(萬花樓)야! 나는 그곳에 한 번도 못 가봤는데 오늘 가보는 게 어때? 응?"

염탕은 외유 때마다 기루에서 진탕 술을 퍼마시고는 밤새 기녀를 들들 볶아대서 파김치로 만드는 것으로 잘 알려져 있었다. 하지만 그가 갔던 기루는 죄다 이, 삼류뿐이었다.

돈이나 까먹는 주제에, 그것도 달랑 혼자 무슨 염치로 최고급 기루에 들어갈 수 있었겠는가. 설혹 들어간다고 해도 반호가 허락하지 않았을 것이다.

단랑은 몇 차례의 외유 때마다 강가의 다루에서 차를 마시든가, 거리를 이리저리 거닐면서 구경을 하다가 자정이 되기 전에 귀가하는 정도가 전부였다. 그는 하루 동안의 자유를 자신의 방식대로 보내는 것이다.

설무검의 외유를 제일 반기는 사람은 누가 뭐래도 당연히 염탕이었다.

일단 설무검이 행차하면 무엇이든 최고급일 것이라는 건 두말하면 잔소리일 터.

그러므로 그를 졸졸 따라다니기만 하면 오늘 밤은 최고의 향락의 밤이 될 것이라는 게 염탕의 짐작이었다.

열하성 최고의 기루라는 만화루에 대한 소문은 귀가 따갑게 들었기 때문에 언젠가는 한 번 기필코 가보고야 말겠다고 벼르고 있던 그이다.

노예 무투사의 신세로 전락해 버린 현재 그의 목표는 그저 오입, 오입뿐이었다.

그는 오늘 밤 설무검을 따라나서 만화루에 가면 가장 아름답고 늘씬한 기녀를 골라 품에 안은 채 밤새 주지육림 속에 빠지리라 결심에 결심을 거듭하고 있었다.

설무검은 입에서 침을 튀기며 칭찬을 아끼지 않는 염탕의 안내로 결국 만화루에 오고 말았다.

설무검은 술이나 한잔할 생각이었으므로 어디에서 마시든 상관이 없었다.

과연 만화루는 열하성 최고의 기루다웠다.

만화루는 경붕현 한복판을 가로지르는 서랍목륜하 강변에 위치해 있는 오층의 거대한 건물 전체를 차지하고 있었다.

주색잡기의 대가인 오장보는 만화루의 최고 단골 중 한 명이다.

설무검이 움직였다는 보고를 반호로부터 받은 오장보는 즉각 만화루에 기별을 넣어 설무검 일행을 최고 귀빈으로 대접하라고 지시했다.

만화루에는 도합 다섯 등급의 기녀들이 있다.

가장 하급인 오등급은 일층에, 최상급인 일등급은 오층에서 손님들을 맞이한다.

설무검 일행은 오층으로 안내됐다.

그들이 들어가 있는 방 입구 밖에는 반호가 혼자 장승처럼 우뚝 선 채 지키고 있었다.

그리고 설무검 등이 있는 방의 창 아래에는 두 명의 관군이 지켰으며, 만화루 건물 전체를 빙 둘러싸고 여덟 명의 관군이 지키고 있었다.

무투사들에게 하룻밤의 자유라고는 하지만 이런 식이라면 완전한 자유는 아닌 셈이다.

그렇지만 무투사의 도주를 방지하기 위해서는 어쩔 수가 없는 조치였다.

도주한 무투사들의 거의 대부분이 토벌대에 의해서 잡혀 오거나 주살을 당하기 마련이다.

주인으로서는 도주한 무투사가 잡혀 온다고 해도, 아니면 주살을 당해도 손해이긴 매한가지였다.

도주한 무투사는 무조건 처형시켜야 한다는 것이 관에서

정한 법이었다. 그러니 잡혀온들 무투사를 잃기는 마찬가지 인 것이다.

그렇기 때문에 아예 무투사들이 도주할 엄두를 내지 못하 게 사전에 방비를 철저하게 하는 것이 최선이었다.

타원형의 탁자에 설무검 일행 네 명이 둘러앉았다.

설무검의 오른쪽에는 양궁표가, 왼쪽에는 단랑, 그리고 염 탕이 맞은편에 앉았다.

염탕은 소원대로 기막히게 요염한 기녀를 자신의 무릎에 앉히고는 입을 다물 줄을 몰랐다.

일행이 보건 말건 기녀를 품에 안은 채 상의와 치마 속에 구렁이처럼 손이 기어들어 가 젖퉁이와 사타구니를 더듬느라 제정신이 아니었다.

단랑은 잔뜩 이맛살을 찌푸리며 염탕이 하는 꼴을 쳐다보 더니 끝내 외면해 버리고는 다시는 쳐다보지 않았다.

단랑은 기녀 따위가 무에 필요하냐면서 정도 이상으로 거 세게 손을 내저었다.

그러고 나서는 자꾸만 설무검을 힐끔거렸다. 그가 어쩌는 지 궁금한 모양이었다.

만화루의 루주인 이십대 중반의 여인 보화(普華)는 설무검 옆에 서서 그의 하회를 기다렸으나 오랜 시간이 지나도록 설 무검은 아무 말 없이 술만 마시고 있었다.

몽고고원에서 무적의 무투사 철검사를 모르는 사람은 거

의 없다. 코흘리개들조차도 철검사 흉내를 낸답시고 거리에서 목검으로 장난을 할 정도다.

보화도 물론 철검사에 대한 소문은 귀가 따갑게 들었지만 실제로 보기는 처음이었다.

기녀 생활 오 년 만에 루주로 발탁되어 육 년째 루주 자리에 앉아 있는 보화는 사람을 볼 줄 아는 눈을 갖고 있었다.

그러나 보화는 이날까지 설무검 같은 관상과 기도를 지닌 사람을 한 번도 본 적이 없었다.

그녀는 설무검을 보면서 여러 가지 복잡한 것들을 느끼다가 최종적으로 한 가지 결론을 내렸다.

'이 사람은 지금껏 내가 만나본 그 어떤 인물보다 거목(巨木)이다!'

자신이 결론을 내렸음에도 그 사실에 너무 놀란 그녀는 하마터면 그 말을 입 밖으로 흘려낼 뻔했다.

'무투사 따위가 거목은 무슨……'

그래서 마음 한 귀퉁이에서는 그런 반발심도 슬며시 고개를 들었다.

"무엇을 기다리는 것인가?"

이윽고 설무검이 술잔을 내려놓으며 보화를 보며 물었다. 낮고 굵은 저음인데 큰 북을 가만히 두드리는 소리 같았다.

"아! 저, 저는……."

보화는 산전수전 다 겪은 여인이라서 웬만한 일로는 그녀를 당황하게 만들지 못한다. 그런데 그녀가 설무검의 물음에 정신없이 허둥대고 있었다.

양궁표는 그 광경을 보면서 빙그레 엷은 미소를 지었다. 그는 제대로 눈이 박힌 사람들이 설무검의 진가를 알아보고 당황하거나 놀라는 모습을 심심찮게 봐왔다.

양궁표 자신도 처음에 설무검을 보고 얼마나 놀라고 감탄했었는가.

그러나 그것은 단지 빙산의 일각일 뿐이었다. 설무검이라는 인물은 겪으면 겪을수록 경이로운 사람이었다.

"어떤 기녀를 원하시나요?"

보화는 당황하고 있는 중에도 이런 인물 앞에서 자신이 당황하는 것이 당연하다는 생각이 들었다.

"기녀를 불러야만 하는가?"

설무검은 초면인 보화에게 하대를 했는데, 그것은 너무도 자연스러워서 오히려 그가 존대를 했다면 그게 더 이상할 듯했다.

이상한 일이지만 보화 역시 그가 당연히 하대를 해야 한다고 여기는 것 같았다.

"그… 건 아니지만… 그래도 술시중 들 아이는 있어야……."

"괜찮다면 자네가 앉게."

보화는 깜짝 놀랐다가 가볍게 고개를 끄덕였다.

"그러겠어요."

보화는 백오십여 명 식솔을 거느린 만화루주다.

무투사들을 잘 대접하라는 오장보의 부탁 정도로는 루주인 그녀를 직접 나서게 하지 못한다.

그녀는 철검사가 온다는 보고를 듣고 은근히 호기심이 작용하여 그의 얼굴만 슬쩍 보고 가려고 왔다가 지금 이런 상황이 돼버린 것이다.

그녀에게 앉아서 술시중을 들라고 대수롭지 않게 말한 설무검도 놀랍지만, 그러겠다고 선뜻 설무검 곁에 앉아버린 그녀의 행동에 양궁표와 단랑, 그리고 보화를 따라온 두 명의 하녀마저도 크게 놀라고 말았다.

염탕 혼자만 기녀를 주무르고 빠느라 정신이 없었고, 다른 사람들은 묵묵히 술만 마셨다.

양궁표는 한 번도 외유에 응하지 않던 설무검이 왜 갑자기 외유를 나왔는지 조금쯤은 알 수 있을 것 같았다.

아마도 양궁표 자신이 가족을 그리워하는 모습을 보였던 것과 그로 인해서 설무검도 기분이 울적해졌기 때문에 기분을 전환할 겸 나왔으리라.

과연 설무검의 그런 생각은 주효했다.

술잔이 몇 순배 돌아가자 양궁표는 울적했던 기분이 거의 사라지고 마음이 훈훈해졌다.

기루에 왔기 때문이 아니라 이런 배려를 해준 설무검의 깊은 마음을 알기 때문이었다.

원래 침묵으로 마시는 술은 더 빨리 취하는 법이다.

설무검과 양궁표는 겉보기에는 끄떡없었으나 단랑은 달랐다.

"제기랄!"

탁!

갑자기 단랑이 술잔을 세게 탁자에 내려놓으며 투덜거렸다.

"너 말이야! 대체 나한테 원하는 게 뭐야?"

그의 손은 설무검을 가리키고 있었다.

술이 약한 단랑은 얼굴이 붉어졌으며 눈이 충혈된 상태에서 상체를 제대로 가누지 못할 만큼 취했다.

그의 뜬금없는 말을 양궁표는 그저 단순하게 술이 취했기 때문이라고만 여겼다.

하지만 술이 취하면 오히려 정신이 더 또렷해지는 경우가 있는데, 지금의 단랑이 그랬다.

더구나 술기운은 그에게 평소에는 없던 용기까지 생기게 해주어서 심중의 말을 토해내게 만들었다.

보화는 공손히 술을 따랐고, 설무검은 그 술을 묵묵히 마시기만 할 뿐 단랑의 주정을 조금도 개의치 않는 듯했다.

탁탁탁!

"말을 해봐, 말을!"

　단랑은 바로 옆에 앉은 설무검에게 삿대질을 하더니 손바닥으로 탁자를 두드리며 더 큰 소리로 외쳤다.

“내 목숨을 몇 차례씩이나 구해주고, 또… 내게 은혜를 수두룩하게 베풀었을 때에는 속으로 나한테 뭔가 원하는 게 있으니까 그런 거 아냐? 사심이 없었다는 따위의 말을 믿을 내가 아니라구!”

　보화는 설무검이 술 마시는 모습을 보며 조심스럽게 물었다.

“술을 오랜만에 마시는가 봐요?”

　단랑의 주정은 아예 무시하고 있는 태도였다.

“야! 임마! 철검사! 네가 나한테 아무리 잘해준다고 해도 내가 널 죽이지 않을 것 같으냐? 너는 내 형을 죽인 원수야! 너! 호리채의 채주 호리겸차를 죽인 것을 벌써 잊은 것은 아니겠지?”

　단랑은 혼자 핏대를 올리며 악다구니를 써댔다.

“일 년 가까이 된 것 같군.”

“정말 오래됐군요. 혹시 당신이 지금껏 마신 술 중에서 어떤 술이 가장 맛있었는지 말씀해 주시겠어요? 본 루에 있다면 가져다 드리겠어요.”

　설무검은 술잔을 비운 후 조용히 대답했다.

“백일취수였던 것 같군.”

“백일취수라면…….”

보화는 눈을 커다랗게 뜨고 해연히 놀라며 설무검을 바라보았다.

그녀는 한 방울만 마셔도 혼절하여 장장 백 일 동안 깨어나지 못하는 술이 있으며, 그것이 백일취수라는 사실을 어렴풋이 알고 있었다.

보화는 총명한 여인이다.

그러므로 설무검이 왜 '가장 맛있는 술'로 백일취수를 꼽았는지, 그것이 노예 무투사가 된 그에게 어떤 작용을 했는지에 대해서 빠르게 상상해 보았다.

"본 루에는 백일취수가 없어요. 있다고 해도 드리지 않겠어요. 대신 다른 술을 드리지요."

보화가 가볍게 고개를 끄덕여 보이자 하녀 하나가 총총히 방 밖으로 나갔다.

척!

"너! 나랑 자고 싶은 것이냐?"

그때 느닷없이 단랑이 설무검의 어깨에 손을 얹으며 다짜고짜 따지듯이 물었다.

양궁표가 가볍게 주의를 주었다.

"단랑, 형님은 그런 분이 아니시다!"

그는 기분이 조금 나빠졌다.

아무리 취했기로서니 어찌 설무검을 남색이나 하는 사람으로 본다는 말인가.

보화는 그윽하게 단랑을 바라보며 미소 지었다.

"이 아가씨 정도의 미모라면 남정네들이 줄을 설 텐데 당신은 이 아가씨가 싫은가요?"

"당신, 벌써 취한 것이오, 아니면 눈이 어떻게 된……."

단랑더러 아가씨라니, 양궁표가 어이없는 얼굴로 보화를 책망하려고 하자 기녀의 젖퉁이에 얼굴을 처박고 있던 염탕이 갑자기 소리 죽여 키득거렸다.

"쿡쿡쿡! 아무리 생각해도 아까워 죽겠다는 말씀이야! 단랑 저년, 사타구니에 구멍이 두 개인 줄 진작 알았더라면 그날 밤에 제대로 꽂아버리는 건데 말이야!"

양궁표의 얼굴이 멍해졌다.

대체 무슨 소리를 하는 것인지 감이 잡히지 않았다.

단랑이 흐느적거리는 상체를 꼿꼿하게 하려고 애쓰며 염탕을 가리키며 호통을 쳤다.

"이 새끼! 함부로 떠들지 마라! 철검사가 말리지 않았으면 넌 골백번도 더 죽은 목숨이야!"

이건 또 무른 소린가?

만화루주라는 여자는 단랑더러 '아가씨'라고 하더니, 염탕은 그녀의 사타구니에 '구멍이 두 개'였다고 한다.

필경 염탕이 하는 말은 오래전에 단랑을 겁탈하려 들었던 때를 가리키는 것이리라.

염탕은 여색뿐만 아니라 오히려 남색을 더 즐긴다. 그는 그 당시 단랑의 항문을 강간하려다가 설무검에 의해 무위에 그친 적이 있었다.

그런데 단랑이라는 놈이 더 이상했다. 그는 보화의 '아가씨'라는 말도, 염탕의 '두 개의 구멍'이라는 말에도 수긍하고 있는 듯하지 않은가?

양궁표는 설무검을 쳐다보았다. 그는 담담한 표정으로 술만 마실 뿐 신경을 쓰지 않았다. 그것은 설무검도 단랑의 비밀(?)에 대해서 이미 알고 있다는 뜻이다.

여자는 남자들보다 여자를 더 잘 알아보기 마련이다. 더구나 보화처럼 안목이 예리한 여인은 더욱 그렇다.

아니, 사실 단랑의 변장은 너무 어수룩했다. 그는 머리를 짧게 깎고 젖가슴만 친친 동여맨 채 소리만 버럭버럭 지르면 남자가 되는 줄 아는 모양이었지만 그게 아니었다.

머리만 자르고 젖가슴만 동여맨다고 성숙한 여자의 징후들이 감춰지는 것은 아니다.

보화는 단랑이 남장을 하고 있다는 사실을 설무검이나 양궁표, 염탕 등도 이미 다 알고 있으리라 생각했다.

염탕은 단랑을 겁탈하려다가 미수에 그친 적이 있었다. 아니, 음경의 귀두 부분이 단랑의 항문 속으로 약간 삽입됐기 때문에 미수라고 보기는 그렇고, 그렇다고 항문 속에 사정을 하지 않았기 때문에 성공했다고 볼 수도 없었다.

어쨌든 그는 단랑이 무조건 사내라고만 생각했다. 그가 여자일 것이라고는 눈곱만큼도 생각하지 않았다.

그의 목적은 오직 항문이었고, 거기에 음경을 쑤셔 넣은 후 사정을 하면 목적 달성이었다.

그런데 그는 아등바등 기를 쓰고 항문에 음경을 넣다가 단랑의 항문 바로 아래쪽에 사내라면 반드시 있어야 할 음낭이 없다는 사실과 그 대신에 다른 것이 있다는 사실을 뒤늦게 알아차렸고, 그가, 아니, 그녀가 여자라는 사실을 깨닫고 소스라치게 놀랐다.

바로 그때 설무검이 들이닥쳤다.

그러지 않았다면 염탕은 조금 전 그가 말한 것처럼 항문이 아닌 음부를 겁탈했을 것이다.

설무검은 음경에 의해 항문이 찢어져 피범벅이 된 단랑의 엉덩이를 닦아주고 하의를 입혀주었다. 그런 그가 단랑의 실체(?)를 보지 못했을 리가 없다.

'이거야 원, 그렇다면 나만 모르고 있었다는 얘긴가?

양궁표는 어이가 없다는 듯 고개를 저었다.

슥—

그때 단랑이 몹시 취한 듯 설무검의 어깨에 뺨을 기대더니 눈을 감고 중얼거렸다.

"너 말이야… 날 버리면 안… 돼……. 절대로……."

양궁표는 눈살을 잔뜩 찌푸리며 단랑을 쏘아보았다.

그러다가 설무검을 우연히 쳐다보던 그의 눈이 휘둥그렇

게 떠지고 말았다.

자신의 어깨에 기대 새근새근 잠들어 있는 단랑을 굽어보는 설무검의 입가에 흐릿한 미소가 떠올라 있었기 때문이다.

양궁표로서도 처음 보는 설무검의 미소다.

그는 아무리 염두를 굴려보았지만 설무검이 미소를 짓는 이유를 알 수가 없었다.

왈칵!

"철검사!"

그때 방문이 부서질 듯이 거칠게 열리면서 느닷없이 고선이 달려들어 왔다.

"어서 여길 탈출해요!"

그녀는 설무검 앞에 서서 급히 외쳤다.

그녀는 손에 백봉검을 쥐고 있었으며, 세 명의 무사가 뒤따라 들어왔는데, 그들도 한결같이 검을 쥐고 있었다. 또한 그들의 얼굴에는 팽팽한 긴장이 가득 떠올라 있었다.

문득 설무검의 시선이 고선을 뒤따라 들어온 무사에 의해 질질 끌려들어 온 반호에게 향했다.

어이없게도 몽고고원의 맹호라고 불리는 반호는 마혈이 제압되어 손가락 하나 까딱하지 못하는 신세가 된 상태였다.

고선은 오늘 저녁에 군총교독 저택에서의 만찬을 끝내고 나오다가 설무검 등 무투사들이 오늘 밤에 외유를 나갈 것이라는 정보를 입수했다.

그녀는 즉시 그 사실을 우펑에게 알리고 긴밀하게 상의했다.

그 결과 두 사람은 설무검을 탈출시켜야겠다는 쪽으로 결론을 내렸다.

그를 감쪽같이 탈출시켜서 경붕현을 멀리 벗어나기만 하면 그는 더 이상 노예도 무투사도 아닌 것이다.

또한 우펑은 설무검에게 지고 있던 큰 빚을 덜어낼 수 있게 된다.

고선은 그녀 나름대로 설무검을 노예 무투사에서 벗어나게 해주고 싶었다.

그녀는 대붕(大鵬)이 날개가 묶여서 이런 곳에서 학대받고 있으니 자신이 그 날개를 풀어줘야겠다고 생각했다.

모험이나 어리석은 짓은 하지 않는 그녀였지만, 이 일은 충분히 그럴 만한 가치가 있다고 판단했다.

장차 대단한 여걸(女傑)로 성장할 수 있는 자질을 두루 갖춘 고선의 눈에는 설무검의 탁월함이 고스란히 보였다.

그런 인물은 역사를 창조하고 또 만든다고 배웠다. 그러므로 그런 인물을 이따위 곳에서 무투 경연이나 하면서 썩히는 행위는 죄악이라고 생각했다.

그녀는 즉시 '다물' 상단의 호위무사 다섯 명을 이끌고 나와 군총교독의 저택 주변 은밀한 곳에 은신한 후 설무검 등이 나오기를 기다렸다.

오래지 않아서 반호가 이끄는 군총교독의 네 명의 무투사
가 저택에서 나왔다.

열 명의 관군들이 전후좌우에서 엄밀하게 호위하고 있는
광경이었다.

그녀의 판단으로는 군위교 반호나 열 명의 관군쯤은 별 문
제 없이 해치울 수 있을 것 같았다.

그러나 대로상에서는 목격자들이 너무 많아서 곤란했다.
목격자 없이, 흔적 없이 깔끔하게 일을 해치워야만 행여 나중
에라도 '다물' 이 관군에게 추적당하는 불상사가 벌어지지 않
을 것이다.

고선은 은밀하게 설무검 일행을 추적했고, 결국 만화루까
지 따라오게 됐다.

그녀는 설무검 일행이 만화루 오층에 방을 잡았다는 사실
을 알아낸 뒤, 손님인 것처럼 가장하여 자연스럽게 만화루에
잠입했다.

그녀가 멀찍이 살펴보자 설무검 일행이 있는 방문 밖에는
반호 혼자 지키고 있었다.

고선은 자신 혼자 반호를 제압하기로 작정했다.

그녀는 반호를 잘 알지 못했다.

그저 군총교독의 심복이며, 관군 수십 명을 거느리는 부
장(部將) 정도일 것이라고 판단했다.

그 정도라면 장백파 장문인의 제자인 자신이 단번에 제압

할 수 있을 것이라고 믿어 의심하지 않았다.

그녀는 우연히 반호를 만난 것처럼 가장하여 가까이 다가가 번개같이 제압하는 작전을 세웠다.

일이 잘못되면 일전도 불사할 생각이었다. 기루 안이라면 대로상보다는 훨씬 나을 것이라고 판단했다.

그런데 막상 고선이 아는 체하며 다가가자 예상 밖으로 반호는 크게 놀랐다.

반호는 고선을 보기만 하면 자신도 모르게 반사적으로 '소련'이라는 소녀를 떠올리고 만다.

고선이 코앞까지 다가왔는 데도 반호는 멍한 얼굴로 그녀를 바라보기만 할 뿐 추호도 경계하지 않았다.

그런 상태에서 고선이 반호의 마혈을 제압하는 것은 여반장이나 마찬가지였다.

"서둘러요! 당신은 그냥 나를 따라나서기만 하면 돼요!"

고선이 조급한 표정으로 설무검을 재촉했다.

반호는 고선의 수하들에 의해서 바닥에 무릎이 꿇려져 있었는데, 얼굴 가득 복잡한 표정을 가득 떠올린 채 고선을 주시하고 있었다. 그 복잡한 표정 중에서 가장 눈에 띄는 것은 '불신'이었다.

"너는 아까 그 아이로군."

고선이 서두르는 것에 반해서 설무검은 지극히 여유롭게 조용히 입을 열었다.

'아까 그 아이.'

고선은 가볍게 어이없는 표정을 지었다.

설무검에게는 고선이 '아이'에 불과했다.

그러나 아이든 어른이든 지금은 서둘러야 할 때였다. 고선은 설무검의 팔을 잡고 일으키려고 애썼다.

"어서 일어나요! 당신이 자유를 되찾고 싶다면 지금 당장 나를 따라나서야 할 거예요!"

이 느닷없는 사태를 지켜보고 있던 보화가 설무검에게 차분히 입을 열었다.

"당신에게 도주할 마음이 있다면 나도 전력으로 돕겠어요."

그녀까지 거들고 나섰다. 예상하지 못한 일이었다.

설무검은 술잔을 손에 쥔 채 턱으로 반호를 가리켰다.

"저 친구는 어쩔 생각이지?"

"죽여서 입을 막아야죠!"

고선이 너무도 당연하다는 듯 낮게 외쳤다.

"시체는 제가 처리하겠어요."

보화가 야무지게 말을 받았다.

얼핏 들으면 이 두 여자는 원래부터 한 패로서 마치 사전에 철저하게 모의를 한 것처럼 보였다.

고선은 초조해서 죽을 지경인 데도 설무검은 너무도 태연하게 고개를 젖힌 채 술을 들이키고 있었다.

염탕은 더 이상 기녀의 사타구니를 더듬지 않았다. 그럴 상황이 아니었다.

그는 표정이 돌처럼 굳은 채 팽팽하게 긴장하여 상황을 지켜보고 있었다.

단랑 역시 잠에서 깼다.

아니, 잠만 깬 것이 아니라 술까지 확 깨버려서 눈을 동그랗게 뜨고 설무검과 고선을 번갈아 쳐다보았다.

그가, 아니, 그녀가 생각하는 것은 오직 하나.

설무검이 도주를 결정한다면, 자신은 죽어도 그를 놓치지 않고 땅끝까지라도 따라가겠다는 것이었다.

"하하하하!"

술잔을 내려놓은 설무검이 갑자기 나직하게 웃었다.

그로서도 실로 오랜만에 웃어보는 웃음이었고, 이곳에 있는 사람들은 처음 듣는 웃음소리였다.

듣는 사람의 마음을 푸근하게 만들어주는 안정감있는 낮은 웃음소리였다.

고선은 아미를 찌푸리며 설무검을 흘겨보았다.

"기가 막혀서. 이런 상황에서 웃음이 나와요?"

그러는 그녀의 모습은 지금의 상황과는 상관없이 너무도 고혹적으로 아름다웠다.

설무검은 입가에 엷은 미소를 머금었다.

"세상천지에 나하고 궁표뿐인 줄 알았더니만, 나를 돕겠다는 사람이 있다니 기분 좋은 일이로군."

그러더니 그는 일어나서 성큼성큼 반호에게 걸어가 누가 말릴 사이도 없이 그의 어깨와 목덜미의 혈도를 가볍게 쳐서 제압된 마혈을 풀어주었다.

"무슨 짓이에요!"

고선은 기겁을 해서 검을 치켜들고 반호를 공격해 갔다.

"그만!"

설무검이 반호를 막아서며 손을 뻗자 고선은 공격을 멈출 수밖에 없었다.

설무검은 고선을 향해 서서 타이르듯이 말했다.

"계집애야, 이 친구는 최소한 나와 비슷한 수준이다. 너는 이 친구가 혈도가 풀렸는 데도 너의 공격에 방어조차 하지 않고 있는 것을 어떻게 생각하느냐?"

설무검은 평소의 그답지 않게 말이 많았다. 술이 적당하게 취했으며, 고선 덕분에 기분이 좋아졌기 때문이다. 이런 느꺼운 마음은 실로 오랜만에 느껴보는 것이었다.

공력이 이십 년에 불과한 지금의 그는 주량이 보통 사람보다는 강하지만 그렇다고 말술을 마셔도 끄떡없는 정도는 아니었다. 그는 이미 술을 많이 마신 상태였다.

물론 반호가 무엇 때문에 고선의 공격에도 방어를 하지 않는 것인지 설무검은 모른다.

반호처럼 철두철미한 사람이 그러는 것에는 필경 무슨 이유가 있을 것이다.

아마도 그는 그 이유 때문에 고선의 급습에 마혈이 제압되었을 터이다.

설무검은 반호의 어깨를 가볍게 툭, 치고는 성큼성큼 방문으로 걸어갔다.

"가세. 오늘 자네 덕분에 잘 놀았네!"

반호는 아주 잠깐 고선을 쳐다본 후에 약간 비틀거리는 걸음으로 설무검의 뒤를 따랐다.

고선은 반호의 눈길을 접하는 순간 자신도 모르게 가볍게 움찔 몸을 떨었다.

반호의 눈빛은 이상했다. 고선으로서는 난생처음 보는 종류의 눈빛이었다.

그것은 '그리움' 이라는 이름의 눈빛이었지만, 누군가를 그리워해 본 적이 없는 고선은 알지 못했다.

그저 설무검의 행동 때문에 머릿속이 엉킨 실타래처럼 어지러울 뿐이었다.

"저 작자… 바보 아냐? 밥상을 차려줘도 못 먹다니……."

설무검과 반호가 나가고 활짝 열려 있는 방문을 보면서 고선은 어이없는 듯한 어조로 말했다.

그때 양궁표가 고선의 옆을 스쳐 지나면서 담담한 미소를 지으며 나직이 중얼거렸다.

"알아두시오. 형님께선 갇혀 계신 것이 아니라 잠시 머무르고 계실 뿐이오."

"그게 무슨 뜻이죠?"

단랑이 양궁표를 뒤따라 고선을 스쳐 지나며 조널이 면박을 주었다.

"밥통! 저 사람이 어딘가 가고자 한다면 아무도 막을 수 없다는 뜻이라는 걸 모르겠어?"

"……."

"물론 나도 한몫 거들겠지만."

마지막으로 염탕이 고선 곁을 스쳐 지나면서 손을 뻗어 그녀의 탐스런 엉덩이를 슬슬 쓰다듬으며 흐물거렸다.

"으흐흐… 죽여주는 엉덩이로군. 나도 저 친구가 가는 곳이라면 땅끝까지라도 따라갈 테니까, 우리 언제 다시 만나면 화끈하게 한번 어때? 응?"

평소 같았으면 염탕은 그 말을 끝내지도 못한 채 시체로 변했어야 마땅했다.

하지만 지금은 고선이 제정신이 아니었다.

'설마… 저 사람은 언젠가 창천으로 훨훨 비상(飛上)할 때까지만 군총교독의 저택을 안전한 은신처로 삼고 있다는 것인가?'

보화는 설무검의 배포와 기개에 너무 놀라서 잠시 동안 정신을 차리지 못했다.

그녀가 정신을 수습했을 때에는 실내에 자신과 하녀 둘뿐,

아무도 남아 있지 않았다.

　'정말 멋진 사내야!'

　그것이 그녀가 최종적으로 내린 설무검에 대한 결론이었다.

　한 사람의 여인으로서 보는 관점이기도 했다.

　"루주!"

　그때 만화루의 총관이 급히 방 안으로 들어섰다.

　"무슨 일이냐?"

　"신봉각의 탐사자님과 현사자님께서 곧 도착하신다는 전갈입니다."

　총관의 보고에 보화는 안색이 변하여 총총히 방을 나갔다.

第十九章

맹호(猛虎)·용(龍)·절대자(絶對者)

저벅저벅.

만화루의 일층 넓은 접객실 한복판을 설무검 일행이 일렬로 걸어나가고 있다.

앞장선 반호는 복잡한 표정이었지만, 뒤따르고 있는 네 사람은 기분이 좋아 보였다.

설무검을 탈출시키려다가 실패한 고선은 호위무사들을 이끌고 먼저 만화루를 떠났다.

"두 분 사자를 뵈옵니다!"

그때 만화루 입구에서 낭랑하며 공손한 목소리가 들려왔다.

입구에는 염뢰방의 탐사자와 현사자가 방금 도착하여 나란히 들어서고 있었고, 그 앞에서 만화루주 보화가 두 여인을 향해 공손히 허리를 굽히고 있었다.

또한 넓은 일층의 양편으로는 만화루의 총관 이하 많은 식솔들이 늘어서서 깊이 허리를 굽히고 있었다.

탐사자와 현사자는 보화의 인사에 고개를 끄덕이면서 뭐라고 말하려다가 입구를 향해 일렬로 곧장 걸어오고 있는 다섯 명의 사내를 발견하고 입을 다물었다.

보화에게는 신봉각에서 온 탐사자와 현사자가 하늘보다 높은 신분이라 그 앞에서는 숨조차 크게 쉬지 못한다.

그러므로 그녀들이 당도하기 전에 최상의 영접 상태를 갖추어야 마땅했다.

그런데 지금 보고 있는 것처럼 설무검 일행이 일층 한복판을 떡하니 활개치면서 걸어오고 있으니, 만약 그것 때문에 탐사자와 현사자가 기분이 상하여 보화를 닦달하게 되더라도 그녀는 할 말이 없는 상황이었다.

보화는 설무검 일행을 보면서 당황하는 표정을 지었지만, 그렇다고 어떤 조치를 취하지는 않았다.

그것 때문에 탐사자와 현사자에게 꾸중을 듣게 되더라도 기꺼이 감내할 생각이었다.

단 한 번 만났고, 그나마도 불과 두어 시진밖에 함께 있어 보지 못했지만, 그녀가 느낀 설무검은 충분히 그런 정도의 대접을 받을 만한 인물이었다.

성격이 급한 탐사자는 설무검 일행을 보며 잔뜩 눈썹을 찌푸리며 불쾌한 티를 냈다.

하지만 매사에 침착한 현사자는 당황하는 표정의 보화를 보고 대충 무슨 일인지 짐작하는 듯했다.

현사자가 보기에 설무검 일행은 앞선 자만 빼고 뒤따르는 네 명은 무투사들 같았다.

그녀가 그렇게 판단한 이유는 무리 중에서 단랑과 염탕이 무투사들이 즐겨 입는 가죽과 무쇠, 그리고 황동 고리로 치장한 갑옷을 입고 있었기 때문이다.

그래서 무림인들처럼 경장 차림인 설무검과 양궁표마저 무투사일 것이라고 싸잡아서 생각한 것이다.

현사자는 열하성 전역에서 무투 경연이 성행하고 있으며, 이곳 경붕현이 무투의 중심지라는 사실을 잘 알고 있었기 때문에 만화루에서 무투사들을 보았다고 해서 이상하게 생각하지는 않았다. 아마도 무투사들의 주인이 외유를 내보냈을 것이라고 여겼다.

그런데 그녀가 이상하게 여기는 점은 자신들 탐사자와 현사자가 당도해 있는 데도 불구하고 일개 무투사 따위들이 버젓이 활개를 치면서 걸어오고 있는 것을 어째서 보화가 당황하면서도 묵인하고 있느냐는 것이었다.

보화는 사리분별이 분명하고 총명해서 현사자도 심중으로

아끼고 있는 터였다.

그러므로 보화에게 그럴 만한 이유나 사정이 있을 것이라고 판단했다. 그래서 현사자는 이 일은 그냥 넘어가기로 마음먹었다.

현사자는 막 발작하려는 탐사자의 옷자락을 슬며시 잡아당겨 그러지 말라는 신호를 보낸 후 약간 옆으로 물러나 설무검 일행이 지나갈 통로를 마련해 주는 배려까지 베풀었다.

그러자 보화는 '과연 현사자님이시다' 라는 표정을 지으며 그녀에게 고마운 눈길을 보냈다.

그러나 현사자는 다가오는 사내들을 보느라 보화의 눈인사를 보지 못했다.

제일 앞장선 군관 복장의 반호가 현사자와 탐사자 앞으로 다가서더니 바람처럼 스쳐 지나갔다.

탐사자와 현사자의 시선이 반호의 얼굴을 빠르게 훑었다.

잠깐 본 것에 불과했지만, 그녀들은 반호가 비범하다는 사실을 즉시 간파했다.

호랑이, 그중에서도 맹호(猛虎)였다. 이런 변방에서 군관으로 썩기에는 아까운 인물이었다.

현사자와 탐사자의 임무는 신봉각이 보유하고 있는 천하의 수많은 기루들을 돌아다니면서 염뢰방이나 검풍루에 들 만한 뛰어난 인재를 선발하는 것이다. 그러니만큼 사람을 보는 안목이 뛰어나고 남다를 수밖에 없다.

탐사자는 성격이 급하고 활달하지만 그런 안목을 지녔다는 점에서는 현사자와 같았다.

탐사자와 현사자의 시선이 반호를 뒤따르는 염탕과 단랑에게 향하더니 가볍게 눈을 빛냈다.

그녀들의 안목이 틀리지 않았다면 염탕은 반골(反骨)이었고, 단랑은 독종(毒種)이었다.

염탕의 목덜미가 약간 튀어나온 것과 단랑의 두 눈에서 이글거리는 독기가 각각의 증거였다.

그녀들의 시선이 네 번째 양궁표에게 이르렀을 때에는 반응이 조금 달랐다.

앞의 세 사람처럼 그냥 스쳐 지나지 못하고 눈길이 잠시 그의 얼굴에 고정되었다.

용(龍)이었다.

선천적으로 타고난 것이 아니라, 후천적으로 단련되고 다듬어진 한 마리 용이었다.

그러나 지금은 아니었다. 언젠가는 대륙을 질타하게 될 미래의 용인 것이다.

탐사자와 현사자의 반응이 앞의 세 사람을 볼 때와 또 달라진 점이 있다면, 양궁표가 자신들의 앞을 지나쳤는 데도 계속 그의 얼굴에서 시선을 떼지 못했다는 사실이다.

양궁표가 완전히 입구 밖으로 나가 뒤통수를 보이자 비로소 그녀들은 시선을 거두어 이미 자신들의 두어 걸음 앞까지

성큼성큼 다가오고 있는 설무검을 보았다.

“……!”

“……!”

그 순간 그녀들은 똑같이 벼락을 맞은 듯한 표정을 얼굴 가득 떠올려야만 했다.

그뿐만 아니라 부지중에 온몸이 나무토막처럼 딱딱하게 굳어버렸다.

두 여인은 설무검에게 오직 한 가지만을 느꼈다.

절대자(絶對者).

그것이 그녀들에게 이날까지 한 번도 느껴보지 못한 커다란 충격을 안겨주었다.

그녀들이 보았던 앞의 네 사람은 단지 서막에 불과했다. 마치 설무검을 제일 먼저 보면 충격이 너무 클까 봐 그것을 완화시켜 주려는 누군가의 배려인 것처럼 느껴질 정도였다.

두 여인은 이 년 전 즈음 항주의 한매루에서 어떤 한 소녀의 경이로운 자질을 대하고 경악을 하고 또 감탄했다.

물론 그 소녀는 설영이었다.

설영은 탐사자와 현사자가 신봉각에 몸을 담고 이십여 년 넘게 그 임무를 수행하는 동안에 만난 가장 완벽하고 뛰어난 자질의 소유자였다.

그런데 지금 탐사자와 현사자는 설영을 처음 봤을 때보다 더 경악하고 있었다.

그 이유는 아마도 설영을 미완(未完)의 와룡봉추(臥龍鳳雛)
라고 한다면, 설무검은 이미 완성된 절대의 기도를 지녔기 때
문일 것이다.

이렇듯 두 여인은 이 년의 시차를 두고 한 형제를 보고 경
악하고 있었지만, 정작 그녀들은 그 두 사람이 형제일 것이라
고는 꿈에서조차 상상하지 못하고 있었다.

보화는 현사자의 그런 모습을 조심스럽게 살펴보며 '그럼
그렇지' 하는 표정으로 슬쩍 미소를 지었다.

그때 설무검이 그저 가볍게 탐사자와 현사자를 슬쩍 쳐다
보았다.

그 순간 보화는 놀라운 사실을 발견했다.

탐사자와 현사자가 설무검의 눈길을 감히 마주 쳐다보지
못하고 얼른 눈을 내리깐 것이었다.

이윽고 설무검이 그녀들을 지나갔다.

탐사자와 현사자는 만화루에서의 일을 모두 마친 후 오층
만화루주의 거처에서 차를 마시다가 그저 지나가는 말처럼
아까 봤던 설무검에 대해서 보화에게 슬쩍 물었다.

"그는 철검사라고 하는데, 열하성 무투사들 중에 무적 최
강입니다."

보화는 그저 간단하게 대답했다. 사실 그녀는 설무검에 대
해서 그것 외에 더 이상의 것을 알지 못했다.

다른 것들은 모두 그녀가 설무검에게서 받은 주관적인 느
낌일 뿐이었다.

"네가 잘 아는 자냐?"

"오늘 처음 와서 두 시진 정도 머물다 간 것이 전부입니
다."

탐사자의 물음에 보화는 공손히 대답했다.

"그자를 본 너의 소감은 어떻더냐?"

"속하는 다만 경붕현 군총교독이 그를 특별히 접대하라는
전갈을 보내왔기 때문에……."

현사자의 물음에 보화는 자신의 본심을 감추었다. 왜 그랬
는지는 그녀 자신도 알지 못했다.

그저 순간적으로 그런 대답이 나왔다.

어쩌면 그것은 천재지변(天災地變)이 벌어지려는 것을 짐
승들이 본능적으로 먼저 알고 대처하는 것과 비슷한 이치 때
문인지도 몰랐다.

＊　　　＊　　　＊

"대… 대가……!"

우펑은 혼비백산하여 의자를 박차며 벌떡 일어섰다.

그가 앉았던 의자 앞 탁자에는 한 장의 종이가 놓여 있었
다.

종이는 중원에서 가장 신용이 좋은 태평전장(太平錢莊)이 지급을 보증하는 금 십만 냥짜리 전표(錢票)다.

"선아에게 다 들었습니다, 형님. 이것을 오장보에게 주고 그 사람을 자유롭게 풀어주십시오."

그렇게 말하는 사람은 대상단 '다물'의 대가인 고태였다.

또한 그가 말하는 '그 사람'이란 설무검을 가리키는 것이었다.

그는 우펑의 맞은편에 앉아서 온화한 미소를 머금고 있었다.

"절대 그럴 수는 없소이다! 한두 푼도 아니고 자그마치 금 십만 냥이라니요? 아니 될 말씀이시오! 부디 이것은 거두어주시오, 대가!"

우펑은 떨리는 손으로 전표를 고태의 앞으로 조심스럽게 밀면서 간곡하게 애원하듯이 말했다.

그는 너무나도 경악하여 온몸이 가늘게 떨렸고, 정신이 하나도 없는 상태였다.

설무검 때문에 그의 가슴에 무거운 앙금이 남아 있는 것은 사실이지만, 그것을 덜어내자고 금화 십만 냥이라는 거금을 낭비할 수는 없는 일이었다.

더구나 겨우내 원행을 하지 못했기 때문에 여느 상단들처럼 현재 '다물'의 재정 상태 역시 몹시 좋지 않다는 사실을 세 명의 대행수(大行首) 중 한 명인 우펑은 너무도 잘 알고 있는 터였다.

 "대가, 이 일은 없던 일로, 선아에게 들은 얘기도 못 들은 것으로 해주시오. 부탁이오!"

 "형님, 우선 앉으십시오."

 고태는 어마어마한 금액을 선뜻 내놓으면서 추호도 흔들림없는 태도로 우평에게 앉기를 권했다. 과연 대상단을 이끌고 있는 인물로서 손색이 없는 풍모요, 배포였다.

 우평이 마지못해서 자리에 앉자 고태는 평소와 다름이 없는 담담한 표정으로 입을 열었다.

 "형님, 지금 소제는 장사꾼의 신용이나 상인 정신 따위를 말하고 싶은 생각이 없습니다. 솔직히 그러기에는 금 십만 냥은 액수가 너무 큽니다."

 우평은 고태가 평소 말이 많은 편이 아니지만, 일단 입을 열면 무게가 있고 진실한 말만 한다는 사실을 잘 알고 있었다.

 "소제는 한 가지만 말씀드리고 싶습니다. 우평 형님은 제겐 친형님 같으신 분입니다. 소제는 오로지 형님을 위해서 이 돈을 내놓는 것입니다."

 "대가……."

 두 사람은 의형제지간이었지만 우평은 술자리 외에서는 항상 고태를 대가로서 예우했다. 그러나 고태는 어떤 자리를 불문하고 우평을 형님으로 받들었다.

고태의 마지막 말이 우평으로 하여금 더 이상 거절할 수 없도록 만들었다.

"끝내 이 돈을 받지 않으신다면, 형님께서 소제를 아우로 여기지 않으시는 것으로 여기겠습니다."

그리고 그 말 때문에 우평은 오십칠 평생 처음으로 눈물을 흘려야만 했다.

그는 전표를 받아 쥐고 목멘 한마디를 중얼거렸다.

"고… 맙네, 동생."

오장보는 기절초풍할 정도로 경악했다.

그는 자신의 앞에 놓여 있는 태화전장에서 발행한 금 십만 냥짜리 전표와 그 너머에 앉아 있는 우평, 고선을 대경실색한 표정으로 번갈아 쳐다보았다.

얼마나 놀랐는지 한동안 숨도 쉬지 못했다.

그는 지금 자신에게 일어나고 있는 일이 추호도 현실처럼 느껴지지가 않았다.

우평과 고선이 자신의 삶의 희열이며 최고의 자부심인 철검사를 사러 왔다.

철검사가 없는 생활, 철검사가 없는 무투 경연은 한 번도 생각해 본 적이 없는 오장보다.

"이… 것 보게. 철검사는 팔지 않아."

"교독께선 금화 십만 냥을 가지고 오는 사람에겐 언제라도 철검사를 팔겠다고 많은 사람들 앞에서 공언하지 않았소? 그런데 이제 와서 팔지 않으시겠다니요? 그럼 그때 그 말이 식언이었다는 말이오?"

한참이 지나서도 충격에서 벗어나지 못한 오장보가 더듬거리며 거절하자 우평은 한 치의 물러섬도 없이 완고한 표정으로 의표를 찔렀다.

"……."

오장보는 입이 열 개라도 할 말이 없었다. 그는 권력을 남용할망정 억지를 부리는 위인은 아니었다.

그가 요구를 들어줄 수밖에 없도록 확실하게 쐐기를 박는 역할은 냉정한 고선이 맡았다.

"만약 철검사를 팔지 않는다면, 나는 이 사실을 모든 사람들에게 밝히겠어요! 흥! 그렇게 되면 사람들은 아마도 당신을 소인배로 여기게 될 거예요!"

오늘 밤에는 어떤 계집과 주지육림에 빠져볼까 즐거운 계획을 짜고 있던 중에 난데없이 찾아온 두 사람에게 궁지에 몰리게 된 오장보였다.

그가 끝내 철검사를 내놓을 수밖에 없다고 하더라도, 이후 상단 '다물'은 경붕현 관내에서의 장사에 큰 지장을 받게 될 것이다.

아니, 어쩌면 경붕현 관내에서는 장사 자체를 하지 못할지도 모른다. 중원의 북방을 근거지로 삼고 있는 '다물'이 북방

교역의 중심지 중 하나인 경붕현의 상권을 잃는다면 크나큰 손실이었다.

'다물'의 대가인 고태는 그것까지도 감수한 것이다.

이른바 전투에 나가면서 타고 온 배를 불태우는 제하분주(濟河焚舟)의 각오인 것이다.

그렇기 때문에 지금처럼 우평과 고선이 거의 협박조로 오장보를 몰아붙일 수 있는 것이다.

오장보의 표정이 여러 차례 복잡하게 변했다. 철검사를 팔자니 그로 인하여 얻고 느꼈던 모든 것들이 사라지게 되는 것이 말할 수 없이 아까웠고, 팔지 않자니 세상 사람들이 자신을 소인배라고 조롱하게 되는 것이 두려웠다.

그는 평소에 스스로 존귀한 사람이라 여기기 때문에 대인의 풍모를 유지하려고 부심하는 인물이었다.

그런 그가 소인배라는 말을 듣는다는 것은 죽는 것보다 더한 형벌일 터이다.

금화 십만 냥은 엄청난 액수다. 아마도 오장보는 죽을 때까지 그런 거액을 만져 보지 못할 것이다.

그러나 세상에서 돈으로 사지 못하는 것이 거의 없다고 해도 철검사가 가져다주는 승리의 기쁨이나 희열, 자부심, 대리만족 같은 것들은 억만금을 주고도 살 수 없는 것들이다.

오장보는 자신의 앞에 놓인 전표와 우평, 고선의 얼굴을 차례로 쳐다보았다. 지금 그는 오십 평생 최대의 난관에 봉착해 있었다.

그는 이 순간 더 이상 고선이 아름답게 보이지 않았으며, 그녀를 품에 안아보고 싶다고 느끼지도 않았다.

지금 그에게 있어서 고선은 자신의 영혼을 갈가리 찢어발기는 마녀나 다름이 없었다.

오장보가 고민을 하느라 끙끙거리고 있는 동안 고선은 그의 뒤에 서 있는 반호를 이 방에 들어선 이후 처음으로 슬쩍 바라보았다.

그러자 반호는 고선을 뚫어지게 주시하고 있다가 급히 고개를 돌려 외면했다.

사실 고선은 그가 자신을 주시하고 있다는 사실을 처음 들어올 때부터 느끼고 있었지만 짐짓 모른 체했다.

그녀는 반호가 만화루의 일을 오장보에게 말하지 않을 것이라고 예상했다.

이유는 모르겠지만, 그가 고자질 따위나 하는 위인이라는 느낌은 들지 않았다.

그리고 그런 고선의 예상은 맞았다. 만약 반호가 고자질을 했다면 오장보가 지금처럼 궁지에 몰려 난색을 표하고 있지는 않을 것이다.

모르긴 해도 아마 우평과 고선이 이곳에 찾아오기도 전에 '다물'에 군사들이 들이닥치지 않았을까?

"음! 철검사를 데려오너라."

한참 만에 오장보가 쥐어짜 내듯이 입을 열자 반호가 즉시
방을 나갔다.

양궁표가 운공에 열중하고 있을 때 단랑과 염탕이 연공실
의 문을 거칠게 박차면서 달려들어 왔다.
두 사람은 오장보의 무투사들을 관리하고 있는 약삭빠른
궁의라는 자에게 철검사에 대해서 슬쩍 언질을 받고는 혼비
백산하여 한달음에 달려오는 길이다.
"이봐! 철검사가 팔렸다니, 대체 그게 무슨 소리야?"
단랑이 악을 쓰듯이 소리치면서 달려가더니 석대 위에 가
부좌로 앉아 있는 양궁표에게 다짜고짜 손을 뻗어 그의 어깨
를 잡으려고 했다.
"안 돼! 멈춰!"
순간 염탕의 표정이 급변하면서 다급히 단랑의 어깨를 움
켜잡았다.
"이 새끼가!"
퍽!
"우왁!"
단랑이 반사적으로 주먹을 휘둘러 염탕의 턱에 작렬시켰
고, 염탕은 멱따는 비명을 지르며 바닥에 나뒹굴었다.
"창!"
"너 이 새끼, 감히 내 몸에 손을 대다니! 잘 걸렸다! 이참에

아예 죽여주마!"

단랑은 분노한 얼굴로 허리에 꽂은 단창을 뽑으면서 곧장 쓰러져 있는 염탕에게 달려들었다.

"그, 그만둬! 너는 궁표를 죽일 뻔했다구!"

염탕이 손을 뻗으면서 다급히 외쳤다.

척!

"내가 궁표를 죽일 뻔하다니, 그게 무슨 헛소리냐?"

단랑은 뾰족한 창끝을 염탕의 목에 겨눈 채 당장이라도 찌를 듯이 으르렁거렸다.

"내가 보기에 궁표는 무림고수들이 하는 운공조식이라는 것을 하고 있는 게 분명하다. 너는 운공 중인 사람을 건드리면 죽거나 폐인이 된다는 말도 들어보지 못했느냐?"

"운공?"

무림인은 아니지만 단랑은 그런 말을 들어본 적이 있었다. 그녀는 믿기 힘들다는 표정으로 양궁표를 돌아보았다.

운공을 하고 있다면 양궁표는 무공을 배웠다는 뜻이다.

무투사들이 익히는 무술이 아닌, 무림인들의 진짜 무공을 말이다.

엉겁결에 단랑을 제지하기는 했지만 놀라기는 염탕도 마찬가지다.

그는 양궁표가 설무검에게 뛰어난 검술을 배웠을 것이라고만 여겼지 무공을 배웠을 줄은 몰랐다.

지금 그는 한 가지 사실을 확인했다.

설무검이 무림고수였다는 사실이 그것이다.

단랑과 염탕은 둘 다 크게 놀라는 표정으로 양궁표를 쳐다볼 뿐 꿀 먹은 벙어리가 됐다.

물론 이런 사실을 짐작이나마 하고 있었던 염탕보다는 처음 알게 된 단랑의 놀라움이 훨씬 컸다. 이곳에 찾아온 본론을 잠시 망각하고 있을 정도로.

"맙소사! 무공이라니? 그렇다면 원래 양궁표는 무림인이었다는 말인가?"

단랑이 복잡한 표정으로 양궁표를 보며 중얼거렸다.

"아니, 철검사가 궁표를 가르쳤던 게지. 지난 일 년 반 동안 무술이 아닌 무공을 은밀하게 가르쳤다는 사실은 방금 알게 되었지만."

"그래서……."

단랑은 놀라는 표정으로 중얼거리다가 말끝을 흐렸다. 그 말 뒤가 '그 두 사람이 그렇게 강했구나' 라는 것을 염탕은 굳이 듣지 않아도 알 수 있었다.

그렇지 않아도 단랑은 설무검을 극도로 신비하게 여기고 있는 중이었는데, 이 일 때문에 신비함이 풀리기는커녕 머릿속이 더욱 엉망진창이 되고 말았다.

그러나 설무검이 여태까지보다 더욱 멀어지는 느낌인 것만은 분명했다.

그런 떨떠름한 기분은 염탕도 마찬가지였지만 겉으로 내색하지는 않았다.

"형님 때문에 왔느냐?"

그때 어느새 운공을 끝낸 양궁표가 천천히 눈을 뜨며 나직이 입을 열었다.

평소 같았으면 자신의 연공실에 침입했다는 사실 때문에 단랑과 염탕을 반쯤은 죽여놨겠지만, 이상하게도 지금은 그러지 않는 양궁표였다.

운공 중이었지만 정신은 말짱했으므로 양궁표는 단랑과 염탕의 말을 다 들었다.

그의 말에 비로소 단랑과 염탕은 자신들이 이곳에 찾아온 용무를 기억해 냈다.

"그… 그래. '다물'이라는 상단에서 금화 십만 냥을 내고 철검사를 사러 왔다면서? 그게 정말이야?"

단랑이 양궁표에게 바짝 다가서며 물었다. 사실 양궁표가 무공을 배웠다는 것보다 이게 더 중요한 일이었다.

단랑은 자신이 여자라는 것을 모두 알고 있다는 사실을 가련하게도 아직껏 모르고 있었다.

그날 술이 몹시 취해서 그 사실뿐만 아니라 다른 것들조차 하나도 기억하지 못했다.

더 괴이한 것은, 비록 다음날 술에서 깨면 아무것도 기억하지 못하더라도 술에 취한 상태에서만큼은 언행이 평소와 다름이 없어서 그 누구도 그녀가 술이 취했다는 사실을 간파하지 못한다는 사실이다.

하지만 이곳 무투련당의 세 사내는 그 비밀을 알게 됐다.

만화루에 다녀온 다음날, 단랑이 아무 일도 없었다는 듯이 여전히 남장을 하고, 또 남자처럼 행동했기 때문이다.

그래서 무투련당의 세 사내는 그냥 모르는 체해주었다. 그러자고 약속한 것도 아닌데 말이다.

"그래? 그런데 그게 어쨌다는 것이냐?"

양궁표는 석대에서 내려서며 처음 듣는다는 듯 반문했다. 그러면서도 아무렇지도 않은 듯한 표정이었다.

순간 단랑의 안색이 새하얗게 질리는 것을 양궁표와 염탕은 똑똑히 보았다. 그녀는 안색뿐만 아니라 가녀린 몸까지 부르르 떨었다.

"그건 안 돼!"

단랑은 양궁표와 염탕이 깜짝 놀랄 만큼 큰 소리로 외쳤다. 얼굴에는 단호한 기색이 역력했다.

염탕은 눈치가 빠른 자다. 그는 양궁표의 반응을 보고는 설무검이 무투련당을 떠나지 않을 것이라는 사실을 깨달았다.

만약 그렇다면 설무검을 하늘처럼 모시는 양궁표가 지금처럼 태연할 리가 없었다.

무슨 이유로 설무검이 떠나지 않는지는 모르지만, 아마도 만화루에서 탈출할 기회가 있었는 데도 하지 않았던 것과 같은 이유일 것이라고 짐작했다.

또한 염탕은 단랑의 반응이 예상했던 것보다 지나치다는 사실을 놓치지 않았다.

그는 이런 상황에서도 잠시 단랑을 골려주고 싶다는 생각을 했다. 설무검이 떠나지 않을 것을 알았기 때문에 여유를 부릴 수 있는 것이다.

"왜 안 된다는 거지? 철검사가 가버리면 우리가 빛을 볼 수 있으니 더 잘된 것 아닌가?"

오히려 설무검이 없으면 염탕과 단랑은 그날부터 찬밥 신세를 면치 못할 것이다.

누가 염탕이 폐기 처분되려는 것을 건져 줄 것이며, 여러 위험에서 바람막이가 되어줄 것인가?

그걸 잘 알면서도 염탕은 이죽거렸다.

그러나 단랑은 그것 때문에 설무검이 떠난다는 사실에 놀라는 것이 아니었다.

와락!

"주둥이 찢어버리기 전에 닥치지 못해!"

단랑은 염탕의 멱살을 움켜잡으며 악을 썼다. 그녀의 눈에서 흘러나오는 살기로 미루어 염탕이 한마디만 더 하면 정말 앞뒤 가리지 않고 죽여 버릴 것만 같았다.

염탕은 평소 단랑의 눈에 독기가 이글거린다는 사실을 알고 있었지만, 지금처럼 시퍼런 살기가 뿜어지는 것은 본 적이 없었다.

모두들 단랑이 자신의 오빠를 살해한 원수인 설무검을 죽이지 못해서 안달이 난 줄로만 여기고 있었지, 오히려 그를 연모하고 있을 줄은 상상조차 못했다.

만약 단랑이 그날 밤 만화루에서 술에 취한 상태에서 설무검에게 한 행동을 못 봤더라면 여전히 모르고 있을 터이다.

더구나 그녀는 마지막에 설무검의 어깨에 기대어 자기를 버리지 말라고 애원까지 하지 않았는가.

그 일 때문에 양궁표와 염탕은 단랑이 설무검을 짝사랑하고 있다는 사실을 알게 되었다.

"이, 이봐, 나한테 이러지 말고 더 늦기 전에 철검사를 사러 온 자들이나 오장보에게 달려가서 바짓자락이라도 붙잡고 애원이라도 해야 하는 거 아냐? 응?"

염탕이 질린 얼굴로 말하자 단랑은 얼굴색이 홱 변하더니 그의 멱살을 놓고 쏜살같이 밖으로 달려나갔다.

아마도 오장보의 거처로 가는 길일 것이다.

염탕은 자신의 목을 쓰다듬으면서 혀를 내둘렀다.

"우라질! 저 미친놈이, 아니, 미친년이 사내를 연모하고 있다는 사실이 상상이나 가는 일이야? 안 그런가, 궁표?"

그는 양궁표가 아무 말도 하지 않자 무심코 쳐다보다가 움찔 몸을 떨며 놀랐다.

양궁표가 싸늘한 얼굴로 자신을 쳐다보고 있는 것을 발견했기 때문이다.

염탕은 양궁표 역시 평소에 자신에게 살심을 품고 있었다
는 사실과 이곳에 자신과 양궁표 단둘뿐이라는 사실을 그제
야 깨닫고 온몸에 소름이 쫙 끼쳤다.

염탕은 슬금슬금 입구 쪽으로 뒷걸음쳤다.

"어… 나는 그만 가보겠네."

양궁표가 수하였던 일은 이미 아득한 옛일이었다. 지금은
염탕이 양궁표에게 한주먹거리도 되지 않았다.

이윽고 염탕은 문 가까이 이르러서는 몸을 돌려 쏜살같이
튀어 나갔다.

"가지 않겠소."

설무검의 한마디에 실내에 있던 사람들은 모두 크게 놀라
일제히 의자에서 일어섰다.

그의 대답은 너무 뜻밖이라서 아무도 예상하지 못했다. 심
지어 반호마저도 놀랐다.

그래서 모두들 자신들이 잘못 들은 것이 아닌가 하고 귀를
의심하는 듯한 표정을 지었다.

실내의 사람들이 설무검의 충격적인 말을 인지하기까지는
약간의 시간이 필요했다.

이해가 아닌 단지 인지하는 데에만.

"이봐요! 설마 내가 방금 잘못 들은 거겠죠? 나는 당신이

가지 않겠다고 말한 듯한 환청을 들었거든요!"

설무검이 무엇을 생각하고 있는지는 몰라도 그것이 얼마나 잘못된 것인지를 깨우쳐 주려는 듯 고선은 말과 표정에 힘과 열정을 실어 전달했다.

"뭔가 착각했거나 실언을 했다면 바로 잡을 수 있는 시간은 충분히 있어요. 서두르지 말아요."

그녀는 설무검에게 손을 뻗어 손바닥을 아래로 향하며 누르는 시늉을 하면서 진정하라는 암시를 보냈다.

"자! 지금 상황을 내가 다시 설명하겠……."

"계집애야, 나는 가지 않겠다고 분명히 말했다."

"……."

설무검의 굵고 낮은 목소리가 고선이 애써 진지하게 말하려는 것을 가차없이 잘라 버렸다.

설무검은 만화루에 이어서 방금 고선을 '계집애' 라고 두 번째 불렀다.

하지만 지금 고선은 그 호칭이 귀에 들어오지 않았고, 그렇다고 해도 트집을 잡을 생각이 없었다. 그때도 경황 중이었지만 지금도 마찬가지였다.

"무사 양반."

우펑이 크게 당황하여 황망히 불렀지만 설무검은 그를 쳐다보지도 않는 대신 무심한 표정으로 오장보를 쳐다보며 물었다.

"날 방출할 생각이오?"

"아… 아닐세. 나는 단지…….."

설무검이 오장보에게 직접 말을 걸기는 지금이 처음이다.

오장보는 비록 설무검이 자신의 최대의 자랑이며 돈줄이고, 또 무한한 기쁨을 안겨주는 존재이기는 하지만 신분적인 측면에서는 평소 그를 아주 하찮은 존재로 여겼다. 물론 그런 내색은 한 번도 한 적이 없었다.

그런데 그는 방금 설무검의 물음에 지나칠 정도로 당황하며 말을 더듬었다.

더 중요한 것은, 그러면서도 자신은 그 사실을 조금도 느끼지 못하고 있다는 것이다.

"지난번에 내가 자네를 금화 십만 냥을 내놓는 사람에게 팔 수도 있다고 실언한 것 때문에… 지금 이런 곤욕을 치르고 있는 거라네. 미안하네."

오장보는 하찮은 존재라고 여겼던 설무검에게 비단 '자네' 라는 호칭을 사용했을 뿐만 아니라 전전긍긍하면서 미안하다고 사과까지 하고 있었다.

"나는 가지 않소."

"아, 알았네. 정말 고맙네, 고마워."

설무검이 다시 한 번 확인해 주자 오장보는 작은 산만 한 엉덩이를 의자에서 떼어 엉거주춤 일어선 자세로 약간 고개까지 숙이면서 고맙다는 말을 연발했다.

하지만 오장보는 우평과 고선에게 시선을 던질 때에는 군
총교독으로서의 서슬 퍼런 위엄을 되찾았다.

"잘 들었겠지? 또다시 찾아와서 철검사를 팔라 말라 귀찮
게 굴면 경을 치게 될 게야! 너희 둘뿐 아니라 상단 '다물' 이
말이야!"

우평과 고선은 어이없는 표정으로 설무검을 쳐다보았다.
두 사람은 이곳에 올 때 이미 오장보가 베풀 후환을 각오하고
있었으므로 그의 엄포에는 별 신경을 쓰지 않았다.

그러나 설무검의 반응은 실로 뜻밖이었다.

고선은 설무검을 잠시 복잡한 표정으로 바라보다가 얼굴
가득 실망한 기색을 떠올리며 또렷한 어조로 입을 열었다.

"당신이 이처럼 우둔한 사람일 줄은 몰랐군요. 언젠가 당
신은 오늘의 이 일을 반드시 후회하게 될 거예요."

그녀의 실망한 표정은 곧 싸늘하게 변했다.

"이것 한 가지만은 알아둬요. 우린 최선을 다했어요."

이어서 그녀는 빠른 걸음으로 방문 쪽으로 걸어가면서 우
평의 팔을 잡아끌었다.

"가요, 백부님. 이곳에 한시도 더 머물고 싶지 않군요."

왈칵!

그 순간 방문이 거칠게 열리면서 단랑이 안으로 거의 엎어
질 듯이 달려들어 왔다.

부웅! 붕!

"어떤 연놈이라도 철검사를 팔거나 사는 놈은 내 창에 목구멍이 꿰뚫릴 거야!"

단랑은 비단 달려들어 왔을 뿐 아니라 들어서자마자 양손에 단창을 움켜쥐고 전면을 향해 부챗살처럼 날카롭게 휘두르면서 엄포를 놓았다.

그러나 그것은 엄포가 아니라 궁지에 몰린 쥐가 처절하게 울부짖는 발악처럼 내비쳤다.

또한 그녀의 눈에서는 가련하게도 눈물이 방울방울 흘러내리고 있었다. 하지만 두 눈에서는 시퍼런 안광이 줄기줄기 뿜어졌다.

실내에 잠시 침묵이 흘렀다.

누군가 사태가 다 끝난 후에 뒷북칠 경우 고요히 흐르는 그런 어색한 침묵이었다.

"철검사! 걱정 마! 내가 지켜줄게!"

더구나 그녀는 설무검 앞으로 위치를 이동하며 몹시 믿음직스럽게(?) 외치기까지 했다.

그 광경을 보면서 우평은 나직한 한숨을 토해냈고, 고선은 냉랭한 표정을 지으면서 방을 나가 버렸다.

추상 같던 단랑의 눈빛이 가벼이 흔들렸다.

오장보가 득의한 미소를 지으면서 단랑에게 고개를 끄덕여 보이는 여유를 부렸다.

"헛헛! 단랑! 철검사를 파는 일 따윈 결코 없을 테니 염려

하지 않아도 좋다!"

"저, 정말이오?"

단랑은 만면에 불신의 표정을 지으며 급히 물었다.

오장보는 너무나 기분이 좋았다. 철검사가 치렀던 그 어떤 무투에서의 승리 때보다 흡족했다. 그리고 그 역시 자랑스러운 철검사가 선사해 주었다.

"헛헛헛! 그렇다! 나는 오늘 기분이 너무 좋아 너희에게 한 가지 큰 선물을 내리겠다!"

단랑은 세상에 태어나 이십이 년을 사는 동안 지금처럼 기분이 좋고 행복한 적이 없었다.

그는 오장보의 거처를 나와 무투련당으로 향하는 내내 너무 좋아서 입이 귀에 걸려 있었다.

얼마나 기뻤으면 성큼성큼 걷고 있는 설무검 곁을 자신은 종종걸음으로 따르면서 두 팔로 그의 팔을 가슴에 꼭 감싸 안고 있다는 사실마저도 깨닫지 못하고 있었다.

그녀는 무투련당의 마당으로 들어서다가 저만치에 서 있는 두 명의 사내, 즉 양궁표와 염탕을 발견하고는 더 기분이 좋아졌고, 자신이 이루어낸 성과가 너무도 자랑스러워 어깨까지 으쓱해졌다.

양궁표는 당연히 설무검이 가지 않을 것이라는 사실을 짐작했기 때문에 설무검을 보고도 전혀 놀라지 않았다.

염탕은 양궁표의 태도에서 설무검이 가지 않을 것이라고 예상은 했지만 그것을 완전히 믿지는 못하고 있었다. 그가 양궁표일 수는 없는 것이다.

그러다가 설무검과 단랑이 나란히 나타나자 남몰래 안도의 한숨을 크게 내쉬었다.

염탕은 설무검이 팔린다는 말을 듣는 순간부터 왜 자신의 마음이 극도로 초조했는지, 그리고 그의 모습을 다시 보자 어째서 안도하는 것인지에 대해서 이유를 알지도 못했지만, 그렇다고 궁금하게 여기지도 않았다.

"어떻게 됐어?"

염탕이 급히 설무검과 단랑에게 다가가며 물었다.

그러자 기다렸다는 듯이 단랑이 고개를 젖히면서 목젖이 보이도록 크게 웃었다.

"호호호홋! 내가 철검사를 구했어! 사겠다는 연놈들은 꽁지 빠지게 도망가 버렸고, 오 돼지는 무슨 일이 있어도 철검사를 팔지 않겠다고 약속했어!"

오 돼지는 단랑이 오장보를 부르는 별명이다.

단랑이 제 딴에는 한껏 의기양양함이 고조돼서 터뜨린 웃음인데, 그게 영락없는 여자의 간드러진 교소(嬌笑)였다.

"그, 그래? 정말 잘됐다!"

염탕은 큰 시름을 덜어낸 듯한 표정을 지었다. 그러나 곧 고개를 갸우뚱하며 단랑에게 물었다.

"그런데 너, 방금 웃음소리가 마치 여자 같던데?"

"무, 무슨 소리야? 우핫핫핫! 내 웃음소리가 어디로 봐서 여자 같다는 것이냐? 이래도 여자처럼 들리는 것이냐? 핫핫 핫핫! 콜록! 콜록! 캑캑캑!"

단랑은 화들짝 놀라더니 남자답게 미친 듯 웃다가 사래가 들어 곧 미친 듯이 기침을 해댔다.

"커험! 또 한 가지 놀라운 소식이 있어!"

기침 끝에 눈초리에 눈물방울을 매단 단랑은 가늘고 희며 섬세한 손가락 하나를 세워 보이면서 분위기를 이끌었다.

그녀의 얼굴에는 이 소식을 빨리 말하지 못해서 안달이 난 표정이 역력했다.

"지금 이 시간부터 철검사는 외출이 자유로워졌다는 사실 이야! 또한 우리도 철검사와 함께라면 언제라도 밖에 나갈 수 있어!"

염탕의 눈과 입이 기쁨으로 쭉 찢어졌다.

"그, 그럼 만화루에 한 번 더 갈까?"

그가 즉각 반응을 보였다. 과연 그다운 발상이었다.

『독보군림』 3권에 계속…

Book Publishing CHUNGEORAM
무한 상상 · 공상 세계, 청어람 신무협 & 판타지
일륜 新 무협 판타지 소설
FANTASTIC ORIENTAL HEROES
보법무적